U0103663

Yilin Classics

乞力马扎罗的雪

海明威短篇小说精选

[美国] 欧内斯特・海明威 著

汤伟 译

译林出版社

图书在版编目（CIP）数据

乞力马扎罗的雪：海明威短篇小说精选／（美）欧内斯特·海明威（Ernest Hemingway）著；汤伟译．—南京：译林出版社，2022.5
（经典译林）
ISBN 978-7-5447-9092-5

Ⅰ.①乞…　Ⅱ.①欧…②汤…　Ⅲ.①短篇小说－小说集－美国－现代　Ⅳ.①I712.45

中国版本图书馆 CIP 数据核字（2022）第 048154 号

乞力马扎罗的雪：海明威短篇小说精选　［美国］欧内斯特·海明威／著　汤　伟／译

责任编辑　王　珏
装帧设计　胡　苨
校　　对　戴小娥
责任印制　董　虎

原文出版　Scribner, 1998
出版发行　译林出版社
地　　址　南京市湖南路 1 号 A 楼
邮　　箱　yilin@yilin.com
网　　址　www.yilin.com
市场热线　025-86633278
排　　版　南京展望文化发展有限公司
印　　刷　南京新世纪联盟印务有限公司
开　　本　880毫米×1240毫米　1/32
印　　张　9.875
插　　页　4
版　　次　2022 年 5 月第 1 版
印　　次　2022 年 5 月第 1 次印刷
书　　号　ISBN 978-7-5447-9092-5
定　　价　39.80 元

CONTENTS · 目录

乞力马扎罗的雪

覆盖着积雪的乞力马扎罗山高 19 710 英尺[1]，据说是非洲境内最高的一座山峰。山的西主峰被马赛人[2]称作“纳加奇–纳加伊”，意思是“上帝的殿堂”。靠近西主峰的地方有一具冻僵风干了的豹子尸体。豹子在那么高的地方寻找什么，没有人做出过解释。

“最神奇的是一点都不疼，”他说，“这时候你才知道它发作了。”

“真是这样吗？”

“绝对是。很抱歉，你肯定受不了这股气味。”

“别这么说！请快别这么说了。”

“你瞧瞧，”他说，“到底是我这副样子还是这股气味把它们给引过来的？”

男人躺着的那张帆布床放在金合欢树宽大的树荫下，他越过树荫，看着前方令人目眩的平原，除了地上蹲着的那三只令人生厌的大鸟外，天空中还有十多只在盘旋，它们掠过天空时，在地面上投下了迅速移动的影子。

“从卡车抛锚的那天起，它们就在这里打转了，”他说，“今天是

---

1 最新数据为 5 895 米，约合 19 341 英尺。
2 肯尼亚和坦桑尼亚的一个游牧狩猎民族。

它们第一次落下来。刚开始我还仔细留意过它们飞行的姿态，想着有朝一日写小说时能用上。现在想想真好笑。”

“你可别这么想！”她说。

“我只不过是随便说说，”他说，“说说话我觉得轻松多了，但我不想烦你。”

“你知道我不会烦的，”她说，“我只是因为什么都做不了，感到特别不安。我觉得我们应该尽量放松一点，等飞机来。”

“或者等飞机不来。”

“请告诉我我能做些什么。肯定有我能做的事情。”

“你可以把这条腿割掉，这样也许会阻止它的蔓延，不过我很怀疑。要不你一枪把我崩了。你现在的枪法很不错了，还是我教会你射击的，不是吗？”

“请不要这么说话。我可以给你读点什么东西听听吗？”

“读什么？”

“随便在书袋里找一本我们没有读过的。”

“我听不进去，”他说，“说话最容易。我们吵会儿架，时间就过去了。”

“我不吵架。我从来就不愿意吵架。不管我们有多紧张，都别再吵了。说不定他们今天会搭另一辆卡车过来。说不定飞机会来。”

“我不想动了，”男人说，“现在走不走已经没有什么意义了，除了能让你心里轻松一点。”

“这是懦弱的表现。”

“你就不能让一个人死得舒服点吗？干吗非得骂他？对我说粗话又有什么用？”

“你不会死的。”

“别说傻话了，我眼看着就要死了，问问那帮狗日的。”他朝那些脏兮兮的鸟蹲着的地方望过去，它们光秃秃的脑袋埋在耸起的羽毛里。第四只鸟飞落下来，它先紧走了几步，然后摇摇晃晃地朝蹲在那儿的其他三只鸟慢慢走去。

“每个营地里都有这种鸟，只不过你从来没有注意到它们。你如果不自暴自弃，就不会死。”

“这是从哪儿读到的？你真够蠢的。”

“你应该考虑一下别人。”

“老天爷，”他说，“这可是我的老本行哟。”

他随后安静地躺了一会儿，他的目光越过热气腾腾的平原，落在了灌木丛的边上。黄色原野上点缀着小白点一样停留片刻的野羚羊；更远处，绿色的灌木丛衬托着一群斑马的白色。这个营地很舒适，背靠山丘，大树遮阴，不远处就有上好的水源。清晨时分，一个几乎干涸了的水塘里扑腾着几只沙鸡。

“你不想让我念一段？”她问道。她坐在他帆布床边上的一张帆布椅子上。“有点凉风了。”

“不想听，谢谢。”

“也许卡车会来。”

“我根本就不在乎卡车来不来。”

“我在乎。”

“很多我不在乎的事你都蛮在乎的。”

“没那么多，哈里。”

“喝一杯怎么样？”

“这对你有害。黑皮书[1]上说了，什么酒都不能碰。你不能喝酒。”

“摩洛！”他大声叫喊道。

---

1 一种防治常见病的小册子。

“来了，先生。”

“拿威士忌苏打来。”

“是，先生。”

“你不该这样，”她说，“这就是我说的自暴自弃。书上说了酒对你有害。我知道它对你有害。”

“不对，”他说，“它对我有好处。”

这么说一切都完了，他想，看来再也没有机会去完成它了。就这样结束了，在为该不该喝一杯的争执中命丧黄泉。右腿染上坏疽后，他不但不感到疼痛，连恐惧也随着疼痛一起消失，现在唯一感觉得到的就是疲乏，还有因为这结局而引发的愤怒。对即将来临的终结，他已经失去了好奇。多年来，这件事一直让他困惑，但现在它却不再具有任何意义。真奇怪，疲倦很容易让你不再去想那些东西了。

他再也没有机会去写那些特意积攒下来、想等自己能写得足够好了再去写的东西了。不过，他也不会因为试图去写它们而经历挫折了。也许你根本就写不出什么来，而那才是你迟迟不肯动笔的原因。不过他现在永远也没法知道了。

“我真后悔上这儿来。”女人说。她端着酒杯，咬着嘴唇看着他。“要是待在巴黎你绝不会得这种病。你一直说你喜欢巴黎。我们本来可以待在巴黎，或者去别的地方。去哪儿都行。我说过我会去任何你想去的地方，如果你想打猎，我们可以去匈牙利，那样也挺舒服的。”

“你的臭钱。”他说。

“太不公平了，”她说，“我的钱从来也是你的。我丢下了一切，去你想去的地方，做你想做的事情。但我后悔我们来了这里。”

“你说过你喜欢这里。”

“那是在你出事之前。我现在恨这个地方。我不明白你的腿为什么会这样。我们到底做了什么，要遭这样的报应？”

“要我说的话，先是在腿刚划破时忘记擦碘酒了，然后是觉得自己从来没有被感染过，就没去管它，再后来，当伤口恶化，所有抗菌药都用完了的情况下，用了那种药性不强的碳化溶液，损坏了毛细血管，导致了坏疽。”他看着她，“还有什么？”

“我不是这个意思。”

“如果我们雇一个好一点的机械师，而不是那个半吊子的基库尤[1]司机，他就会去检查车子的机油，卡车的轴承也就不会烧坏了。”

“我不是这个意思。”

“如果你不离开你那帮人，离开住在旧韦斯特伯里、萨拉托加和棕榈滩[2]的那帮该死的家伙而找上我……”

“因为我爱你。你对我太不公平了。我现在爱你。我将永远爱你。你爱我吗？”

“不爱，”男人说，“我觉得不爱。从来就没有爱过。”

“哈里，你在说什么？你昏头了。”

“没有，我根本就没有什么头好昏。”

“别喝那个，”她说，“亲爱的，你别喝了。我们必须尽最大的努力。”

“你努力吧，”他说，“我累了。”

他脑海里出现了卡拉加奇[3]的一个火车站，他背着包站在那里，

1 非洲班图人的一支。
2 这些地方都是美国富人的居住地和度假胜地。
3 土耳其西北部位于欧洲部分的一个城市。

辛普伦东方快车的大灯划破黑暗的夜空，撤退后他正要离开色雷斯[1]。那是他积攒下来要写的故事之一，还有，早餐的时候，看着窗外保加利亚群山上的积雪，南森[2]的秘书问老人那是不是雪，老人看着外面说，不是，那不是雪，现在离下雪还早着呢。秘书对其他女孩重复道，不是雪，你们看。那不是雪，她们齐声说道，那不是雪，是我们弄错了。但那确实是雪，在他促成的那次难民交换行动中，是他把她们送进了雪地。在那个冬天，她们正是踏着那些积雪走向死亡的。

那一年圣诞节在高尔塔尔山，也是下了整整一个星期的雪。他们当时住在伐木人的小屋里，那个庞大的方形瓷炉子占去了房间一半的地方，当那个在雪地上留下血脚印的逃兵进来时，他们正睡在填满榉树叶的床垫上，他说警察就跟在他的身后。他们给他穿上羊毛袜子，然后去和宪兵们周旋，直到那些足迹被雪覆盖。

圣诞节的那一天，施伦茨[3]的雪是那么地耀眼，你从小酒馆里往外看时，眼睛都被刺痛了，你看见大家都离开教堂往家走。就在那里，他们扛着沉甸甸的滑雪板，沿着河边那条被雪橇压平了的尿黄色的小路，往长着松树的陡坡上走，也是在那里，他们从马德伦小屋上面的冰川一路滑下来，雪像蛋糕上的糖霜一样光滑，像面粉一样蓬松，他记得那种悄无声息的滑行，速度之快，让你觉得自己像一只从高处落下来的鸟。

那次在马德伦的小屋里，被暴风雪困了一周，他们在马灯冒出的烟雾中玩牌，输得越多，伦特先生的赌注就下得越大。最后他把

---

1 爱琴海北岸的一个地区，分属希腊、土耳其和保加利亚。
2 南森（1861—1930），挪威北极探险家，国际难民事务先驱，于 1922 年倡议在日内瓦签订国际协议，给大战后逃离的难民发放被称作“南森护照”的身份证。
3 奥地利的滑雪胜地。

什么都输光了，所有的一切，滑雪学校的资金和整个季节的收益，外加他自己的钱。他能看见长鼻子伦特拿起牌来叫道："Sans Voir[1]。"那时候赌局不断。不下雪的时候赌，雪下得太大了也赌。他在想这一生他把多少时间花在了赌博上。

但是关于这些事他一个字都没有写，也没有写那个寒冷的圣诞节，山的影子倒映在平原上，巴克飞过分界线，去轰炸那些撤离的奥地利军官乘坐的火车，在他们四处逃窜时用机枪扫射。他记得巴克后来走进食堂谈起这件事，大家听得鸦雀无声，接着有个人说："你这个狗日的杀人犯。"

他们杀死的人和当年与他一起滑雪的那些人一样，都是奥地利人，当然，不是同一批人。那年一直和他一起滑雪的汉斯曾属于"皇家猎人"[2]。他们在锯木厂上方的一个小山谷打野兔时，谈起了帕苏比奥战役和对波蒂卡与阿沙诺内发起的攻势，他也从未就此写过一个字。没有写蒙特科尔诺，没有写希艾苔科蒙姆，也没有写阿希艾多[3]。

他在福拉尔贝格和阿尔贝格[4]究竟待过几个冬天？四个。他想起了那次去购买礼物，他们刚走进布卢登茨[5]碰到的那个卖狐狸的人，想起了那种上好樱桃酒特有的樱桃核味，还想起了在落满粉状积雪的山顶上的快速滑行，唱着："嗨！嚯！罗丽说！"滑过最后一段坡道，从那陡峭的山崖笔直地冲下去，转三个弯穿过果园，再飞越那条沟渠，落在小客栈后面那条结了冰的路上。松开捆绑的带子，甩

1 法文，意为"不用看"。
2 "皇家猎人"是有名的意大利高山部队的别称。
3 这些都是意大利地名。
4 福拉尔贝格是奥地利西部的一个州。阿尔贝格是奥地利西部蒂罗尔州的一个乡村，该地以滑雪著称。
5 奥地利福拉尔贝格州的一个地区，游览胜地。

掉滑雪板，把它们靠放在小客栈的木头墙上，灯光从窗户透出，屋里一片烟雾缭绕、充满新酿酒香的温暖中，有人在拉着手风琴。

“我们在巴黎的时候住在哪儿？”此刻，在非洲，他问坐在身旁帆布椅子上的女人。

“‘格丽朗’[1]。你知道的。”

“我为什么知道？”

“我们一直都住在那里的。”

“不对，没有一直住那儿。”

“住那儿,要不就是圣日耳曼区的‘亨利四世’[2]。你说过你爱那个地方。”

“爱是一坨屎。”哈里说，“我就是那只站在屎堆上喔喔叫的公鸡。”

“如果不得不离开，”她说，“你非得毁掉身后的一切？我是说你非得带走所有的东西？你非得杀了你的马、你的妻子，烧掉你的马鞍和盔甲？”

“是的，”他说，“你的臭钱是我的盔甲。我的快马和盔甲。”

“别这样。”

“好吧。我不这么说了。我不想伤害你。”

“现在说这个有点晚了。”

“那好，我接着伤害你。这样更有意思。这是我唯一喜欢做的事情，现在却做不了了。”

“不，不对。你喜欢做很多事情，只要是你想做的事情，我都

---

1 旅馆名。

2 旅馆名。

做了。”

“哦，看在老天的分上，别再吹牛了，好不好？”

他看着她，发现她哭了。

“听着，”他说，“你以为我喜欢这么对待你吗？我不知道我为什么要这样。我估计我是想通过摧毁他人来支撑自己。我们刚开始说话的时候我还好好的，并没有打算开这个头，可现在我像个傻瓜一样蠢，而且在尽我所能地折磨你。亲爱的，别在意我刚才说的话。我爱你，真的。你知道我爱你。我从来没有像爱你一样爱过其他女人。”

他又缩回到他熟悉的、赖以生存的谎言之中。

“你对我很好。”

“你这个婊子，”他说，“你这个有钱的婊子。这句话是诗。我现在诗兴大发。腐烂和诗歌。腐烂的诗歌。”

“住口。哈里，你为什么非要把自己变成一个恶魔呢？”

“我不想留下任何东西，”男人说，“我不愿意死了以后还留下点什么。”

现在已经是傍晚了，这之前他一直都在睡觉。太阳已经落到了小山丘的后面，平原被阴影笼罩着，一些小动物在营地附近觅食，他注意到它们已远离灌木丛，脑袋正快速地起落，尾巴扫来扫去。那些大鸟不再守候在地面上。它们沉甸甸地栖息在一棵树上，数量更多了。他的随身男仆坐在床边。

“太太打猎去了，”男仆说，“先生想要……”

“什么都不要。”

她去打猎了，想弄点肉回来。知道他爱看这些小动物，她特意去了一个远离这里的地方，这样就不会破坏平原上这一小块他能看到的地方的宁静。她总是这样，什么都考虑得到，他想，不管是她知道的还是在哪儿看到的，甚至包括听来的事情。

来到她身边时他已经心灰意冷，这不是她的错。一个女人怎么会知道你在口是心非？知道你只是出于习惯和贪图舒适才这么说的？自从他开始言不由衷，和说真话相比，谎言反而为他赢得了更多的女人。

倒不是因为没真话好说他才撒谎的。他有过自己的生活，但这已经结束了，随后他却又在不断地重复这种生活，在那些他待过的最好的地方和一些新的地方，与不同的人在一起，拥有更多的钱。

你不去深究，觉得一切都很好。你已经知道这是怎么一回事了，所以不再会像大多数人那样受到伤害，而对那些自己曾经做过、现在已不能再做的工作，你摆出一副满不在乎的样子。但你在背地里对自己说，你要去把这些富得流油的人写出来，你其实不是他们中的一员，而是打入他们内部的一个间谍，你最终会离开他们并把这些都写出来，而且这次是由一个知道自己在写什么的人来写。但他永远也做不成，因为日复一日，那些舒适的、什么都不用写的生活，那些他曾经痛恨的生活方式让他变得迟钝了，他工作的愿望也在减弱，以至于到头来他根本就不工作了。他不工作的时候，那些认识他的人觉得舒服多了。非洲是他在人生最美好的时光里感到最幸福的地方，所以他来到这里重新开始。他们安排的这次非洲狩猎之行，其舒适程度被降到最低。虽然谈不上艰辛，但一点也不奢侈。他以为他可以通过这种训练方式复苏，去掉他心灵上积累的脂肪，就像一个拳击手为去掉体内的脂肪而去深山训练那样。

她原本很喜欢这趟旅行。她说她极爱这趟出行。她喜欢刺激的事情，凡是能变换环境、结识新面孔、让人心情愉悦的事情，她都喜欢。他曾经有过这样的幻觉，觉得自己工作的意志力已经重新恢复。但是现在，如果就这样了结，他也知道这就是结局，他没必要像条断了脊梁的蛇一样把自己咬死。不是这个女人的错。如果不是她，还会有另外一个女人。如果他以谎话为生，他就应该努力把谎话说到死。他听见山那边传来了一声枪声。

她枪打得很好，这个善良的、有钱的婊子，这个善良的看护人，他的天赋的摧毁者。胡扯。是他自己摧毁了他的天赋。为什么要责备这个女人呢？难道就因为她尽心地供养他？他之所以失去天赋是因为没有去使用它，是因为他背弃了自己和自己的追求，酗酒无度、懒惰、散漫、势利、傲慢偏见、不择手段。这是什么？一篇旧书目录？他的天赋究竟是什么？那只不过是一种还过得去的天赋，但他没有好好地利用它，而是拿它去做交换。他总是在强调自己能做什么，而不是做了什么。他不是选择用笔和纸，而是其他东西作为谋生手段。每当他爱上另一个女人，这个女人一定会比上一个女人更有钱，这难道不奇怪吗？可是当他不再爱了，当他只在那里撒谎的时候，就像现在，就像对待面前的这个女人，这个有着无数的钱财，曾经有过丈夫和孩子，有过不如意的情人，并把他当成作家、男人、伴侣和值得炫耀的占有物来爱的女人。说来也怪，当他一点都不爱她，对她谎话连篇的时候，反而使他比真心恋爱时更能让她付出的钱财物有所值。

我们这一生做什么都是已经注定了的，他心想。你生存的方式就是你的才能所在。他这一生都在以不同的形式出卖生命力，在感情里陷得不是很深时，你反而能够物超所值地付出。他早就发现了这个秘密，但从来没有把它写出来，现在也不会写。不会，他不会去写它，尽管这很值得一写。

她这会儿进入了他的视线，穿着马裤，扛着来复枪，正穿过旷野朝营地走来。两个仆人抬着一只羚羊跟在她身后。她仍然很好看，他心想，有着让人愉悦的身体，她对床笫之欢有着极高的天赋，知道如何去享受它。她不算漂亮，但他喜欢她的脸庞。她读过大量的书，喜欢打猎骑马，当然了，她酒喝得也很多。她丈夫去世时，她还比较年轻，有那么一阵，她把精力完全放在两个刚长大的孩子身上，他们并不需要她，她围在他们身边让他们感到难堪，于是她把精力转移到了养马、读书和酗酒上面。她喜欢在晚餐前喝着威士忌苏打读一会儿书。到进晚餐的时候，她已经有点醉了，晚餐的那一瓶葡萄酒，往往足以让她醉入梦乡。

那是在她有情人之前。有了情人之后，她不再需要通过醉酒来入眠，酒喝得没过去那么多了。但那些情人让她感到乏味。她曾嫁给一个从未让她感到乏味的男人，而这些人却很无趣。

后来她的一个孩子死于空难，从那以后她不想再以情人和酒作为麻醉剂了，她必须重新开始生活。突然，独自一人让她感到害怕，但她想要找一个值得她尊重的人一起生活。

开始很简单。她喜欢他写的东西，她一直很羡慕他的生活方式，觉得他总是在做自己想做的事情。她获取他的步骤以及最终爱上他的方式，都是一个正常过程的组成部分，她在给自己建立一个新的生活，而他则出卖了他剩余的旧生活。

他以此换来了安全，也换来了舒适，这没什么好抵赖的，可还换来了什么呢？他不知道。她会为他买任何他想要的东西，这他是知道的。她还是个特别善良的女人。像对待其他女人那样，他很愿意和她上床，更情愿上她的床，因为她更有钱，因为她让人感到舒服，有品位，也因为她从不与人争吵。现在这个她重新建立的生活就要走到头了，就因为两星期前他们为了拍摄一群非洲水羚，在向羚羊靠拢时，一根荆棘划破了他的膝盖，他没有及时给伤口涂上碘酒。水羚羊抬头站在那里，一边用鼻子嗅着空气一边张望，耳朵向两边张开，只要听见一丝响动，它们就会跑进灌木丛。没等他拍好，它们就逃走了。

现在她来了。

他在帆布床上转过脸来对着她。“嗨。”他说。

“我打了一只羚羊，”她告诉他说，“可以用它来做一锅好汤，我会让他们再做点加奶粉的土豆泥。你感觉怎么样？”

“好多了。”

“太好了！我觉得你可能会好起来的。我离开的时候你正在睡觉。”

“我睡了一个好觉。你走得很远吗？”

“不远，就在小山的后面。我那一枪正中那只羚羊。”

“你枪打得很好，你知道的。”

“我喜欢打猎，我喜欢非洲。真的。如果你没事的话，这会是我最开心的一次出行。你不知道和你一起打猎有多开心。我喜欢这个地方。”

“我也喜欢。”

“亲爱的，你不知道看见你心情好转了我有多高兴。你刚才那副样子真让我受不了。你不会再那样和我说话了，是不是？答应我？”

“不会了，”他说，“我都不记得我说过些什么了。”

“你没必要把我也毁了，对吧？我只是个爱你的中年女人，愿意去做你想做的事情。我已经被毁过两三次了。你不会再毁我一次，对吗？”

“我想在床上把你毁上个几次。”他说。

“很好。那是一种好的毁灭。我们就是为了这种毁灭而生。飞机明天会来这里的。”

“你怎么知道？”

“我敢肯定。它一定会来。仆人们已经把柴火准备好了，还准备了生浓烟的草堆。我今天又过去检查了一次。那里有足够的地方供飞机降落，我们在两端都准备了草堆。”

“是什么让你觉得它明天会来？”

“我肯定它会来。已经来晚了。到了镇上他们会把你的腿治好，我们就可以来点儿美妙的毁灭，而不是那种恶言相向的毁灭。”

“我们喝一杯吧？太阳落山了。”

“你行吗？”

“我正喝着呢。”

“那我们一起喝上一杯吧。摩洛，来两杯威士忌苏打！”她大声喊道。

“你最好穿上你的防蚊靴。”他说。

“等我洗完澡再……”

他们喝酒的时候，天渐渐地黑了下来，就在天完全黑下来之前，光线已暗到无法瞄准开枪时，一只鬣狗穿过旷野，朝小山那边走去。

“这个狗日的每天都打那儿过，”男人说，“每晚如此，已经两个星期了。”

“晚上的那些叫声就是它发出来的。我倒是不在乎。不过它们长得也真够恶心的。”

他们一起喝着酒，现在，除了老是用一种姿势躺着有点不舒服外，他并没有感到什么疼痛。仆人点着了一堆篝火，火光的影子在帐篷上跳跃，他能感觉到自己又开始对这种“愉快地屈服”生活听之任之了。她确实对他非常好。他今天下午对她太残酷，也太不公平了。她是个善良的女人，真是没什么好挑剔的。就在这一刻，他突然意识到自己即将死去。

这个念头伴随着一股冲击而至，但这冲击既不像流水，也不像一阵风，那是一股带有恶臭的、突如其来的空虚感。奇怪的是，那只鬣狗却沿着这味道的边缘悄悄地溜了进来。

“怎么了，哈里？”她问他。

“没什么，”他说，“你最好坐到另一边去。坐到上风去。”

“摩洛给你换绷带了吗？”

“换了。我刚上了硼酸。”

“你感觉怎样？”

“有一点晕。”

“我进去洗个澡，”她说，“我一会儿就出来。我们一起吃饭，完了再把帆布床搬进去。”

他对自己说：这么说来我们至少停止了争吵。他从未和这个女人大吵大闹过，可和那些他爱过的女人在一起时，他吵得很凶，由于争吵的腐蚀，最终总是把他们所拥有的东西毁灭掉。他爱得太深，要求也太高，一切都被消耗殆尽。

他想起独自待在君士坦丁堡[1]的那段日子，他出走前他们曾在巴黎大吵了一场。那段时间里他一直在嫖娼宿妓，但完事后不但打发不了他的寂寞，反而更加深了他的孤独。他给他的第一个情人，那个离开了他的人写信，在信中告诉她说他一直放不下这件事……怎样有一次在摄政府外面，以为见到的一个女人就是她，让他头晕得想吐；在大街上，他怎样跟在一个长得有点像她的女人后面走了很久，生怕发现这个女人不是她，因为这样就会失去他这么做所引发的感受；他每睡一个女人，其结果只会加深对她的想念。不管她曾做过什么他都不再会在乎了，因为他无法摆脱对她的爱恋。他在俱

1 现名伊斯坦布尔，土耳其最大的城市。

乐部里清醒冷静地写好这封信，把它寄到纽约，恳求她把回信寄到他在巴黎的办事处。这样似乎保险一点。那天晚上，由于过度想念她，他感到心里空空的，直想吐；他四处乱逛，路过马克西姆时挑了一个姑娘，带着她去吃晚饭。之后又带她去一个地方跳舞，她舞跳得糟透了，他丢下她，换了一个风骚的亚美尼亚妓女，她的肚皮贴着他摇摆，差点把他的肚皮给烫伤了。他是打了一架才把她从一个英国炮兵中尉手里夺来的。炮兵让他出去，黑暗中，他们在铺着鹅卵石的路上大打出手。他击中炮兵两次，出手非常狠，打中了他下巴的侧面，那人没有栽倒，他知道遇到了对手。炮兵击中他的身体，又打中了他的眼角。他挥动左拳，再次击中炮兵，炮兵扑倒在他身上，一把抓住他的外套，把外套的袖子扯了下来。他朝炮兵耳朵后面来了两拳，把他推开的同时用右拳把他击倒在地。炮兵倒下时头先着地，听见宪兵走近的声音后，他和姑娘连忙跑掉了。他们上了一辆计程车，在寒冷的夜晚里沿着博斯普鲁斯海峡[1]开到雷米利·希萨，兜了一圈，又在寒夜转回来上床，她摸起来和看上去一样——透熟，但很光滑，像玫瑰花瓣，像糖浆，腹部平滑，双乳硕大，都不需要在她屁股下面垫枕头。在第一线晨光里，她看上去却极其粗俗，他没等她醒过来就离开了，乌青着一只眼出现在佩拉宫[2]，外套拿在手里，因为一只袖子被扯掉了。

当晚他就去了安纳托利亚[3]，记得那次行程的后期，整天骑马穿行在罂粟田里——人们用罂粟来制作鸦片——仿佛朝哪儿走都不对，这让你有一种奇怪的感觉。最终，他们到达了和那些刚刚抵达的君士坦丁堡军官一起发动进攻的地方，这些家伙屁都不懂，炮弹竟然

1 位于土耳其欧亚两个部分之间。君士坦丁堡即在该海峡西岸。
2 旅馆名。
3 亚洲西部的半岛，位于土耳其境内。

打到了自家的部队里，英国观察员像孩子一样哇哇大哭。

那是他第一次见到穿着白色芭蕾裙和上翘鞋尖上缀着绒球的死人[1]。土耳其人像波浪一样源源不断地涌来，他看到那些穿裙子的男人在奔跑，军官们朝他们开枪，随后军官自己也跑了起来，他和英国观察员也开始奔跑，一直跑到他的肺发疼，嘴里满是铜钱的味道，他们在一些岩石的后面停下，土耳其人还是不停地拥上来。后来，他看到了一些他想不到的事情，再后来，还看到一些更糟糕的事情。他回到巴黎后无法谈论那些事情，也忍受不了别人提起那些事情。经过一家咖啡馆时，他看见一个面前放着一大叠酒杯托碟[2]的美国诗人，长得像土豆的脸上一副蠢相，正和一个自称是特里斯坦·查拉[3]的罗马尼亚人谈着“达达运动”，那人总是戴着单片眼镜，头总是疼。后来他回到了重新相爱的妻子身边，回到了他们居住的公寓，争吵结束了，疯狂也结束了，回家的感觉真好，办事处把他的信件送到他的公寓。一天早晨，那封回复他的信被放在一个托盘里送了进来，他一看笔迹，全身都凉了，他试图把那封信塞到另一封信的下面。可他妻子说：“谁来的信呀，亲爱的？”这件刚刚开场的好事就结束了。

他想起和所有这些女人一起度过的美妙时光，还有那些争吵。他们总是挑选最佳的场所争吵。为什么她们总是在他心情最愉快的时候和他吵架呢？他一直没有写这些，首先是因为他从不想伤害到谁，再有就是似乎可以写的东西已经足够多，不需要再写那些了。但他始终觉得自己最终会写的。可以写的东西实在是太多了。他目

1 这里描述的是当年希腊军队的军服。
2 小酒馆和咖啡厅常用酒杯托碟来统计客人喝了多少杯酒。
3 特里斯坦·查拉（1896—1963），出生于罗马尼亚的诗人、散文家、编辑，长期在巴黎从事文学活动，达达主义的创始人之一。

睹了这个世界的变化，不仅仅是一些事件，尽管他见多识广，注意观察身边的人群，但他看见了一些细微的变化，他能想起人们在不同时期的所作所为。他曾生活在其中并观察过这些，把这些写出来是他的职责，可他再也写不了了。

“你感觉怎样了？”她说。她已经洗完澡，从帐篷里走了出来。

“还可以。”

“现在能吃东西吗？”他看见摩洛拿着一张折叠桌跟在她身后，另一个仆人端着盘子。

“我想写东西。”他说。

“你应该喝点肉汤来保持体力。”

“我今晚就要死了，”他说，“我不需要保持体力。”

“别那么夸张，哈里，求你了。”她说。

“你干吗不用鼻子闻一闻？我已经烂了半截了，都烂到大腿这儿了，还喝什么鬼肉汤？摩洛，拿威士忌苏打来。”

“求你喝点汤吧。”她温柔地说道。

“好吧。”

汤太烫了。他不得不端着杯子等汤凉了再喝，随后，他一口气把汤喝了下去。

“你是一个善良的女人，”他说，“别在意我的话。”

她仰起那张在《疾驰》和《城市与乡村》杂志上众人皆知和深受爱戴的脸看着他，这张脸因酗酒和贪恋床第之欢而稍受损害，但《城市与乡村》从未展示过那美妙的乳房、那有用的大腿，以及那双轻轻爱抚你后腰的手。当他看着她，看着她那出名的笑容时，他再次感到了死神的降临。这一次不是冲击，而是呼出的一口气，就像那使得烛光摇曳、火苗上蹿的一阵微风。

“待会儿他们可以把我的蚊帐拿到外面来，挂在树上，再点上篝火。今晚我不进帐篷了。没必要再搬了。夜里天气晴朗，不会下雨的。”

看来这就是你辞别人世的方式了，在肉耳听不见的飒飒声中。这样也好，不再会有争吵了。这个他可以保证。这是从未有过的经历，他不想把它搞砸了。可能还会有的。你把什么都搞砸了。但这次也许不会了。

“你能记录口授吗？能还是不能？”

“我从未学过。”她告诉他。

“没关系。”

虽然那些事件似乎像是被压缩了，但如果方法得当的话，你可以把所有事情写进一段文字里，当然，现在是来不及了。

湖上方的小山上有一座原木搭建的房子，抹在木头缝隙间的灰泥是白颜色的。门旁的一根柱子上挂着一个召唤人们用餐的铃铛。房子的后面是田野，田野的后面则是森林。一排白杨树从房子那里一直延伸到码头，岬角边缘也长着一排白杨。森林边上有一条通向山里的小路，他曾在那条小路上采摘黑莓。后来木头房子着了火，被烧毁了，放在火炉上方鹿角枪架上的猎枪烧着了，大火之后，铅弹熔化在弹匣里，枪托也烧掉了，光秃秃的枪管被丢在那堆用来在大铁肥皂锅里烧碱液的草灰里，你问爷爷你可不可以拿枪管玩，他说不行。你知道那仍旧是他的枪，他再也没买过别的猎枪。他也不再去打猎了。现在，那地方重新盖了一座木头房子，并被漆成白色，在露天阳台上可以看到白杨树和远处的湖，但再也没有猎枪了。曾挂在鹿角枪架上的猎枪枪管还躺在那堆灰里，再也没有人碰过它。

战后，在黑森林[1]，我们租了一条小溪钓鳟鱼，去那里的路有两条，其中一条是从特里堡下到峡谷底端，绕过与白色小路邻接的林荫山道，再沿着一条上山的小路往上走，经过许多矗立着黑森林风格大房子的小农场，直到这条路与小溪相交。我们就从那里开始钓鱼。

另一条路则需沿着森林的边缘爬上陡峭的山峰，再穿过山顶上的松树林，出了树林就是一片草原，穿过草原下到那座桥。那条小溪不长，窄窄的，溪水清澈湍急，沿岸生长着白桦树，在流过白桦树树根的地方形成一个个水潭。特里堡旅店的老板那一季的生意很兴隆。我们相处愉快，成了好朋友。第二年赶上通货膨胀，上一年赚的钱还不够他购买开旅店所需的东西，他于是上吊自杀了。

这个你可以口授，但你口授不了康特斯卡普广场，花贩在大街上染花，染液一直流到了人行道上，公交车从那里始发，妇女和老人总是被葡萄酒和劣质渣酿白兰地灌得醉醺醺的，孩子们在冷风里流着清鼻涕，汗臭、贫穷、“业余爱好者”咖啡馆里的醉态和舞厅里的妓女，她们就住在楼上。那个在她小房间里款待共和国自卫队队员的看门女人，他插着马鬃的头盔就在椅子上放着。过道对面女房客的丈夫是个自行车赛手，当她早晨在奶品店打开《机动车报》，看到他第一次参加环巴黎赛就名列第三时不禁喜上眉梢。她脸涨得通红，大声笑着，随后回到楼上，手握那张黄色的报纸放声大哭。开舞厅的女人她丈夫是个计程车司机，每次哈里不得不搭早班飞机的时候，那个丈夫就会敲门叫醒他，出发前他们会在白铁皮吧台那里喝一杯白葡萄酒。那时候他熟悉住在那一区的邻居，因为大家都很穷。

住在那里的人分为两种：酒鬼和运动狂。酒鬼靠喝酒打发贫穷，

---

1 德国西南部山区，在巴登-符腾堡州，是游览度假胜地。

运动狂则借助锻炼来忘掉它。他们是巴黎公社拥护者的后裔，弄懂政治对他们来说一点都不难。他们知道谁杀死了他们的父亲、亲友、弟兄和朋友。公社失败后，凡尔赛的军队夺回了城市，只要是手上有老茧的人，戴帽子或带有任何劳动者标志的人，格杀勿论。在那段贫困的日子里，他在自己那个与马肉铺和酿酒合作社隔着一条街的住所里，开始了自己的写作生涯。巴黎再没有另一个让他如此喜爱的地方了，这里树木蔓生，白灰泥墙老房子的下半截被刷成了棕色，圆形广场上长长的绿色公交车，人行道上紫色的染花液，依山而下、直通塞纳河的勒穆瓦纳红衣大主教街，而拥挤狭窄的莫菲塔德街则是另一番景象。往上通向万神殿的街道，和另一条他总在上面骑自行车的街道，是这个地区仅有的两条铺了沥青的路，车轮下的路面光滑平坦，那些又高又窄的房子，和那家保罗·魏尔伦[1]死在里面的高耸的廉价旅店。他们居住的公寓只有两个房间，他的那间位于那家旅店顶层，每月得付六十法郎的租金，他在那里写作，从那里能看见屋顶和烟囱，还有巴黎所有的山峦。

从公寓里你只能看到那个卖木材和煤炭的人的店铺。他也卖酒，劣质的葡萄酒。马肉铺子外面挂着金色的马头，打开的窗户里挂着金黄色和红色的马肉，漆成绿色的合作社，他们在那儿买酒，价廉物美的葡萄酒。剩下的就是邻居家的灰泥墙和窗户。晚上，每当有人醉倒在大街上，在那种典型的法国式的酩酊大醉——那种声称自己没醉的酩酊大醉里发出哼哼呀呀的声音时，邻居们会打开窗户，然后你就会听到一阵含糊不清的谈话声。

“那个警察去哪儿了？不需要他的时候，这狗日的总在那里晃悠。他正在和看门女人睡觉。把管理员叫来。”直到有人从窗口倒下

1 保罗·魏尔伦（1844—1896），法国诗人。

一盆水，呻吟声才停了下来。“那是什么？水，啊，真聪明。”窗户关上了。他的女仆玛丽抗议八小时工作制，说：“如果做丈夫的一直工作到六点，他在回家的路上只会稍微喝上两口，不会浪费太多的钱。如果他只工作到五点，那么他每晚都会烂醉如泥，一点钱也剩不下来。工人的老婆才是缩短工时的受害者呢。”

“想再喝一点汤吗？”女人问道。

“不用了，谢谢。汤非常好喝。”

“再喝一点吧。”

“我想来一杯威士忌苏打。”

“这对你不好。”

“不对。这对我有害。科尔·波特作词作曲。知道你为我疯狂。”[1]

“你知道我喜欢你喝酒。”

“哦，是的，只不过这对我有害。”

她离开之后，他陷入了思考。我将得到我想要的一切。不仅是我想要的一切，而且是所有的一切。唉。他累了，太累了。他想睡上一小会儿。他静静地躺着，死神还没有来。它一定去另一条街上转悠了。死神出入成双，骑着脚踏车，悄无声息地行在人行道上。

没有，他从未写过巴黎。那个他在意的巴黎。但是又该如何解释其余那些他从未写过的地方呢？

那个牧场、银灰色的山艾树、灌溉渠里清澈湍急的流水和墨绿的苜蓿？那条向上没入山峦的小路和夏天像鹿一样易受惊吓的牛。

1 科尔·波特（1891—1964），美国作曲家和抒情诗人。《这对我有害》是他作词作曲的一首歌曲，其中的一句歌词是：“知道你为我发狂，这对我有害。”

秋季里当你把牛群赶下山时，吆喝声、持续不断的喧闹声和缓慢移动的牛群扬起的尘土混在一起。群山背后，暮霭衬托下的山峰轮廓分明，在月光下骑马从小路下山，山谷对面一片皎洁。他这时候想起了怎样在黑暗中穿过树林下山，看不见路时只好抓住马的尾巴，还有所有他打算写的故事。

还想起那个打杂的愣头青，那次把他留在了牧场，叮嘱他别让任何人偷干草，有个从福克斯过来的老混蛋想弄点饲料，那个打杂的男孩过去给他干过活，还挨过他的揍。男孩不让他拿，老头说他，还要揍他。男孩从厨房拿来一支步枪，在老头企图闯进畜棚时打死了他，他们回到牧场时，他已经死了一个星期，冻僵在畜棚里，身体的一部分已经被狗吃掉。你把他残留的尸体放在一架雪橇上，裹上毯子，再用绳子捆结实了，男孩帮你把尸体拖出去，你俩穿上滑雪板带着它上了路，滑行六十英里来到城里，你把男孩交了出去。他一点都不知道自己会被逮捕，觉得自己尽了该尽的职责，你是他的朋友，他会因此受到奖励。他帮着把这个老家伙拖来，这样大家都会知道这个老家伙有多坏，知道他怎样企图偷盗不属于他的饲料，当警察给他戴上手铐时，这个男孩简直不敢相信。随后他放声大哭。这是他留着打算将来写的故事之一。他至少知道二十个发生在那里的好故事，但他从未写过一个。为什么？

“你告诉他们那是为什么？”他说。

“什么为什么，亲爱的？”

“为什么什么都没有。”

自从有了他，她酒喝得少多了。但是只要他活着，就绝不会去写她，他现在算是明白这一点了。不写她们中的任何一个。有钱人很无趣，他们酒喝得太多，还把大把的时间花在西洋双陆棋上。他们既无趣又唠叨。他想起了可怜的朱利安，想起了他对富人怀有的那份带浪漫色彩的敬畏，他曾在一篇小说的开头处写道："富豪们与你我都不同。"还想起有人对朱利安说：确实不同，他们的钱更多。但朱利安一点都不觉得这句话幽默。他以为他们是一些具有特殊魅力的人，当他发现不是这么回事之后，他被毁掉了，就像毁掉他的那些其他的事情一样。

他一向看不起那些被毁掉的人。你明白这是怎么一回事，你没必要去喜欢它。他想他能够战胜一切，只要不在乎，就不会受到任何伤害。

好吧。现在他也不会去在乎死亡。他一向惧怕的只是疼痛。他可以像任何一个男人那样忍受疼痛，除非疼痛持续得太久，让他精疲力竭，但他现在的病曾让他疼痛难熬，可就在他觉得快要熬不住的时候，疼痛却停止了。

他想起了很久以前的一件事。一天晚上，投弹官威廉森穿过铁丝网时被一个德国巡逻兵的手榴弹击中，他大声尖号，央求大家杀了他。他是个大胖子，尽管喜欢炫耀，却非常勇敢，是个优秀的军官。但那天晚上他被铁丝网挂住了，一颗照明弹把他照亮，他的肠子都流了出来，挂在铁丝网上。为了把他活着抬回来，他们不得不把他的肠子剪断。开枪打死我，哈里，看在老天的分上。他们曾就上帝会不会把你不能承受的东西降临在你身上有过一次争论，论点之一是只要疼痛持续一段时间，你会自动失去知觉。但他永远忘不了威廉森那天晚上的样子。没有一样东西能让威廉森失去知觉，直到哈里把自己所有的吗啡片都给了他，那是他留着自己用的，就连那些吗啡片也没能立刻起到作用。

现在，他身上的疼痛并不难忍受，只要它不再恶化，就没有什么好担心的。他只是希望自己能有一个好一点的伴儿。

他想了一会儿自己到底想要一个什么样的伴儿。

不行了，他心想，如果你做什么都做得太久，开始得太晚，你就不能指望大家还留在那里。人都散了。晚会结束了，现在只剩下了你和女主人。

我觉得死亡和其他事情一样无聊，他心想。

“真无聊。”他大声说道。

“亲爱的，怎么啦？”

“做什么都他妈的做得太久。”

他看着她那张在篝火和他之间的脸。她向后靠在椅子上，火光照着她线条优美的脸，看得出来她困了。他听见鬣狗在那圈篝火火光外叫了一声。

“我一直在写东西。”他说，“但我累了。”

“你觉得你能睡着吗？”

“没问题。你怎么还不去睡？”

“我喜欢坐在这儿陪你。”

“你觉不觉得有点奇怪？”他问她。

“没有。只是有点困。”

“我觉得有点。”他说。

他感到死神再次朝他走来。

“你知道，我唯一没有失去的东西，就是好奇心。”他对她说。

“你什么都没有失去。你是我知道的最完美的男人。”

“上帝啊。”他说，“女人真是见识短。那是什么？你的直觉？”

因为就在这一刻，死神光临了，并把它的头靠在帆布床的床脚上，他闻到了它的口气。

“千万别信什么镰刀和骷髅[1]，”他对她说，“它完全有可能是两个自在地骑在脚踏车上的警察，或者是一只鸟，它也许长着像鬣狗那样的猪拱嘴。”

它开始往他身体上移动，但它不再具有任何的形状。它只占据着空间。

“让它走开。”

它不但没有走开，反而更靠近了一点。

“你嘴巴里的气味真难闻，”他告诉它，“你这个臭烘烘的杂种。”

它还在向他靠拢，但他现在已无法对它说话了，见他说不出话来，它又往前靠了靠。他现在企图通过手势把它赶走，但它移到了他的身上，这样一来它所有的重量就都落在了他的胸口上。它蜷伏在那里，让他没法动弹，也说不出话来，他听见女人说道：“先生睡着了。把帆布床轻轻抬起来，抬进帐篷去。”

他无法开口吩咐她把死神赶走，它就蜷伏在那里，比刚才更重了，压得他喘不过气来。就在这时，帆布床被抬了起来，重压突然从他的胸口移开，一切又正常了。

现在是早晨，天已经亮了一会儿了，他听见了飞机的声音。它看上去很小，在天上转了一个大圈，男仆们跑出来，用煤油点着火，再堆上干草，这样这块平地的两端都冒起浓烟，晨风把烟往营地的方向吹，飞机又在天上转了两圈，这次飞得低了一点，然后下滑、拉平，平稳地降落下来，朝他走来的是身穿花呢夹克和休闲裤、头戴棕色毡帽的老康普顿。

“怎么啦，老家伙？”康普顿说。

“腿坏了，”他告诉他，“要吃点早饭吗？”

---

1 镰刀和骷髅都是西方死神的形象。

“谢了。喝点茶就可以了。这是一架‘银色天社蛾’[1],我没办法把太太也带上。只有一个座位。你们的卡车在路上了。”

海伦把康普顿拉到一边，和他说着什么。康普顿回来时比先前还要兴高采烈。

“我们现在就得把你弄上飞机，”他说，“我会再回来接太太的。我恐怕要在阿鲁沙[2]停一下加油。我们最好现在就走。”

“不喝茶了？”

“你知道嘛，我其实并不想喝。”

仆人们抬起了帆布床，他们抬着他绕过绿色的帐篷，沿着岩石往下来到那块平地，走过正在熊熊燃烧的熏烟堆，草都烧着了，风吹动着火苗，他们来到小飞机的跟前。把他弄上飞机还真不容易，可一旦上去了，他就躺在那张皮椅子上，一条腿向前伸到康普顿座椅的边上。康普顿发动引擎，然后登上飞机。他朝海伦挥了挥手，又朝仆人们挥挥手，引擎的咔嗒声变成了熟悉的轰鸣，他们掉了个头，康毕[3]留神着疣猪穴，飞机怒吼着，在两堆火光之间的一段路面上颠簸向前，随着最后的一次颠簸升上天空。他看见大家站在下方，在挥手，现在，靠近山丘的帐篷显得扁平了，平原伸展开了，簇生的树木和灌木丛也显得扁平了，一条条野兽出没的小道，现在都很平坦地通向干涸的水洼，有一个他以前不知道的新水源。那些斑马，现在变成了一个个圆圆的小脊背，角马像一根根手指一样行走在平原上，好像是大脑袋的圆点在爬行。当飞机的影子逼近时，它们四散奔逃。它们现在显得非常渺小，它们的移动已不像是在奔跑，你极目望去，能看见的是灰黄色的平原、前面老康毕穿着花呢夹克的

---

1 一种单引擎的三座小飞机。
2 坦桑尼亚的一座城市。
3 康普顿的昵称。

后背和棕色的毡帽。他们飞过第一群山岭，角马正在往山上走，然后他们飞过生长着绿色参天大树的山峰，还有生长着茂密竹林的山坡，接着又是一片茂密的森林，随地势起伏成峰谷，缓缓向下的山坡连着另一片平原，现在热起来了，到处是紫棕色，飞机在热浪中颠簸，康毕回头查看他的状况。这时前方又出现了一座深色的山峰。

他们接下来并没有飞往阿鲁沙，而是向左转了一个弯，他据此推断他们的燃油够用了；往下，他看见一片移动着的粉色云彩正飘过大地，从空中望去，就像突如其来的暴风雪中的第一阵雪，他知道蝗虫正从南边飞来。他们开始爬升，好像在往东飞，接着天色暗了下来，他们遇到一场暴风雨，大雨如注，仿佛是在穿越一道瀑布，突然，他们就从暴风雨中钻出来了，康毕转过头来，对他咧嘴一笑，用手指了指，前方，他目所能及的像整个世界一样壮阔、雄伟高耸、在阳光下白得令人难以置信的，正是乞力马扎罗山方形的山顶。他于是明白了，那就是他要去的地方。

就这时候，鬣狗在夜色中停止了悲嗥，开始发出一种奇怪的、几乎像人的哭声那样的叫喊声。女人被这个声音搅得心神不宁，但她并没有醒来。梦里的她正在她长岛的家里，那是她女儿首入社交界仪式的前夜。她父亲不知为什么也在场，一直都很粗鲁。这时鬣狗的叫声那么响，把她给惊醒了，有那么一阵，她不知道自己身在何处，心里十分害怕。她拿起手电筒，朝那张哈里睡着后他们抬进来的帆布床照去。她能看见他蚊帐里的身躯，但不知怎么搞的，他的那条腿伸出了蚊帐，耷拉在帆布床的边上。纱布全都脱落下来了，她不忍心再看下去。

"摩洛，"她喊道，"摩洛！摩洛！"

随后她说："哈里，哈里！"她提高嗓音："哈里！求求你，哦，哈里！"

没有回应，她听不见他的呼吸声。

帐篷外面，鬣狗还在发出与刚才惊醒她时一样的怪叫声。由于心跳得过于剧烈，她听不见这声音。

弗朗西斯·麦康伯短暂的幸福生活

现在是午餐时间，他们都坐在带绿色双层门帘的就餐帐篷里，装出什么事情都没有发生过的样子。

“你们是想要酸橙汁还是柠檬汽水？”麦康伯问。

“我要一杯螺丝锥[1]。”罗伯特·威尔逊告诉他。

“我也要一杯螺丝锥。我得喝点什么。”麦康伯的妻子说。

“看来大家都想喝一点，”麦康伯表示同意，“叫他调三杯螺丝锥。”

那个打杂的男孩早已行动起来，他从帆布冰袋里取出酒瓶，风吹过掩映帐篷的树林，帆布袋的外面渗出了水珠。

“我该给他们多少钱？”麦康伯问。

“一镑足够了，”威尔逊告诉他，“别把他们惯坏了。”

“领班会分给他们吗？”

“那当然。”

半小时前，厨子、贴身仆人、剥兽皮的和脚夫们肩扛手抬，把弗朗西斯·麦康伯从营地边上凯旋般地抬回到他的帐篷。扛枪人没有加入这一行列。这群土著仆人在帐篷门口放下麦康伯，他接受了

1 一种很受欢迎的英国鸡尾酒，由金酒和酸橙汁调配而成。

他们的祝贺，和他们一一握手，然后进了帐篷，坐在床上，直到他妻子走进来。她进来后没有和他说话，他立刻走出帐篷，在外面便携式脸盆里洗完手和脸，来到就餐帐篷跟前，坐在了树荫下一张吹得着凉风的舒适的帆布椅上。

"你算是打到你的狮子了，"罗伯特·威尔逊对他说，"挺他妈不错的一头狮子。"

麦康伯太太飞快地看了威尔逊一眼。她是个非常漂亮、保养得极好的女人，五年前，凭着她的美貌和社会地位，她用几张照片为一款自己从未用过的化妆品做广告，得到五千美金的酬劳。她嫁给麦康伯已经有十一年了。

"是头好狮子，不是吗？"麦康伯说。他妻子正看着他。她看这两个男人的样子，就像她从来不认识他们似的。

其中一个，威尔逊，那个白人猎人，她知道自己以前确实没有见过这个人。他中等个头，淡棕色的头发，一撇短而粗硬的胡子，脸色通红，一双极其冷漠的蓝眼睛，微笑的时候，眼角上几道浅浅的白色皱纹会欢快地加深几分，他此刻正朝着她微笑。她把目光从他脸上移开，移到他宽松外套里耷拉着的双肩，靠上衣左边口袋的一条子弹带里插着的四个大弹匣，移到他那双棕色的大手、旧便裤、脏兮兮的靴子，最后又回到了他的红脸膛上。她注意到他脸上晒出来的那片红色到了一圈白印子那里就止住了，那道印子是斯泰森毡帽留下来的，而那顶帽子此刻正挂在帐篷柱子上的一根钉子上。

"嗯，为狮子干杯。"罗伯特·威尔逊说。他又朝她笑了笑，而她正面无笑容、神情古怪地打量着她丈夫。

弗朗西斯·麦康伯个头很高，如果不考虑骨骼的长短，他的体形还是很匀称的。他肤色深暗，头发剪成划桨手的样子，嘴唇比较薄，相貌算得上英俊。他的狩猎装和威尔逊的一模一样，只不过是全新的;他三十五岁，身材保持得很好，精于室内运动[1]，名下有好几项重大钓鱼比赛的纪录，但是就在刚才，他公开展示了自己是怎样的一个胆小鬼。

“为狮子干杯，”他说，“对你所做的一切，我真是感激不尽。”

他妻子玛格丽特把目光从他那里移开，又回到了威尔逊身上。

“我们别再提那头狮子了。”她说。

威尔逊面无笑容地看着她，但她却对着他微笑。

“今天真是太奇怪了，”她说，“你平时不是连中午待在帐篷里的时候也要戴着那顶帽子吗？你告诉过我，对吧。”

“也许会戴上。”威尔逊说。

“要知道你有一张非常红的脸，威尔逊先生。”她对他说完后，又笑了起来。

“喝酒喝的。”威尔逊说。

“我不这么认为，”她说，“弗朗西斯酒喝得很多，但他从来不脸红。”

“今天红了。”麦康伯试图开个玩笑。

“不对，”玛格丽特说，“是我的脸今天红了。但威尔逊先生的脸一直是红的。”

“肯定和人种有关，”威尔逊说，“哎，我说，你不会总拿我的美貌当话题吧？”

“我这才刚刚开始呢。”

“那就到此为止吧。”威尔逊说。

“今天谈起话来真困难。”玛格丽特说。

---

1 这里是指在俱乐部里进行的运动，如壁球和手球。

“别说傻话，玛戈[1]。”她丈夫说。

“没什么难的，”威尔逊说，“打到了一头很棒的狮子。”

玛戈看着他俩，他俩都看出来她马上就要哭出声来了。威尔逊早就料到了这个，他感到恐惧，而麦康伯的感受则早已超出了恐惧。

“我真希望这件事没发生过。哦，我希望它没有发生过。”她说完就朝着自己的帐篷走去。她并没有哭出声来，但他们能看见她的肩膀在玫瑰色的防晒服下颤抖着。

“女人爱生气，”威尔逊对高个男人说，“无缘无故。神经兮兮的，不是这事儿就是那事儿。”

“不是这样的，”麦康伯说，“我估计我到死都得为这件事情忍气吞声了。”

“胡扯。我们来点烈酒。”威尔逊说，“把这件事情彻底忘掉。本来就没什么。”

“可以试试，”麦康伯说，“不过我不会忘记你为我做的事情。”

“没什么，”威尔逊说，“不值一提。”

他们就这么坐在树荫下，帐篷搭在刺槐树茂密的树冠下面，身后是大石块堆成的峭壁，面前的草地一直延伸到布满卵石的小溪边，小溪对岸则是树林。他们喝着凉爽的加了酸橙的酒，仆人布置午餐餐桌那会儿，他俩都在逃避着对方的眼睛，威尔逊看得出来，现在所有的仆人都知道这件事情了，他看见麦康伯的贴身仆人往桌子上放盘子时，用奇怪的眼神打量他的主人，便用斯瓦希里语[2]训斥了他几句。那个仆人面无表情地转过脸去。

“你跟他说了些什么？”麦康伯问道。

---

1 玛格丽特的昵称。
2 非洲东海岸和肯尼亚一带班图人的语言。

“没说什么。让他精神一点，不然我会狠狠抽他十五下。”

“什么？用鞭子抽？”

“那是非法的，”威尔逊说，“只允许扣他们的工钱。”

“你还鞭打他们吗？”

“哦，那当然。如果他们去告状，是会惹出乱子来的。但他们不会。他们情愿挨打也不愿意被扣钱。”

“太奇怪了。”麦康伯说。

“这有什么好奇怪的，”威尔逊说，“你会选择哪一个呢？挨一顿树条子还是被扣工钱？”

他随即为自己这么问感到脸红，没等麦康伯回答，他接着又说：“我们还不是每天都在挨鞭子，你知道，只不过形式不同罢了。”

这么说也好不到哪儿去。“老天爷，”他心想，“难道我成了一个外交家？”

“是的，我们是在挨鞭子。”麦康伯说，仍旧不看威尔逊，“狮子那件事我万分遗憾。这事没必要再往外传了，是不是？我是说不会再有其他人知道了吧？”

“你的意思是问我会不会在马撒加俱乐部说这件事吧？”威尔逊冷酷地看着他。这个他没有想到。看来这人不仅是个胆小鬼，还是一个该死的下流坯，他心想。直到今天以前我还蛮喜欢他的。可是谁又弄得懂一个美国佬呢？

“不会，”威尔逊说，“我是个职业猎手。我们从不谈论我们的客户。你尽可以放心。但要求我们别议论是很不礼貌的。”

他认定最简单的办法就是就此翻脸，这样他就可以独自进餐，还可以一边吃一边读点书。他们吃他们的。他会以一种公事公办的方式完成这次陪猎——法国人管这叫什么来着的？有尊严的礼节——这比经历这些情感垃圾要他妈的容易得多。他会去羞辱他，做一个干净利

落的了断。然后他就可以在吃饭时读读书，继续喝他们的威士忌。当一个狩猎计划出了问题之后，大家通常都会这么说。你碰到另一个白人猎手，你问他："都还顺利吧？"他回答道："哦，我还在喝他们的威士忌。"你就知道事情已经到了不可收拾的地步了。

"对不起。"麦康伯抬起那张美国佬特有的、直到中年才显得成熟的脸，威尔逊注意到了他划船手式的短发、有点躲闪的漂亮眼睛、端正的鼻子、薄薄的嘴唇和好看的下巴。"对不起，我没有意识到这个。很多东西我都不知道。"

他还能怎样，威尔逊心里想。他已经准备好快刀斩乱麻地将此事了结，他刚刚侮辱了他，而这个可怜虫却在这里道上了歉。他又试了一次。"别担心我会说出去，"他说，"我需要养家糊口。要知道在非洲，没有一个女人会错过她的狮子，没有一个白人会临阵脱逃。"

"我逃得像一只兔子。"麦康伯说。

碰上这样说话的男人，你他妈的能拿他怎么办，威尔逊琢磨着。

威尔逊用他那双机枪手般冷漠的蓝眼睛看着麦康伯，后者正朝他微笑。如果你没有注意到他受到伤害后的眼神，他的笑容还是蛮讨人喜欢的。

"也许我可以通过打野牛来弥补一下，"他说，"接下来我们要去打野牛，是吗？"

"早晨去，如果你愿意的话。"威尔逊告诉他。也许是他误会麦康伯了。这个方法当然是可行的。你永远弄不清一个美国佬到底想要干什么。他又同情起麦康伯来，如果能够忘掉这个早晨的话。当然，那是忘不掉的。这个早晨从头到尾都一塌糊涂。

"太太来了。"他说。她从她帐篷那里走过来，看上去焕然一新，一副兴高采烈和楚楚动人的样子。她有一张完美的鹅蛋脸，完美得都让人觉得她有点蠢。但她一点都不蠢，威尔逊想，不蠢，一点不蠢。

“漂亮红脸膛的威尔逊先生，你怎么样？弗朗西斯，你好点了吗，我的心肝儿？”

“哦，好多了。”麦康伯说。

“我已经不再想那些事情了。”她说着在桌旁坐下来，“弗朗西斯不会打狮子又怎样？他又不是干这一行的。那是威尔逊先生的行当。威尔逊先生不管猎取什么都令人难忘。你确实什么都打吧？”

“哦，什么都打，”威尔逊说，“随便什么。”她们是世界上心最狠、最残酷、最具掠夺性和吸引力的人，他心想，随着她们心肠变硬，她们的男人不得不软下来，不然就会精神崩溃。要不就是她们专挑那些能被操控的男人？他想，可她们在结婚那个年龄不可能知道得这么多呀。他庆幸自己此前就对美国女人有了充足的了解，这一位可是太有吸引力了。

“我们早晨要去打野牛。”他告诉她。

“我要去。”她说。

“不行，你不能去。”

“哦，我要去，我可以去吗，弗朗西斯？”

“你为什么不在营地待着？”

“随便你怎么说，”她说，“我绝不想错过像今天这样的事情。”

刚才她离开时，威尔逊还在想，她走到一旁哭泣的时候，看上去真像一个非常贤惠善良的女人。她似乎很通情达理和善解人意，为丈夫和她自己感到痛心，也知道事情的轻重。她离开二十分钟，现在回来了，全身裹上一层美国女人特有的残酷。她们是最可恶的女人。真是可恶到了极点。

“我们明天会再为你献上一出好戏。”弗朗西斯·麦康伯说。

“你别去了。”威尔逊说。

“那你就大错特错了，”她告诉他，“我还想看你表演。今天早晨你就非常可爱。如果说把野兽的脑袋打得稀巴烂可以算作可爱的话。”

“吃午饭了，”威尔逊说，“你的兴致很高嘛，是不是？”

“为什么不呢？我又不是为了无聊才来这里的。”

“嗯，从来就没有无聊过。”威尔逊说。他能看见河里的石头和长在远处高高的堤岸上的树木，想起了今天早晨。

“哦，没有，”她说，“一直都非常地有趣。还有明天。你不知道我是多么盼着明天。”

“他给你的是羚羊肉。”威尔逊说。

“是那种跳起来像野兔，有牛那么大的家伙吗？”

“我想你说的正是它。”威尔逊说。

“肉很好吃。”麦康伯说。

“弗朗西斯，是你打到的吗？”

“是的。”

“它们不危险吧？”

“除非它们落到你身上。”威尔逊告诉她说。

“那我就放心了。”

“玛戈，你就不能把你这泼妇劲儿收敛一下？”麦康伯一边说一边切着羚羊排，又朝插着肉块的叉子上加了一点土豆泥、肉汁和胡萝卜。

“我想可以吧，”她说，“既然你说得这么中听。”

“晚上我们得为那头狮子喝杯香槟，”威尔逊说，“中午太热了。”

“哦，狮子啊，”玛戈说，“我都把那头狮子给忘了！”

看来，罗伯特·威尔逊心想，她是在羞辱他，不是吗？要不她就可能在演戏？当一个女人发现自己的丈夫是个胆小鬼时，到底该做出什么样的反应呢？她真他妈的冷酷，但她们都很冷酷。她们处在统治地位，当然啰，想统治别人有时就得冷酷一点。不过，我算是看够了这套该死的恐怖把戏。

“再来一点羚羊肉。”他彬彬有礼地对她说。

那天傍晚之前，威尔逊和麦康伯带着两个扛枪的仆人，乘着当地人驾驶的车子外出。麦康伯太太留在了营地。天太热了，她不想出门，她说，早晨她会跟他们一起出去。他们开车离开的时候，麦康伯瞧见她站在一棵大树下，穿着淡粉色卡其装的她看上去与其说是美丽，不如说是娇俏，她深色的头发从前额拢到脑后，挽成一个发髻，低低地垂在脖子那里。她的气色很不错，他想，还像在英国时那样。车子穿过野草高长的沼泽地，在树林里蜿蜒向前，驶向覆盖着低矮果树丛的小山丘，她在朝他们挥手。

他们发现了果树丛里的一群黑斑羚，便下车追逐其中一只头上的长角分得很开的老公羊，麦康伯在两百码之外，用值得夸耀的一枪把它撂倒，打死了它，羊群发疯似的逃散开去，它们奔跑时步伐极大，腿抬得高高的，令人难以置信地争相越过彼此的脊背，人只有在睡梦中才能做出这样潇洒飘逸的动作。

“这一枪太棒了，”威尔逊说，“目标那么小。”

“羚羊头值得收藏吗？”麦康伯问道。

“很值得，”威尔逊说，“如果你枪能打成这样，就不会有任何问题。”

“你觉得我们明天能找到野牛吗？”

“很有机会。它们会在一大早出来觅食，运气好的话我们会在空地里遇上它们。”

“我想把狮子那件事给清除了。”麦康伯说，“让自己的太太看见你的那种行为，确实不是一件愉快的事情。”

要我说这么做才更不愉快，威尔逊想，或者做完了还要去说这

件事，老婆不老婆倒是无所谓。但他却说：“换了我就不会再去想这些了。谁遇到他的第一头狮子都会惊慌失措的。这事就算完了。”

但那天晚餐后，当弗朗西斯·麦康伯在篝火旁喝完了睡前的威士忌苏打，躺在帆布床上挂着的蚊帐里，听着夜晚发出的声音时，这件事并没有完。它既没有完结也不再开始。它就待在那里，和发生时一模一样，而其中的某些部分甚至被突出放大了，他为由此产生的耻辱而痛苦。但比耻辱更深的则是一种冰冷空洞的恐惧。这种恐惧像一个黏黏的空洞，占据了他失去自信心后留下的空虚，让他难受得想吐。直到现在，此事仍然挥之不去。

事情始于昨晚，他醒来后听见河上游传来狮子的吼声。那是一种深沉的吼叫，尾音处带着某种像是咳嗽的咕噜声，让他觉得狮子就在帐篷外面。弗朗西斯·麦康伯半夜醒来，听到了这个声音，他害怕了。他能听见妻子沉睡中发出的平静的呼吸声。他无处诉说自己的恐惧，也没有人与他一起承担这恐惧，独自躺着的他并不知道那个索马里谚语，说一个勇敢的人也会被狮子吓着三次——第一次看见狮子的脚印，第一次听见狮子的吼声和第一次与狮子遭遇。后来，太阳升起前，当他们在就餐帐篷里借着马灯的光亮吃早餐时，那头狮子又吼了起来，弗朗西斯觉得它就在营地边上。

“听上去像是个老家伙。”罗伯特·威尔逊从他的腌鱼和咖啡上抬起头来，“听它咳嗽的声音。”

“它离得很近吗？”

“上游一英里左右吧。”

“我们会见到它吗？”

“得去看一看。”

“它的吼声能传那么远吗？听起来好像它就在营地里。”

“传得远着呢，”罗伯特·威尔逊说，“这种声音传起来很奇特。

希望它好打。仆人们说附近有一头挺大的。”

“如果我只能打一枪，我应该打哪儿，”麦康伯问，“才能让它停下来呢？”

“肩膀，”威尔逊说，“最好靠脖子那儿，如果你能打中的话。打它的骨头。把它撂倒。”

“但愿我打得准。”麦康伯说。

“你枪法很好，”威尔逊告诉他，“别着急，瞄准了再打。第一枪最关键。”

“什么样的距离比较合适呢？”

“这说不准。得由狮子来决定。要近到你确信能打中时再开枪。”

“一百码以内？”麦康伯问。

威尔逊迅速地看了他一眼。

“一百码差不多，也许还要近一点。超过这个距离就不该去冒险。一百码是个相当不错的距离。在这个距离内你想打哪里就能打哪里。太太过来了。”

“早上好，”她说，“我们要去打那头狮子吗？”

“等你吃完早饭就走。”威尔逊说，“你感觉如何？”

“好极了，”她说，“我非常兴奋。”

“我要去看看东西准备好了没有。”威尔逊说着走开了。他走后狮子又吼了起来。

“吵死人的家伙，”威尔逊说，“我们会让它住口的。”

“弗朗西斯，你怎么啦？”他妻子问他。

“没什么。”麦康伯说。

“不对，一定是有什么事情，”她说，“你心烦什么？”

“没什么。”他说。

“告诉我，”她看着他，“你没哪儿不舒服吧？”

“是那个该死的吼声，”他说，“吼了一整夜，你知道嘛。”

“你为什么不叫醒我？”她说，“我倒是很喜欢听这吼声。”

“我一定要杀了这个该死的东西。”麦康伯可怜兮兮地说道。

“哦，难道这不是你来这儿的目的吗？”

“是。但我有点紧张。这个家伙吼得我神经紧张。”

“那么，像威尔逊说的那样，去杀了它，让它吼不了。”

“是的，宝贝，”弗朗西斯·麦康伯说，“说起来倒是容易，是不是？”

“你不会害怕了吧？”

“当然没有。但听它吼了一夜，我有点紧张。”

“你会很漂亮地干掉它的，”她说，“我知道你会。我都等不及要看了。”

“吃完你的早饭，我们这就出发。”

“天还没亮，”她说，“这真是个荒唐的时间。”

就在这时，那头狮子发出一阵源于胸腔深处的咆哮，又突然转变成由低向高颤动的喉音，空气似乎都在随之颤抖，最后在一声叹息和发自肺腑的高昂而沉重的咕哝声中结束。

“它听上去就在附近。”麦康伯的妻子说。

“我的天哪，”麦康伯说，“我讨厌这该死的吼叫声。”

“这声音非常特别。”

“特别？简直是恐怖。”

罗伯特·威尔逊带着他那支又短又难看、口径大得吓人的 .505 口径吉布斯，笑眯眯地走了过来。

“走吧，”他说，“扛枪人把你的斯普林菲尔德[1]和那支大枪都带上

1 一种步枪的名字。

了。所有的东西都在车里。你有实心弹吗？”

“有。”

“我准备好了。”麦康伯太太说。

“得让它停止乱吼乱叫，”威尔逊说，“你坐前排，我和太太坐后排。”

他们上了车，在第一道灰蒙蒙的晨光里穿过树林，向河上游驶去。麦康伯打开枪膛，看见里面是金属铸造的子弹，他推上枪栓，上好了保险。他看见自己的手在颤抖。他把手伸进口袋，摸了摸里面的子弹，又把手指放在外套前面弹药带里放着的子弹上。他朝坐在这辆没有车门、车身像盒子一样的汽车后排的威尔逊转过身去，他妻子就坐在威尔逊旁边，两人都兴奋地咧嘴笑着。威尔逊倾身向前，低声说道：

“看，鸟都在往下落，说明老家伙已经离开了它的猎物。”

麦康伯看到秃鹰在小溪对岸树梢上方盘旋，向下俯冲。

“它很可能要来这里喝水，”威尔逊轻声说道，“在睡觉之前。留神点。”

他们沿着小溪高高的堤岸慢慢朝前开，溪水把铺满卵石的河床冲刷得很深。他们在大树间绕进绕出。麦康伯正观察着对岸，就觉得胳膊被威尔逊抓住了。车子停了下来。

“它在那儿。”他听见一声耳语，“前方靠右一点的地方。下车去打它。是一头非常棒的狮子。”

麦康伯现在看见那头狮子了。它几乎侧身站在那里，抬起的大脑袋朝他们转了过来，迎面吹来的晨风微微掀动着它深色的鬃毛。狮子看上去十分庞大，灰暗的晨光映出它立在堤岸高处的剪影，肩膀浑厚，躯体圆滚光滑。

“它有多远？”麦康伯一边举枪一边问道。

“大概有七十五码。下车去打它。”

“为什么不能在这里打？”

“不能在车里开枪。”他听见威尔逊在他耳边说，“下车去，它不会永远待在那里的。”

麦康伯迈腿跨过前排座位侧面的弧形开口，脚先踩在车子的踏板上，再落到地面上。那头狮子仍然站在那里，威严冷漠地看着这个物体，这个像一头大犀牛的庞然大物，在它眼睛里呈现的只是一个轮廓。它看着这个物体，闻不到人的气味，便微微地晃了晃它硕大的脑袋。当它注视这个物体时，并没有感到害怕，但在走下堤岸喝水前，面对这样一个怪物，它还是犹豫了一下。看见一个人影从那个物体上分离出来，它扭过沉重的脑袋，转身朝供隐蔽的树林跑去。就在这时它听见一声刺耳的响声，同时感到了一颗 .30-06 的 220 格令[1]实心弹头的撞击，子弹撕开了它的腰窝，一种火烧火燎的感觉涌进胃里。它迈开大脚小跑起来，步伐很沉重，吃得饱饱的肚子受了伤，所以有点摇摇晃晃。它穿过林子向高高的草丛与隐蔽处跑去。然后又是一声巨响，响声划破空气，从它的上方越过。紧接着又是一声响，子弹击中并穿过它肋下时，它感到一股冲击，热乎乎的血沫突然涌进嘴里，它开始朝高高的草丛奔跑，它可以匍匐在那里，没人能够看得见，等他们带着那个发出响声的东西走近了，再猛冲出去，扑住那个拿着这个东西的人。

麦康伯从车上下来时并没在考虑狮子的感受。他只知道自己的手在颤抖，他离开车子后，几乎迈不动腿。他大腿发僵，但他能感觉到肌肉的跳动。他举起步枪，瞄准狮子头和肩膀的连接处，扣动了扳机。他觉得自己都要把手指扣断了，但什么也没有发生。这时

---

1 英制重量单位，1 格令等于 64.8 毫克。

他才想起来枪上了保险，他放下枪打开保险的同时，又往前迈出僵硬的一步，就在这时，狮子看见他的轮廓和车子的轮廓分开了，便转身一路小跑起来，麦康伯开火时，听见砰的一声，这说明打中了，但狮子仍然在跑。麦康伯又开了一枪，所有人都看见子弹在跑着的狮子前方激起一缕尘土。他又开了一枪，并记住往下瞄了一点，他们都听见子弹击中的声音，狮子开始奔跑，不等他推上枪栓，就钻进了高高的草丛。

麦康伯站在那里，难受得直想吐，握住斯普林菲尔德步枪的手仍然保持着刚才的姿势，并且不停地颤抖着，他妻子和罗伯特·威尔逊站在他身旁。他身旁还站着两个正用瓦卡姆巴语[1]交谈的扛枪人。

“我打中它了，”麦康伯说，“我打中了它两枪。”

“你打中了它的肚子，你打中了它前面的一个部位。”威尔逊说这话时没有丝毫的热情。扛枪人的脸色阴沉。他们现在都不说话了。

“你有可能已经打死它了，”威尔逊接着说道，“我们得等上一会儿再进去找它。”

“你这是什么意思？”

“先让它在那里耗上一会儿，我们再进去找它。”

“哦。”麦康伯说。

“这是一头很棒的狮子，”威尔逊欢快地说，“但它跑进了一个很糟糕的地方。”

“为什么说糟糕？”

“得走到它跟前才能看见它。”

“哦。”麦康伯说。

“走吧，”威尔逊说，“太太可以在车里待着。我们去查看一下

1 东非班图人的一种语言。

血迹。”

“待在这里，玛戈。”麦康伯对他妻子说。他的嘴发干，说话很困难。

“为什么？”她问。

“威尔逊说的。”

“我们过去看一看，”威尔逊说，“你待在这里。从这里你能看得更清楚一点。”

“好吧。”

威尔逊用斯瓦希里语对司机说着什么。后者一边点头一边说：“是，先生。”

他们随后顺着陡峭的堤岸下到小溪旁，越过小溪，翻过、绕过那些大卵石，抓住凸出来的树根，爬上了另一侧的堤岸，再沿着堤岸往前走，一直来到麦康伯开第一枪时狮子跑开的地方。扛枪人用草茎指着留在短草上的深色血迹，血迹一路延伸到岸上的树林里。

“我们干吗？”麦康伯问。

“没有太多的选择，”威尔逊说，“我们没法把车子开过来。堤岸太陡了。等它不那么灵活了，我和你一起进去找它。”

“我们不可以放火烧草吗？”麦康伯问。

“草太青了。”

“不可以派轰猎的人去吗？”

威尔逊用评判的目光看着他。“当然可以，”他说，“但这和谋杀也差不多。你看，我们知道这头狮子受了伤。你可以去轰一头没有受伤的狮子，它听见响声后会跑起来，但一头受了伤的狮子会扑过来。你要走到它的跟前才会发现它。它会平平地趴在一个你以为连一只野兔都藏不住的地方。你不能心安理得地派手下的人去干这样的事情。肯定会伤到人的。”

“那些扛枪人呢？”

“哦，他们会和我们一起去。那是他们分内的事情。要知道，他们是签了合约的。但他们看上去不太高兴去，你不觉得吗？”

“我不想去那里。”麦康伯说。他不知不觉地就说出了这句话。

“我也不想去，”威尔逊欢快地说道，“但真的是没有选择。”随后，像是才想起来，他瞟了麦康伯一眼，突然发现他在发抖，脸上一副可怜兮兮的样子。

“当然，你没有必要去，”他说，“这是你为什么雇我的原因，你知道的，也是我为什么这么昂贵的原因。”

“你是说你自己一个人进去？为什么不让它待在那里呢？”

罗伯特·威尔逊，这个整个职业生涯都在和狮子以及狮子引发的问题打交道的人，一直没有认真考虑过麦康伯这个人，只是注意到他有一点神经兮兮的，突然觉得自己像是开错了旅馆里的一扇门，撞到一桩极为丢脸的事情。

“你这是什么意思？”

“为什么不随它去呢？”

“你是说我们假装不知道它被打伤了？”

“不是。别管它就是了。”

“这件事还没有完。”

“为什么说还没有完？”

“原因之一，它肯定在受罪。另外就是别人有可能会碰到它。”

“我明白了。”

“但你没必要去管这件事。”

“我倒是想管，”麦康伯说，“我只是被吓到了，你知道。”

“我们进去时我走在前面，”威尔逊说，“孔戈尼断后。你跟在我身后，靠边一点。或许我们能听见它的咆哮声，如果见到它，我们

一起开枪。别的什么都不要想。我会保护你的。其实，你知道，你也许最好还是别去了，这样可能更好。你为什么不到太太那里待上一会儿，让我去把这件事给处理了？”

“不，我要去。”

“好吧，”威尔逊说，“不过如果你不想去，就千万别去。要知道，现在这已经是我分内的事了。”

“我要去。”麦康伯说。

他们坐在一棵树下抽烟。

“我们等着的时候，想去和太太说两句吗？”威尔逊问道。

“不用了。”

“我过去和她说一声，让她耐心等着。”

“好的。”麦康伯说。他坐在那里，腋下在流汗，嘴里发干，觉得胃里空空的，他想鼓足勇气对威尔逊说，让他一人去把狮子处理掉。他没有早点注意到威尔逊的情绪，不知道他已经很愤怒了，还打发他去他妻子那里。威尔逊回来时，他还坐在那里。“我拿来了你的大枪，”威尔逊说，“拿着它。我觉得我们已经给了它足够的时间。走吧。”

麦康伯接过那支大枪，威尔逊说：

“跟在我后面五码左右，靠右边一点，照我说的去做。”随后他用斯瓦希里语对两个面如土色的扛枪人说了几句话。

“我们走吧。”他说。

“我可以喝点水吗？”麦康伯问道。威尔逊对那个年纪较大、皮带上挂着水壶的扛枪人说了句什么话，他解下水壶，拧开盖子，递给麦康伯，麦康伯接过水壶时才注意到它是多么的重，水壶套子在手上留下粗糙的、毛茸茸的感觉。他举起水壶喝水，抬头看着前面高高的野草和草丛后面平顶的树丛，一阵微风吹过，草在风中微微波动。他看了看扛枪人，看得出来他们也正被恐惧折磨着。

草丛深处三十五码的地方，狮子平平地匍匐在地上。它的耳朵向后竖立，全身唯一的动作就是轻微地上下抽打那条长着一簇黑毛的长尾巴。它来到这个隐蔽处后就已身陷背水一战的困境，滚圆肚子上的伤口让它难受，穿过肺部的伤口也在削弱它的体力，每呼吸一次，嘴里就会冒出稀稀的血沫。它的两肋潮湿，热乎乎的，苍蝇叮在实心弹在黄褐色毛皮上留下的小窟窿上，它黄色的大眼睛因仇恨而眯成了一条缝，直视着前方，只在呼吸引起疼痛时才眨一下，它的爪子埋在松软的焦土里。它所有的一切——疼痛、难受、仇恨和剩余的力量——全都浓缩成突袭前的绝对专注。它能听见人们说话的声音，它等待着，调动起所有的一切，为这一扑做好准备，只等他们走进草丛。听到他们的声音后，它的尾巴僵直地上下抽动起来，当他们来到草丛边上时，它发出一声夹着咳嗽的咕噜声，猛扑上去。

孔戈尼，那个年长的扛枪人，走在前面查看血迹，威尔逊监视着草丛里的动静，他的大枪随时准备开火；第二个扛枪人眼睛看着前方，在侧耳监听。麦康伯端着拉开扳机的步枪，紧跟在威尔逊的身后，他们刚刚走进草丛，麦康伯就听见了那声被血噎住、夹带着咳嗽的咕噜声，看见了草丛里有个东西呼地猛扑过来。接下来，他只知道自己在奔跑，发了疯似的奔跑，在那片空地上，惊恐地朝着小溪狂奔。

他听见威尔逊的大枪发出的枪响——卡——拉——轰！然后又是一声巨响——卡拉轰！他回头去看狮子，它现在的样子惨不忍睹，半个脑袋似乎都不见了，正朝草丛边上的威尔逊爬去，这个红脸汉子拉开那把难看的短枪枪栓，仔细地瞄准着，枪口又发出一声卡拉轰！爬行着的狮子沉重的黄色身躯僵住了，残缺不全的大脑袋栽向前方，麦康伯独自站在自己跑过的空地上，手里端着一支上了膛的步枪，而两个黑人和一个白人正回头看着他，眼里充满蔑视，他知道狮子已经死了。他朝威尔逊走去，高高的身躯似乎变成了一个赤裸裸的谴责，威尔逊看着他说：

“要留个影吗？”

“不要。”他说。

他们回到车旁前只说了这两句话。威尔逊之后说：“多棒的一头狮子。伙计们会把它的皮剥下来。我们不妨在树荫下面等上一会儿。”

麦康伯的妻子一直没看他，他也不看她，他在后排她身旁的座位上坐下，威尔逊坐到了前排的座位上。有一次，他伸手握住她的一只手，眼睛却不看着她，而她则把手从他手心里抽了出来。看着小溪对岸正在剥狮子皮的扛枪人，他意识到她是能够看到事件的整个过程的。他们闷坐在车里，他妻子探身向前，把手放在威尔逊的肩膀上。威尔逊转过身来，她弯腰越过低矮的座位，在他嘴上吻了一下。

“哎哟。”威尔逊说，那张晒红了的脸更加红了。

“罗伯特·威尔逊先生，”她说，“漂亮红脸膛的罗伯特·威尔逊先生。”

随后她坐回到麦康伯身边，扭头看着小溪对岸躺着的狮子，它朝上支着的前腿露出雪白的肌肉和凸起的腱子肉，白色的肚子胀鼓鼓的，黑人们正忙着刮掉皮上粘着的肉。扛枪人终于带着又湿又重的狮子皮走过来，上车前先把狮子皮卷好，带着它爬上了车子的后部，车子启动了。回到营地前，没有人再说过一句话。

这就是狮子的故事。麦康伯不知道狮子发动突袭前的感受，也不知道它扑上来时被一颗枪口初速度达每小时两百英里的 .505 口径子弹难以置信地击中嘴巴时的感受，不知道什么使得它在身子的后半部分被第二枪打伤后，还能够继续朝着发出那个响声，并要了它命的东西爬去。威尔逊对此有所了解，他只能用一句“一头顶呱呱的狮子”来表达，但麦康伯并不知道威尔逊的感受。他也不知道他妻子的感受，只知道他们之间算是完了。

他妻子曾同他闹翻过，但从来没有持续很久。他很有钱，而且还会更有钱，他知道她现在再也离不开他了。这是他确切知道的几件事情之一。他懂这个，还懂摩托车（那是最早的时候），懂汽车，懂打野鸭，懂钓鱼——鳟鱼、三文鱼和大海鱼，懂书上的性知识，很多很多的书，太多的书，懂所有的室内运动，懂狗，对马懂得不多，懂得捏紧他的钱包，懂他涉及的圈子里的大多数事情，还懂得他妻子不会离开他。他妻子曾经是个大美人，在非洲她现在还算得上是个大美人，但在他们那里，她已经不再美得足以离开他，并让自己生活得更好，她知道这一点，他也知道。她已经错过了离开他的机会，他心里很清楚。如果他的女人运好一点的话，她或许应该担心他会另娶新欢，但她对他太了解了，一点也不用为此担心。而且，他总是能够一忍再忍，如果这不是最阴险的用心，应该算是他最大的优点了。

总的说来，他们被认为是一对比较幸福的夫妻，就像某个社交专栏作家所写的那样，这对夫妻婚姻即将破裂的谣言甚嚣尘上，但实际上从来没有发生，他们到这曾经被称为“最隐秘的非洲”狩猎，并不只是为了给他们那让众人羡慕不已，同时也经得起考验的浪漫增加一点冒险色彩。这片大陆因为马丁·约翰逊夫妇[1]的多部电影才

1 马丁·约翰逊夫妇指马丁·约翰逊（1884—1937）和其妻子奥莎·约翰逊（1894—1953），美国电影摄制者和探险家。他们探索了当时还鲜为人知的东部非洲的野生动物和风土人情，并将它们搬上了银幕。

为人所知，人们来到这里追逐传说中的狮子王、野牛和大象，为自然历史博物馆采集标本。那个专栏作家过去至少三次报道过他们濒于分手的消息，事实也确实如此。但他们总能够言归于好。他们的结合有着一个坚实的基础：玛戈美得让麦康伯不忍抛弃，而麦康伯则有钱得令玛戈舍不得离去。

大约凌晨三点钟，弗朗西斯·麦康伯不再去想狮子以后睡着了一小会儿，他醒来了一下，又睡着了，突然被一个梦惊醒，梦里，满头是血的狮子正俯视着他，他的心脏狂跳不止，侧耳听了听，意识到妻子并不在帐篷里的另一张帆布床上。他怀揣着满腹的心事，睁着眼睛躺了两个小时。

两个小时后，他妻子走进了帐篷，她掀起蚊帐，惬意地爬上床。

“你去哪里了？”麦康伯在黑暗中问道。

“哦，”她说，“你醒了？”

“你去哪里了？”

“出去了一下，呼吸一点新鲜空气。”

“是这样吗，放屁。”

“你希望我说什么呢，亲爱的？”

“你去哪里了？”

“呼吸新鲜空气去了。”

“这倒是个新名词。你这个婊子。”

“那么，你这个胆小鬼。”

“好吧，”他说，“怎么着吧？”

“我无所谓。不过我们别说了，求你了，亲爱的，因为我太困了。”

“你以为我什么都会接受。”

“我知道你会的，甜心。”

“哼，我不会。”

“求你了，亲爱的，我们别说了。我很困了。”

“不会再发生这样的事情。你保证过的。”

“那么，现在发生了。”她甜美地说道。

“你说过如果我们这次出来旅行，就不再会发生这样的事情。你保证过。”

“是的，亲爱的。我是这么打算的。但这趟旅行被昨天毁了。我们没有必要去谈这个了，有这个必要吗？”

“你只要一找到理由就迫不及待，是不是这样？”

“请你不要说了。亲爱的，我困死了。”

“我要说。”

“那就别在意我啰，因为我要睡了。”她真就这么做了。

天亮之前，他们三人坐在桌旁吃早饭，麦康伯发现，在他恨过的所有男人当中，最恨的就是罗伯特·威尔逊。

“睡得还好吗？”威尔逊一边用沙哑的嗓音问道，一边往烟斗里塞烟丝。

“你呢？”

“好极了。”白人猎手告诉他说。

你这个狗杂种，麦康伯心想，你这个目中无人的狗杂种。

看来她进去时吵醒了他，威尔逊心想，冷漠的眼睛看着他们。不过，他为什么不让他老婆待在她该待的地方呢？他以为我是谁？一个该死的石膏圣徒？他应该让她待在她该待着的地方。是他自己的错。

“你觉得我们能找到野牛吗？”玛戈问道，推开一个盛杏子的盘子。

“有机会。”威尔逊微笑着对她说道，“你为什么不在营地里待着？”

“说什么都不。”她告诉他。

“为什么不命令她待在营地里？”威尔逊对麦康伯说。

“你来命令她吧。”麦康伯冷冷地回答。

“我们别下什么命令了，也——”玛戈转向麦康伯，非常愉快地说道，“别犯什么傻，弗朗西斯。”

“你做好出发的准备了吗？”

“随时待命，”威尔逊告诉他，“你想要太太去吗？”

“我想要不想要又有什么区别？”

见鬼了，罗伯特心里想。真是见了大头鬼了。看来接下来非这么着不可了。好吧，那就这么着吧。

“没什么区别。”他说。

“你真的不想和她待在营地里，让我一人去打野牛？”麦康伯问道。

“这不成，”威尔逊说，“如果我是你，就不会说这些废话。”

“没说废话。我只是感到恶心。”

“恶心，这是句脏话。”

“弗朗西斯，请你说话时理智一点！”他妻子说。

“我他妈的太理智了。”麦康伯说，“你吃过这么污秽的食物吗？”

“食物有什么问题吗？”威尔逊平静地问。

“和其他东西一样糟糕。”

“要是我的话就会振作起来，胆小鬼，”威尔逊非常平静地说，“在桌旁伺候的那个仆人懂一点英语。”

“见他的鬼。”

威尔逊站起身来，抽着烟斗走开了，他向站着等他的两个扛枪人中的一个说了几句斯瓦希里语。麦康伯和妻子坐在桌旁，他盯着自己的咖啡杯发愣。

“如果你闹得不可开交的话，我就离开你，亲爱的。”玛戈平静地说道。

“不会，你不会的。”

“你可以试试看。”

“你不会离开我的。”

“是不会，”她说，“我不会离开你，但你也会检点一点。”

“检点一点？说得真好。检点一点。”

“是的。检点一点。”

“那你干吗不试着检点一点呢？”

“我试了很久。太久了。”

“我恨那个红脸的猪猡，”麦康伯说，“我讨厌他那副狗样子。”

“他真的很友好。”

“哦，闭嘴。”麦康伯几乎大声叫喊起来。就在这时，汽车开了过来，停在就餐帐篷的前面，司机和两个扛枪人下了车。威尔逊走过来，看着坐在桌旁的这对夫妻。

“去打猎吗？”他问道。

“去。”麦康伯说着站了起来，“去。”

“最好带上一件羊毛衫。车里会冷的。”威尔逊说。

“我去拿上我的皮夹克。”玛戈说。

“仆人已经拿了。”威尔逊对她说。他爬进前排的座位，在司机旁边坐下，弗朗西斯·麦康伯和他妻子一声不响地坐在了后排的座位上。

但愿这个蠢货没在想着一枪把我的后脑勺给崩掉，威尔逊暗自想，带女人去狩猎就是麻烦多。

汽车在灰蒙蒙的晨光中碾过铺满卵石的浅滩，来到河对岸，再爬上陡峭的堤岸，威尔逊头天就已吩咐手下的人在那里开出一条路，这样他们就能开到对岸那个树木丛生、像猎苑一样的丘陵地带。

一个很不错的早晨，威尔逊心想。露水很重，车轮碾过野草和矮树丛时，他闻到了被碾碎的草叶发出的清香，像马鞭草的味道。汽车穿行在这片杳无人迹的猎苑上，他喜欢晨露和碾碎了的蕨草的气息，还有露出晨雾的黑黢黢的树干。他一心想着野牛的事，早已忘记了坐在后排的那两位。他去找的野牛平时待在一个泥泞不堪的沼泽地里，不好打，但它们会在夜里来这一带的空地找吃的，如果能用车子把它们和沼泽地隔开，麦康伯就很有机会在空地上打到它们。他一点都不想和麦康伯在树木稠密的地方打野牛，或任何其他的野兽。但他是个职业猎手，陪一些稀奇古怪的客人打过猎。如果他们今天打到了野牛，那么就只剩下犀牛了，这个可怜虫将结束他的冒险游戏，事情也许会好转。他不想再和这个女人有任何瓜葛，而麦康伯也会忘掉那件事。可怜的家伙。看来这类事情他过去没少经历。不过，这都是这个可怜的草包自己的错。

他，罗伯特·威尔逊，狩猎时总带着一张双人帆布床，以便接纳随时可能光临的好事。他陪猎的顾客通常来自不同的国家，他们生性放荡，喜欢冒险，那些女人总觉得，只有和这个白人猎手睡过了，她们的钱才没有白花。尽管在当时，她们中的几位还是蛮讨人喜欢的，但是一旦离开了她们，他就开始鄙视她们，不过，他靠这些人为生，只要他们雇了他，他们的标准就是他的标准。

所有的标准他都可以接受，但狩猎除外。关于猎杀他有他自己的标准，他们要不遵守这个标准，要不就去找别人陪猎。他也知道他们都因此而尊重他。但这个麦康伯是个怪物，如果不是才怪呢。还有这个老婆，嗯，这个老婆，对，这个老婆，嗯，这个老婆。好了，对他来说这些都已经过去了。他回头看了他们一眼。麦康伯正绷着脸，怒气冲冲地坐在那里，而玛戈则在对他微笑。威尔逊想，她今天看上去更加年轻，更加天真和清新，不再是那种做出来的美。至于她心里怎么想的，只有天知道了。昨晚她的话不多。想到那些，他为她能随行而感到高兴。

汽车爬上一个缓坡，继续穿行在树林里，随后开进一片像是牧场的开阔地，车子沿着开阔地边上的树荫继续向前，司机放慢车速，威尔逊仔细察看着草原和它远处的一边。他让汽车停下来，用望远镜观察着这片开阔地，随后示意司机接着朝前开，车子缓慢地向前行驶，司机避让着地上一个个疣猪洞，绕过一座座蚁山。这时，正朝开阔地张望的威尔逊突然转过脸来，说：

"天哪，它们在那里！"

威尔逊用斯瓦希里语快速地跟司机说着什么，汽车颠簸着向前猛冲，麦康伯朝他指的方向望去，只见三头巨大的黑色野兽，正奔跑着穿过开阔地的另一边，它们长而笨重的身躯几乎是圆柱形的，像是黑色的大油罐车。奔跑过程中，它们的脖子和身体都是僵直的，当它们伸着头朝前奔跑时，他能看见它们头顶向上斜叉开的黑犄角，牛头一动不动。

"是三头老公牛，"威尔逊说，"我们得切断它们的退路，不让它们跑进沼泽地。"

汽车以每小时四十五英里的速度疯狂地穿过开阔地，麦康伯注视着前方，野牛在他眼中越来越大，他终于看清了那头灰色的大公牛，它无毛的身体上长满了黑色的疥疮，脖子和肩膀连在一起，黑色的犄角亮闪闪的，它稍稍落在了其他奔跑着的公牛后面。公牛们以不变的步伐，呈一条直线向前猛冲。这时，车子像是从公路上掉了下来一样摇晃了一下，他们离得更近了，他能看到公牛往前猛冲的庞大身躯，看见它毛发稀疏的毛皮上沾着的尘土，还看见了它角上宽宽的瘤节，凸在前面鼻孔喷张的鼻子。他举起猎枪，就听见威尔逊大喊道："别在车里开枪，你这个蠢货！"他并不害怕威尔逊，只是憎恨他，这时车子的刹车已被踩住，车子在向前滑行，斜插向路旁，威尔逊从车子的一侧跳下地，他从另一侧跳了下来，脚落在急速后退的地面上时，打了个趔趄，他紧接着就朝那头跑开的公牛开枪，听到子弹打中它时发出的噗噗声；对着跑开的野牛打光了枪膛里的子弹之后，才想起来应该打牛前面肩膀的部位。在他手忙脚乱地装子弹的当口儿，他看见那头公牛倒了下去。那头牛跪倒在地，硕大的头在用力地摇晃，另外两头公牛仍然在奔跑，他朝跑在前面的那头开了一枪，打中了。他又开了一枪，没打中，威尔逊开枪时，他听见一声卡拉轰，就见跑在前面的那头公牛向前一头栽倒在地上。

"打另外那一头，"威尔逊说，"这才像打猎！"

但另一头公牛仍以不变的速度向前飞奔，他打偏了，激起一股尘土，威尔逊也没打中，尘土像云雾似的扬了起来。威尔逊喊道："快走。它太远了！"一把抓住他的胳膊，两人又上了车。麦康伯和威尔逊吊在车子的边上，在坑洼不平的路上颠簸摇摆着向前飞驶，逼近那头脖子粗壮，以不变的步伐直线向前奔跑的公牛。

他们已赶到了公牛的身后，麦康伯在装子弹，把弹壳丢到地上，卡壳了，清除卡壳。就在他们几乎赶上公牛的时候，威尔逊大喊一声："停车。"急刹的汽车向前滑行时差点翻了过去，正朝那头奔跑中的、脊背滚圆发黑的公牛瞄准的麦康伯猛地扑向前方，他再次瞄准射击，一枪接着一枪，所有的子弹都打中了，但他看不出野牛有什么反应。这时威尔逊也开枪了，枪声震耳欲聋，他看见公牛打了个趔趄。麦康伯又开了一枪，这次瞄得很准，公牛倒下时膝盖首先着地。

"好，"威尔逊说，"干得好。三头都打中了。"

麦康伯兴奋得像是喝醉了一样。

“你开了几枪？”他问道。

“就三枪，”威尔逊说，“你打死了第一头公牛，最大的那一头。我帮你解决了另外两头，怕它们跑进隐蔽的地方。你已经打死了它们。我只是做了一点扫尾工作。你打得太他妈棒了。”

“我们上车吧，”麦康伯说，“我想喝一口。”

“得先把那头野牛解决了。”威尔逊告诉他说。那头野牛跪倒在地上，头在狂怒地扭动，当他们走近时，它瞪着那双深陷的小眼睛，愤怒地吼叫着。

“小心它站起来。”威尔逊说。随后又说：“往侧面一点，打它靠耳朵后面的脖子。”

麦康伯仔细地瞄准那个因狂怒而扭动的粗脖子的中央，开了一枪。牛头应声向前耷拉下来。

“可以了，”威尔逊说，“打中了脊椎。多好看的东西，是不是？”

“我们去喝点酒吧。”麦康伯说。他一生中还从来没有这么痛快过。

坐在车里的麦康伯妻子脸色苍白。“你太了不起了，亲爱的。”她对麦康伯说，“这车开的。”

“颠得很厉害？”威尔逊问道。

“真吓人。我有生以来还从没受过这样的惊吓。”

“我们喝一杯。”麦康伯说。

“请便。”威尔逊说，“太太先来。”她喝了口长颈瓶里的纯威士忌，往下咽时身体稍稍战栗了一下。她把酒瓶递给了麦康伯，他转手把酒瓶递给了威尔逊。

“真够刺激的，”她说，“我头疼得都快要裂开了。我不知道你们可以在车里向它们开枪。”

“没有人在车里开枪。”威尔逊冷淡地说。

“我是说开着车子追它们。”

“通常是不会这么做的，”威尔逊说，“但我觉得这么做很刺激。像这样开过满是洞穴的地面是有点冒险，和徒步打猎有着天壤之别。野牛要是愿意的话，我们每次开枪射击时，它都可以朝我们冲过来。我们给了它机会。不过我不会和别人说这件事的。这么做是违法的，如果你关心的是这个的话。”

“我觉得这不公平，”玛戈说，“开着车去追这些无助的大家伙。”

“是吗？”威尔逊说。

“如果内罗毕[1]的人知道了会怎样？”

“首先我的执照会被吊销掉，还会有其他不愉快的事情。”威尔逊说，举起酒瓶喝了一口，“我就别想再干这一行了。”

“真的？”

“这下好了。”麦康伯说，一天里他首次露出了笑容，“她现在算是抓住你的把柄了。”

“弗朗西斯，话一到你嘴里，怎么就变得那么动听呢？”玛戈·麦康伯说。威尔逊看着这两个人。如果一个狗日的娶了一个婊子，又会生出怎样的一个王八羔子？但他说出来的却是这个：“你们注意到了吗？我们丢了一个扛枪人。”

“我的天哪，没有注意到。”麦康伯说。

“他来了，”威尔逊说，“他没事。他肯定是在我们离开第一头公牛时掉下车的。”

朝他们一瘸一拐走来的正是那个中年的扛枪人，他戴着线帽，穿着卡其布长夹克、短裤和橡胶便鞋，脸色阴沉，一副愤怒的表情。他走近后用斯瓦希里语朝着威尔逊大声叫喊，他们都看见白人猎手

1 肯尼亚的首都。

的脸色变了。

“他说什么？”玛戈问道。

“他说第一头公牛爬了起来，跑进了矮树丛。”威尔逊用没有感情色彩的声音说道。

“哦。”麦康伯面无表情地说了声。

“这么说会和狮子那次一样啰。”玛戈说，声音里充满了期待。

“这次绝不会和狮子那次一样。”威尔逊告诉她说，“麦康伯，再喝一点？”

“谢谢，要喝。”麦康伯说。他原以为他对狮子的感觉会再回来，但没有。他一生中头一次完全没有了恐惧感。他不但不害怕，反而情绪高昂。

“我们要去查看一下第二头公牛的情况，”威尔逊说，“我会让司机把车子停在阴凉的地方。”

“你们去干吗？”玛格丽特·麦康伯问道。

“去看一眼野牛。”威尔逊说。

“我要去。”

“一起走吧。”

他们三人来到第二头野牛倒下的地方，瘫在空地上的野牛像一个黑色的小土堆，脑袋向前耷拉在草地上，大犄角分得很开。

“很棒的牛头，”威尔逊说，“角的间距快有五十英寸了。”

麦康伯开心地看着它。

“瞧它那副恶狠狠的样子，”玛戈说，“我们可以去树荫下面了吗？”

“当然。”威尔逊说。“看，”他对麦康伯说，并用手指了指，“看见那片灌木丛了吗？”

“看见了。”

“第一头公牛就是从那儿跑进去的。扛枪人说他从车子上摔下来时，公牛是倒在地上的。他当时正在看我们朝另两头跑着的公牛射击，当他抬起头来时，就见那头公牛正看着他。扛枪人连滚带爬地逃掉了，那头公牛慢吞吞地走进了灌木丛。”

“我们可以进去找它了吗？”麦康伯急切地问道。

威尔逊用评判的目光看着他。这要不是个怪人那才叫怪呢，他想，昨天被吓得半死，今天却成了一个不要命的。

“还不行，我们再给它一点时间。”

“我们去树荫下吧。”玛戈说。她脸色惨白，看上去像病了一样。

他们来到停在一棵枝叶茂密、孤零零的树下的车子跟前，大家都上了车。

“它可能已经死在那里了。”威尔逊评论道，“我们过一会儿进去瞧瞧。”

麦康伯感到了一种从未有过的幸福，它是如此疯狂，如此难以理喻。“我对天发誓，这是一场追逐，”他说，“我从未有过这种感受。是不是很美妙，玛戈？”

“我讨厌这样。”

“为什么？”

“我讨厌这样，”她恶狠狠地说，“我厌恶这样。”

“我觉得我什么都不怕了，”麦康伯对威尔逊说，“当我们第一次见到公牛并开始追逐它时，我起了某种变化。像水坝突然崩溃了。一种纯粹的刺激。”

“清干净了你的肝脏，”威尔逊说，“奇怪的事情时有发生。”

麦康伯的脸在发光。“我身上确实发生了变化，”他说，“我觉得完全不同了。”

他妻子一声不吭，奇怪地打量着他。她坐在车子后排的角落里，麦康伯身体前倾，在和威尔逊说话，后者侧身伏在前排椅背上，和麦康伯对话。

“听我说，我想再试一试狮子，”麦康伯说，“我现在真的不怕它们了。说到底，它们又能把你怎样？”

“说得好。”威尔逊说，“最多不过是杀了你。那是怎么说来着的？莎士比亚。那句说得真好。看看我还记不记得住。哦，说得真他妈的好。有那么一段时间，我经常对自己引用这段话。我试试看。‘说实话，我一点也不在乎；人只能死一回；我们都欠上帝一条命；不管怎么样，今年死了，明年就不会再死。’[1]精彩吧，呃？”

他为说出自己的信条而感到很难堪。他见过男人的成人礼，并总能被其感动。这和是不是他们的二十一岁生日无关。

要借助一次奇特的狩猎经历，一次让你事先没机会担心的仓促行动，才能让麦康伯长大成人，不过，不管是通过什么方式，这个变化是确实无疑的。你看这家伙，威尔逊想。他们中的一些一直长不大，威尔逊想，有时候一辈子都那样，过了五十岁，还脱不了孩子气。伟大的美国孩子气男人。真是一群怪物。但他开始喜欢这个麦康伯了。奇怪的家伙。看来那次私通也许该告一段落了。嗯，那会是件好事。好事啊。这家伙也许害怕了一辈子。不知道是怎么开始的。但现在结束了。没有时间去害怕野牛。外加愤怒。汽车也是个因素。汽车让他没有了拘束。现在他成了个亡命之徒。他曾在战争中见过相似的情形。用“蜕变”来形容要比用“失去童贞”更确切一些。恐惧被一个手术切除了，那个地方长出了别的东西，一个男人最根本的东西。这让他成为一个真正的男人。女人也知道这些。不再有任何的恐惧。

---

1 见莎士比亚话剧《亨利四世》第二部第三幕第二场。

玛格丽特·麦康伯从远处角落的座位上看着他俩。威尔逊没有什么变化。她眼中的威尔逊，还是那个昨天她第一次了解到他真实才能的威尔逊。但她看到了弗朗西斯·麦康伯身上的变化。

“你对即将发生的事情有种快感吗？”麦康伯问，仍在探究他新获得的宝贝。

“你不该把它说出来。”威尔逊说，看着对方的脸，“比较时髦的说法是你害怕了。提醒你一声，你还会害怕的，还会有好多次。”

“但随后的行动会让你感到快乐，不是吗？”

“是的。”威尔逊说，“那没错。不过说多了没用。把事情都说没了。不管是什么事，说得太多就没意思了。”

“你们俩说得都太多了。”玛戈说，“不就是开着辆汽车，追逐几只无助的动物嘛，说得像个英雄似的。”

“对不起，”威尔逊说，“我屁放得太多了。”她已经开始担心了，他心想。

“如果你不知道我们在谈什么，能不能不插嘴？”麦康伯问他妻子。

“你变得十分勇敢，很突然。”他妻子轻蔑地说，但是她的轻蔑中流露出一种不安全感。她非常害怕某个东西。

麦康伯大笑起来，那是一种由衷的欢笑。“你知道我变了，”他说，“我真的变了。”

“是不是晚了一点？”玛戈刻薄地说。因为这些年来她已经尽了最大的努力，而且，他俩至今还在一起并不是哪一个人的过错。

“对我来说并不晚。”麦康伯说。

玛戈坐回到角落里，没再说什么。

“你觉得我们给够它时间了吗？”麦康伯兴致勃勃地问威尔逊。

“我们也许可以去看看了，”威尔逊说，“你还有实心弹吗？”

“扛枪人有一些。”

威尔逊用斯瓦希里语喊了几声，正在剥牛头的年长的扛枪人直起身子，从口袋里掏出一盒实心弹，走过来交给了麦康伯，后者用它填满弹匣，又把剩下的子弹装进口袋里。

“你还是用那支斯普林菲尔德吧，”威尔逊说，“你用惯它了。我们把那支曼利彻尔[1]留给车里的太太。你的扛枪人会带上你那支大枪。我就用这把该死的火炮。现在我来跟你说说它们。”他把这个一直留到了最后，因为他不想让麦康伯担心。“野牛冲过来时，会昂着头直着往前冲。它两角之间凸出的部位护住了脑子，子弹打不着，只能从它的鼻子直接打进去。其他可以打的部位是胸脯，如果你在它侧面，就打它的脖子或肩膀。野牛中枪后，想杀死它们还要费一番周折。别耍什么花样，怎么好打怎么打。他们已经剥好牛头了。咱们开始行动吧？”

他招呼那两个扛枪人，他们擦着手走过来，年纪较大的那个爬上车子的后斗。

“我只带孔戈尼，”威尔逊说，“另一个可以在这儿看着点，不要让鸟靠近了。”

汽车慢慢地穿过开阔地，朝那个小岛似的灌木丛开去，舌状的树林沿着切开沼泽的干涸河道伸向前方。麦康伯感到自己的心在怦怦地跳动，嘴里发干，不过这次是因为兴奋，而不是恐惧。

“它是从这里进去的。”威尔逊说。然后用斯瓦希里语对扛枪人说：“去找血迹。”

车子来到和一片灌木丛平行的地方后，麦康伯、威尔逊和扛枪人下了车。麦康伯回头看了一眼，瞧见了他的妻子，她正看着他，

1 一种来复枪的名字。

枪就放在她身边。他朝她挥了挥手，她却没有响应。

前面的灌木丛非常稠密，地上很干燥。中年扛枪人大汗淋漓，威尔逊拉下帽子压住眼睛，他的红脖子就在麦康伯的眼前。突然，扛枪人用斯瓦希里语对威尔逊说了些什么，并向前跑去。

“它死了，”威尔逊说，“干得好。”他转身来抓住麦康伯的手，两人一边握手，一边冲对方开心地大笑。这时扛枪人发疯似的叫喊起来，他们看见他从灌木丛里斜着身子跑出来，跑得飞快，那头公牛也跑了出来，公牛的鼻头朝前，嘴闭得紧紧的，身上还滴着血，巨大的头颅笔直向前，猛冲过来。它看着他们，凹进去的小眼睛里布满血丝。走在前面的威尔逊跪下射击，麦康伯开枪时，没听见自己的枪声，威尔逊的枪声太响了，他只看见牛角中间凸出的部分迸出石片一样的碎块，牛头猛甩了一下，他对准野牛的大鼻孔又开了一枪，看见牛角又晃动了一下，碎片在飞，他现在看不见威尔逊，全神贯注地瞄准着，在野牛庞大的身躯就要扑到他身上时，又开了一枪，枪口几乎和伸着鼻子冲过来的牛头齐平，他看到了那双恶狠狠的小眼睛，头开始往下垂，他突然感到一道炙热耀眼的闪光在他头脑里炸开，而这就是他最后的感受。

威尔逊刚才闪到了一旁，想去打公牛的肩膀。麦康伯则稳稳地站在原地，朝公牛的鼻子开枪，每一枪都略略偏高一点，都打在了它沉甸甸的犄角上，就像打在石板屋顶上一样，碎片迸飞，待在车里的麦康伯太太眼看着公牛就要顶到她丈夫，便用那支 6.5 口径的曼利彻尔朝它开了一枪，却打中了她丈夫颅底骨上面约两英寸、偏一侧的地方。

弗朗西斯・麦康伯面朝下躺在那里，野牛则侧身躺在离他不到两码的地方，他的妻子跪在他身前，威尔逊站在她旁边。

“要是我的话，就不会把他翻过来。”威尔逊说。

女人歇斯底里地哭着。

“我会回到车上去。”威尔逊说，“枪在哪里？”

她摇着头，脸变了形。扛枪人捡起了那支步枪。

“把它放回原处。”威尔逊说。随后又说：“去把阿布杜拉找来，让他见证一下这起事故。”

他跪下来，从口袋里掏出一条手帕，盖住弗朗西斯·麦康伯的脑袋。他躺在那儿一动不动，头发剪得像水手一样短。血渗进了干燥松软的泥土里。

威尔逊站起身，他看见了侧身倒地的野牛，伸着腿，毛发稀疏的肚皮上爬满了扁虱。“多棒的一头公牛。”他的大脑自动地做着记录：“足有五十英寸[1]，或许还不止。不止。”他叫来司机，吩咐他用一条毯子把尸体盖住并守在那里。随后，他来到车子跟前，女人正坐在车子的一个角落里哭泣。

“干得真漂亮，”他用一种单调的声音说道，“他反正是要离开你的。”

“别说了。”她说。

“这当然是个意外，”他说，“我知道。”

“别说了。”她说。

“不用担心，”他说，“会有一些不愉快，我会照几张照片，这会对审讯有帮助。还有扛枪人和司机的证词。你不会有任何麻烦的。”

“别说了。”她说。

“有很多事情要做，”他说，“我得派一辆卡车去湖那里发电报，要一架飞机载我们三人去内罗毕。你为什么不毒死他？在英国她们不都是这么干的吗？”

---

1 这里是指公牛两角之间的距离。

“别说了。别说了。别说了。”女人哭喊道。

威尔逊用他冷漠的蓝眼睛看着她。

“我说完了，”他说，“我有点生气。我已经开始喜欢你丈夫了。”

“哦，请别说了，”她说，“求求你，请你不要再说了。”

“这样好多了，”威尔逊说，“用‘请’字好多了。我这就住嘴。”

一天的等待

他进屋来关窗户时我们还没有下床，我注意到他像是病了。他在发抖，脸色苍白，他走得很慢，好像每动一下都很痛。

“怎么了，宝贝[1]？”

“我头疼。”

“那你最好回床上去。”

“不用，我没事。”

“你回床上去吧，我穿好衣服就过来看你。”

可是等我来到楼下时，他已经穿好了衣服，坐在火炉边上，他看上去十足一个病得不轻、可怜兮兮的九岁男孩。我把手放在他额头上，知道他发烧了。

“你上楼睡觉去吧，”我说，“你生病了。”

“我没事。”他说。

医生来后，量了男孩的体温。

“多少度？”我问他。

“一百零二度。[2]”

楼下，医生留下三种不同的药，是三种不同颜色的胶囊，并附

---

1 原文为德语“Schatz”。
2 此为华氏度，约为 38.9 摄氏度。

有服用说明。一种是用来降体温的，另一种是通大便的，第三种是抗酸性的。感冒病菌只能存活在酸性条件下，他解释道。他似乎对流行感冒很了解，说只要温度不超过一百零四度，就没有什么好担心的。这是一种轻微的流感，只要不得肺炎，就不会有危险。

我回到房间里，记下男孩的体温，又在纸上写下了服用各种胶囊的时间。

“要我念书给你听吗？”

“好呀。如果你想念的话。”男孩说。他的脸色非常苍白，眼睛下方有块黑色的阴影。他一动不动地躺在床上，似乎对眼前的事物无动于衷。

我在给他念霍华德·派尔[1]的《海盗集》，但我看得出来他并没有在听。

“你觉得怎样，宝贝？”我问他。

“到目前为止，还是老样子。”他说。

我坐在床脚边自己看书，一边等着到点给他吃另一种药。他应该睡着了，但当我抬起头来时，他正看着床脚，神情十分古怪。

“你为什么不试着睡一会儿呢？我会叫你起来吃药的。”

“我宁愿醒着。”

过了一会儿他对我说：“要是这让你心烦的话，爸爸，你不用待在这里陪我。”

“我不嫌烦。”

“不是，我是说要是这件事让你心烦，你不用待在这里。”我想他可能头有点晕，十一点给他吃了医生开的胶囊后，我出去了一会儿。

---

1 霍华德·派尔（1853—1911），美国儿童作家和插图画家，代表作为《罗宾汉奇遇记》。

那天的天气晴朗寒冷，地面覆盖着一层雨夹雪结成的薄冰，所有光秃秃的树木、灌木丛、割下来的树枝、草地和空地，看上去都像是裹上了一层冰。我带着爱尔兰长毛犬外出散步，走上一条小路，这条路就沿着一条结了冰的小溪，可是在像玻璃一样光滑的路面上，站立和行走都很困难。红毛狗站立不稳，直打滑，我摔倒了两次，摔得很重，有一次连枪也摔掉了，在冰面上滑出去很远。

我们惊起一群鹌鹑，它们就待在长着悬垂灌木的高土堤的下方。鹌鹑飞离土堤上方时，我打中了两只。有些鹌鹑栖息在树上，但大多数分散着钻进了树枝堆里，你要在结了冰的树枝堆上蹦上好几下，才会惊飞它们。鹌鹑飞起来时，你正在结了冰的松软树枝堆上摇摇晃晃地寻找平衡，这时候开枪射击可不容易。我打中了两只，打偏了五只，往回走的时候我很开心，因为我家附近就有一群鹌鹑，庆幸有这么多的猎物可供来日享受。

到家后，他们说男孩不让任何人进房间。

“你们不能进来，”他说，“你们不能染上我得的病。”

我上楼去看他，发现他的姿势和我离开时一模一样，他的脸发白，但是脸庞上方因为发烧而泛红，他像刚才那样，眼睛直直地盯着床脚看。

我量了他的体温。

“多少度？”

“一百度的样子。”我说。体温是一百零二点四度。

“刚才是一百零二度。”他说。

“谁说的？”

“医生。”

“你的体温没问题，”我说，“不用担心。”

“我没在担心，”他说，“但我没办法不去想它。”

“别想了，”我说，“不用着急。”

“我没有着急。”他说，眼睛直视前方。他心里显然藏着什么。

“喝点水把药吃了。”

“你觉得这会有用吗？”

“当然有用。”

我坐下来，打开《海盗集》开始念，但我看得出来他心不在焉，便停了下来。

“你觉得我什么时候会死？”他问道。

“什么？”

“我还能活多久？”

“你不会死的。你这是怎么了？”

“哦，我会死的。我听见他说一百零二度。”

“发烧到一百零二度是不会死的。尽在这儿说傻话。”

“我知道会死的。在法国上学时有男生告诉过我，超过四十四度你就活不了了。我的体温是一百零二度。[1]”

他一整天都在等着死亡的到来，从早晨九点就开始了。

“你这个可怜的宝贝，”我说，“可怜的小宝贝。这就像英里和公里。你不会死的。那是不同的温度计。对于那种温度计，三十七度是正常的体温，这一种是九十八度。”

“你确定？”

“绝对的，”我说，“这就像英里和公里。你知道，比如我们车子开到七十英里时相当于是多少公里？”

“哦。”他说。

---

1 显然法国使用的是摄氏度。世界上只有包括美国在内的少数几个国家使用华氏度，其他都使用摄氏度。

不过他看床脚的目光缓缓地松弛下来。压在他心头的石头也终于落了下来，第二天他表现得非常脆弱，常为一些不重要的小事哭出声来。

白象似的群山

埃布罗河[1]峡谷对面的群山又白又长。峡谷的这一边没有阴影，也没有树木，车站设在阳光下的两条铁路线之间。紧靠车站的一边，是房屋投下的热乎乎的阴影，一道由一串串竹珠编成的门帘挂在通向酒吧的门上，用来挡苍蝇。那个美国人和跟他同行的女孩就坐在屋外阴暗处的桌旁。天气很热，来自巴塞罗那的特快还有四十分钟才进站。它将在这个站点停车两分钟，然后开往马德里。

“我们喝什么？”女孩问。她已经脱掉帽子，把它放在了桌子上。

“够热的。”男人说。

“我们喝啤酒吧。”

“Dos cervezas[2]。”男人冲着门帘里面说道。

“大杯的？”门洞里的妇人问道。

“对，两大杯。”

妇人拿来两杯啤酒和两个布垫子。她把布垫子和啤酒杯放在桌上，看着男人和女孩。女孩正在眺望连绵的山脉。它们在阳光下呈白色，而原野则是棕色的，很干燥。

“它们看上去就像一群白象。”她说。

---

1 埃布罗河位于西班牙东北部，是西班牙最长的河流。
2 西班牙语，“两杯啤酒”。

“我从来就没见过白象。”男人喝着啤酒。

“是的，你不会见过的。”

“我有可能见过，”男人说，“你说我不会见过说明不了什么。”

女孩看着珠子门帘。“这上面印了字，”她说，“是什么意思？”

“Anis del Toro[1]。是一种饮料。”

“我们可以尝尝吗？”

男人隔着门帘喊道：“喂。”妇人从酒吧走出来。

“四个雷阿尔[2]。”

“我们要两杯托罗茴香酒。”

“掺水吗？”

“你要掺水吗？”

“我也不知道，”女孩说，“掺了水好喝吗？”

“还行。”

“你们要掺水吗？”妇人问道。

“要，要掺水。”

“有股甘草味。”女孩说着放下了杯子。

“所有的东西都是这样的。”

“是的，”女孩说，“所有的东西都有股甘草味。特别是那些你等了很久的东西，比如苦艾酒。”

“得了，别说了。”

“是你先开始的，”女孩说，“我刚才一直觉得很有趣，还蛮开心的。”

“那么，我们就想办法开心开心吧。”

---

1 西班牙语，“托罗茴香酒”。

2 雷阿尔，西班牙的货币单位。

“好呀。我一直在努力呀。我说了那些山看上去像一群白象。这个比喻够聪明吧？”

“确实很聪明。”

“我还想着去尝尝这种没喝过的饮料。这就是我们该做的事情——到处看看，尝尝没喝过的饮料，是不是呀？”

“差不多吧。”

女孩看着对面的群山。

“这些山真可爱，”她说，“它们其实看上去并不像一群白象。我指的是透过树木，它们表面的颜色是白的。”

“我们再喝一杯？”

“好呀。”

热风把珠帘吹到了桌边。

“这啤酒又冰凉又爽口。”男人说。

“非常好。”女孩说。

“这真的是一个极其简单的手术，吉格，”男人说，“其实根本就算不上是手术。”

女孩看着桌腿下方的地面。

“我知道你不会在意的，吉格。真的没什么。只是注入一点空气而已。”

女孩什么都没有说。

“我会和你一起去，一直待在你身边。他们只是往里面注入一点空气，随后就一切正常了。”

“那我们以后呢？”

“以后我们就没事了。像从前那样。”

“你为什么会这么想？”

“这是唯一一件让我们心烦，让我们不开心的事。”

女孩看着珠帘，伸手拿起两串珠子。

“你觉得之后我们就没事了，会很幸福。”

“我知道我们会。你不用害怕。我认识好多做过那种手术的人。”

“我也认识，”女孩说，“之后他们都很幸福。”

“好吧，”男人说，“如果你不愿意，就不必去做。你如果不愿意，我不会勉强你的。但我知道那是件再简单不过的事情。”

“你真想要我去做吗？”

“我觉得这是最妥当的办法。但是你如果真的不愿意，我不会让你去做的。”

“如果我做了，你就会很高兴，一切就会像从前一样，你还会爱我？”

“我现在就爱着你。你知道我爱你。”

“我知道。但是假如我做了，那么我要是再说诸如白象之类的话，就又会很美妙，又会让你喜欢了？”

“我会喜欢的。我现在就喜欢，但我只是没办法去想那些。你知道我心烦的时候是什么样的。”

“如果我去做，你不会担心吗？”

“我不会担心的，因为这非常地简单。”

“那我就去做，因为我不在乎我自己。”

“你这是什么意思？”

“我不在乎我自己。”

“可是，我在乎你呀。”

“哦，是的，但我不在乎我自己。我会去做的，这样一切又都会好起来了。”

“如果你是这么想的，我可不想让你去做。”

女孩站起身来，走到车站的尽头。铁路对面，在另一边，是埃布罗河两岸的粮田和树木。更远处，在河的那边，是高山。一片云影掠过粮田，透过树林，她看见了那条河。

“我们本来可以拥有这一切，”她说，“我们本来可以要什么有什么，但是我们每天都在让这变得越发不可能。”

“你说什么？”

“我说我们可以拥有一切。”

“我们确实可以拥有一切。”

“不能，我们不能。”

“我们可以拥有整个世界。”

“不能，我们不能。”

“我们可以想去哪儿就去哪儿。”

“不行，我们不能。那已经不属于我们了。”

“属于我们。”

“不对，不属于了。一旦被拿走，你就再也拿不回来了。”

“但它还没有被拿走。”

“我们等着瞧吧。”

“回阴凉的地方来，”他说，“你不要那么想。”

“我什么都没想，”女孩说，“我只知道事实。”

“我不要你去做任何你不想做的事情——”

“或对我不好的事情。”她说，“我知道。我们可以再来一杯啤酒吗？”

“好的。但你应该明白——”

“我明白，”女孩说，“我们能不能不说这个了？”

他们在桌旁坐下，女孩看着峡谷对面较干燥那一侧的群山，男人看了看女孩，又看了看桌子。

“你应该了解，”他说，“如果你不愿意的话，我是不会要你去做的。如果这对你很重要，我非常愿意承担这一切。”

“这对你就一点都不重要吗？我们可以就这样生活下去。”

“那当然。但我只要你，我不想要别人。我知道这是件非常简单的事情。”

“是的，你知道那非常简单。”

“随你怎么说吧，但我确实知道。”

“你现在能为我做件事儿吗？”

“我可以为你做任何事情。”

“那就求求你求求你求求你求求你求求你求求你求求你别说了，可以吗？”

他没再说什么，只是看着靠车站墙壁放着的旅行包，包上贴着他们曾经住过的旅馆的标签。

“可是我不想要你去做了，”他说，“我已经无所谓了。”

“我要尖叫了。”女孩说。

妇人端着两杯啤酒从门帘里走出来，把啤酒放在潮湿的布垫子上。“火车五分钟内到站。”她说。

“她说什么？”女孩问道。

“火车五分钟内到站。”

女孩朝妇人灿烂地一笑，表示谢意。

“我最好还是把包拿到车站的另一边去吧。”男人说。她对他笑了笑。

“好呀。放好了就回来，我们把啤酒喝完。”

他拎起两个沉甸甸的旅行包，拎着它们绕过车站，来到另一条铁轨跟前。他顺着铁轨望去，但看不见火车。他走回来，穿过酒吧，里面等车的人在喝酒。他在吧台前喝了一杯茴香酒，看着人群。他们都在耐心地等着火车。他穿过珠帘来到外面。她正坐在桌旁，面带微笑地看着他。

“你觉得好点了吗？”他问道。

“我觉得很好呀，”她说，“我没事了。我觉得很好。”

一个干净明亮的地方

天已经很晚了，所有人都离开了咖啡馆，只剩下一位老人，他坐在遮住电灯的树叶投下的阴影里。白天街道上尘土飞扬，但到了晚上，被露水打湿的尘埃落了下来。老人喜欢坐到很晚，因为他耳聋，晚上比较安静，他能觉察出这个差别来。咖啡馆里的两个侍者知道老人喝得有点多了，尽管他是个好顾客，但是他们知道如果他喝得酩酊大醉，会不付钱就离开的，所以他们一直留神地看着他。

“上个礼拜他想自杀。”一个侍者说道。

“为什么？”

“绝望呗。”

“为了什么？”

“不为什么。”

“你怎么知道不为什么？”

“他很有钱。”

他们坐在咖啡馆大门旁靠墙的一张桌子边上，看着阳台，除了随风摆动的树影下坐着的老人外，阳台上所有的桌子都空着。一个姑娘和一个士兵从街上走过，街灯照亮了士兵领章上的黄铜号码。姑娘没戴头巾，急匆匆地走在士兵的身旁。

“警卫会把他抓起来的。”一个侍者说。

“如果他得到了他想要的，被抓起来又有什么关系？”

“他还是赶快从街上走开为好，警卫会抓住他的。他们五分钟前刚从这里走过。”

坐在阴影里的老人用杯子轻轻敲了敲托碟。年纪较轻的侍者来到他跟前。

“你要什么？”

老人看着他。“再来一杯白兰地。”他说。

“你会喝醉的。”侍者说。老人看着他。侍者走开了。

“他会坐上一整晚的，”他对他的同事说，“我困了。我从来没有在三点以前上过床。他真该在上个礼拜把自己杀了。”

侍者从柜台上拿起白兰地酒瓶和一个托碟，朝老人的桌子走去。他放下托碟，往杯子里倒满白兰地。

“你真该在上礼拜自杀。”他对这个聋子说。老人用手指示意。“再多一点。”他说。侍者把白兰地倒进酒杯，酒溢出了酒杯，顺着杯脚流到了一叠托碟最顶端的那一个上。“谢谢你。”老人说。侍者拿着酒瓶回到咖啡馆。他又坐回到他同事的桌旁。

“他现在喝醉了。”他说。

“他每天晚上都喝醉。”

“他干吗要寻死呢？”

“我怎么知道。”

“他是怎么自杀的？”

“用绳子上吊。”

“谁救了他？”

“他侄女。”

“他们干吗那么做？”

“怕他阴魂不散吧。”

“他到底有多少钱？”

“很多。”

“他起码有八十岁了。”

“我觉得他有八十了。”

“但愿他马上回家去。我从没在三点前睡过觉。这算是什么样的就寝时间？”

“他不睡是因为他喜欢那样。”

“他孤单，我可不孤单，我有一个在床上等我的老婆。”

“他也有过老婆。”

“现在老婆对他来说已经没什么用了。”

“这很难说。有老婆他可能会活得好一点。”

“他侄女照顾他。你刚才说是她救了他。”

“我知道。”

“我可不想活那么老。人老了邋里邋遢的。”

“也不都是那样。这个老头就很干净。他喝酒从不流出来，就像现在，都喝醉了。你看他。”

“我不想看。我希望他回家去。他一点都不在乎那些必须上班的人。”

老人从酒杯上抬起眼睛，望了望广场，然后朝两个侍者望去。

“再来杯白兰地。”他指着他的杯子说。那个着急的侍者走了过来。

“完了。”他说，他用的是蠢人对醉汉或对外国人说话时的那种省略句法，“今晚没有。现在关门。”

“再来一杯。”老人说。

“没了，完了。”侍者一边摇头，一边用抹布擦着桌边。

老人站起身，慢慢地数着酒杯托碟，从口袋里掏出一个皮的硬币钱包，付了酒账，在桌上留下半个比塞塔[1]作为小费。

侍者看着他顺着街道往前走，一个很老的老人，虽然步履蹒跚，但不失尊严。

“你干吗不让他留下来喝酒？”那个不着急的侍者问道。他们在上门板。“还没到两点半呢。”

“我想回家睡觉。”

“一个钟头又能怎样？”

“对我比对他有用得多。”

“一个钟头对谁都一样。”

“你说话的口气就像一个老年人。他可以买一瓶酒在家里喝。”

“那不一样。”

“嗯，是不一样。”有老婆的侍者同意道。他并不希望自己不公平，他只是有点着急。

“你呢？你就不怕不到正常时间就回家？”

“你想侮辱我？”

“没有，老弟，开个玩笑。”

“不怕。”那个着急的侍者说，拉下金属窗帘后直起腰来，“我有信心。我非常地自信。”

“你有青春、信心和一份工作。”年长的侍者说，“你什么都有了。”

“那你缺什么？”

“除了工作，什么都缺。”

“我有的你都有呀。”

“不是这样，我从来就没有自信过，我也不年轻了。”

---

1 西班牙旧时的货币单位。

“好了。别再说废话了，锁门吧。”

“我是那种喜欢在咖啡馆待到很晚的人，”年长的侍者说，“和那些不想睡觉，那些在夜里需要一点灯光的人待在一起。”

“我想回家睡觉。”

“我俩是不同的人。”年长的侍者说，他已换好回家的衣服，“这不光是年轻和信心的问题，尽管这些都很美好。每晚打烊时我都很犹豫，生怕有人需要这家咖啡馆。”

“老兄，有通宵营业的酒馆。”

“你不懂。这是一家干净舒适的咖啡馆。非常明亮。灯光很美妙，而且，这会儿还有树叶投下的阴影。”

“晚安。”年轻侍者说。

“晚安。”另一个说。关掉电灯后，他继续在那里自言自语。当然是灯光，但这个地方必须干净舒适。不需要音乐，肯定不需要音乐。你也无法在一个吧台前保持自己的尊严，尽管在这个时刻只剩下这个了。他到底害怕什么？这不是害怕或恐惧，是一种他太熟悉了的虚无。一切都是虚无，人也是一种虚无。所需要的只是灯光和某种程度的整洁。有人身在其中，却从来感觉不到，但他知道一切都是 nada y pues nada y nada y pues nada[1]。我们在虚无的虚无，愿人都尊你的名为虚无，你的国为虚无，愿你的虚无行走在虚无，如同行走在虚无，赐给我们虚无，作为我们日用的虚无，虚无我们的虚无，因为我们虚无我们的虚无，并虚无我们没有遇见的虚无，把我们救出虚无[2]；除了虚无还是虚无。歌颂充满虚无的虚无，虚无与你同在。

1 西班牙语，大意是“除了虚无还是虚无”。其中的“nada”是虚无的意思。

2 从“我们在虚无的虚无”到“把我们救出虚无”是一段祷告词，侍者在自言自语说出这段祷告词时，把其中的“天上的”“父”“天国”“旨意”“罪”“保佑”等单词，全换成了“虚无”（nada）这个词。

他微笑着站在一个吧台跟前，吧台上有一台亮闪闪的蒸汽咖啡机。

“你要什么？”酒保问道。

“虚无。”

“Otro loco más。[1]”酒保说完走开了。

“一小杯。”侍者说。

酒保给他倒了一杯。

“灯光很亮，也很舒适，但吧台擦得不够亮。”侍者说。

酒保看着他，没有答话，这么晚了，不是聊天的时候。

“再来一小杯？”酒保问道。

“不用了，谢谢你。”侍者说完走出门去。他不喜欢酒吧和小酒店。一个干净明亮的咖啡馆则完全不一样。现在，不再去想什么了，他要回到家中自己的房间里。他要躺在床上，最终，天亮后他会睡着的。毕竟，他对自己说，这可能只是失眠症。患失眠症的人一定很多。

---

1 西班牙语，意思是“又是个神经病”。

世上的光

酒保见我们进门后，抬头看了看，伸手拿起玻璃罩，盖住了那两碗免费的小菜。

“给我来杯啤酒。”我说。他接了一杯，用刮片刮掉杯口上的泡沫，把杯子拿在手中。我把五分的硬币放在木头台面上，他把啤酒杯沿台面推向我。

“你要什么？”他对汤姆说。

“啤酒。”

他接好啤酒，刮掉泡沫，见到钱后，把啤酒推到汤姆面前。

“怎么回事？”汤姆问。

酒保没有回答。他的目光越过我们的头顶，对一个刚进门的男人说：“你要什么？”

“黑麦酒。”男人说。酒保拿出酒瓶、杯子和一杯水。

汤姆伸手揭开盖住免费小菜的罩子。那是一碗腌猪脚，里面有一把像剪刀一样的木头玩意儿，末端有两个木头叉子，好把肉叉起来。

“不行。”酒保说着把罩子盖回到碗上。汤姆手里还拿着那把像剪刀的叉子。“把它放回去。”酒保说。

“见你的鬼去。”汤姆说。

酒保从吧台下方向前伸出一只手，看着我俩。我在台面上放了五毛钱，他直起身来。

“你要的是什么？”他说。

“啤酒。”我说，接啤酒前，他揭开了两个碗罩。

“你这该死的猪脚是臭的。”汤姆说着把嘴里的东西全吐在了地上。酒保没说什么。那个喝完黑麦酒的男人付了钱，头也不回地走了出去。

“你才臭呢。”酒保说，“你们这帮小流氓都很臭。”

“他说我们是小流氓。”汤姆对我说。

“听着，”我说，“我们走吧。”

“你们这帮小流氓从这里滚出去。”酒保说。

“我说了我们要走的，”我说，“和你无关。”

“我们会回来的。”汤姆说。

“不用了，你们别回来了。”酒保告诉他说。

“告诉他他犯了多大的错误。”汤姆转向我说。

“算了吧。”我说。

外面的空气很好，天全黑了。

“这是个什么鬼地方？”汤米[1]说。

“我也不知道，”我说，“我们去车站吧。”

我们是从镇子的这一头进来的，现在要从另一头出去。镇子上到处都是皮革、鞣革的树皮和一堆堆锯末发出的味道。我们来的时候天刚刚黑，现在是又黑又冷，路上污水坑的边缘都结上了冰。

车站里有五个妓女在等火车，另外还有六个白人和四个印第安人。屋里很挤，炉火烧得旺旺的，到处都是浑浊的烟雾。我们进门时没人在说话，卖票的窗口关着。

1“汤米”为“汤姆”的昵称。

“关上门，听见没有？”有人说。

我在看是谁在说话。原来是其中的一个白人。他穿着截短了的长裤、伐木工穿的胶鞋，还有和其他人一样的麦基诺呢衬衫，但他没戴帽子，脸很白，手也很白，瘦瘦的。

“你到底关还是不关？”

“关。”我说，关上了门。

“谢谢。”他说。另外一个人窃笑了一声。

“有没有和厨子捣过蛋？”他问我。

“没有。”

“你不妨试试这一位，”他看着厨子，“他喜欢。”

厨子紧闭着嘴唇，不去看他。

“他手上抹了柠檬汁，”那个男人说，“他死也不肯把手泡在洗碗水里。你看它们有多白。”

一个妓女大笑起来。她是我这辈子见到过的块头最大的妓女，也是块头最大的女人。她穿着一件那种会变色的绸子衣服。还有两个妓女的块头几乎和她一样大，但块头最大的那个准有三百五十磅重。你看着她时，不会相信她是个真人。她们三人都穿着那种会变色的绸子衣服。她们并排坐在长凳上。她们可真是硕大无朋。另外两个妓女的长相一般，金发是用过氧化氢漂出来的。

“瞧他的手。”那个男人说，并朝厨子点了点头。那个妓女又笑了起来，全身都在颤动。

厨子朝她转过身来，飞快地说道：“你这个令人作呕的大肉球。”

她只顾在那儿不停地大笑和颤动。

“噢，主啊。”她说，她的嗓音很好听，“噢，亲爱的主啊。”

另外两个妓女，块头大的那两个，装出很文静的样子，好像没有什么感觉似的，但她们都很庞大，几乎和那个块头最大的一样庞大。她俩至少有两百五十磅。剩下的两个倒是一本正经的样子。

男人中除了厨子和说话的那个以外，还有两个伐木工，其中的一个在听我们说话，很有兴趣的样子，但是有点腼腆，另一个似乎正准备说点什么，其他两个是瑞典人。长凳的一端坐着两个印第安人，靠墙还站着一个。

想说话的那个男人小声对我说："肯定像趴在干草堆上一样。"

我大笑起来，并把这话告诉了汤米。

"我对天发誓我从来没去过这种地方，"他说，"瞧瞧这三位。"

这时厨子开口了。

"小伙子们你们多大了？"

"我六十九，他九十六。"汤米说。

"呵！呵！呵！"大块头妓女一边颤动一边大笑，她的嗓音确实很好听。其他的妓女没有笑。

"哎，你就不能正经一点？"厨子说，"我只不过是为了友好一点才问你的。"

"我们一个十七，一个十九。"我说。

"你干吗？"汤米转向我说。

"没什么。"

"你们可以叫我艾丽丝。"大块头妓女说完又颤动起来。

"那是你的名字吗？"汤米问。

"当然，"她说，"艾丽丝，对不对？"她转过身来，看着坐在厨子边上的男人。

"艾丽丝。没错。"

"你们通常都用这种名字。"厨子说。

"那是我的真名。"艾丽丝说。

"另外几位姑娘叫什么？"汤姆问道。

“黑兹尔和埃塞尔。”艾丽丝说。黑兹尔和埃塞尔笑了笑。她们看上去笨乎乎的。

“你叫什么？”我问金发女子中的一个。

“弗朗西丝。”她说。

“弗朗西丝什么？”

“弗朗西丝·威尔逊。和你有关系吗？”

“你叫什么？”我问另一个。

“哦，别玩什么花样。”她说。

“他只不过想让大家都成为朋友，”之前说话的那个男人说，“你难道不想交个朋友？”

“不想，”漂了金发的说，“至少不想和你交朋友。”

“她是一个泼辣货，”男人说，“一个标准的小泼辣。”

金发女子看着另外那一个，摇了摇头。

“该死的乡巴佬。”她说。

艾丽丝又开始大笑，全身剧烈地颤动着。

“没什么好笑的，”厨子说，“你老在那里笑，可又没什么好笑的。你们两个年轻人，你们这是要去哪儿呀？”

“你自己要去哪儿呀？”汤姆问他。

“我要去凯迪拉克[1]。”厨子说，“你们去过那儿吗？我妹妹住在那里。”

“他自己就是个小妹妹。”穿截短长裤的男人说。

“你能不能别这样？”厨子问道，“你就不能正经一点说话？”

“史蒂夫·凯切尔就是从凯迪拉克来的，阿德·沃尔加斯特[2]也是

---

1 密歇根州中部的一个大城市。

2 阿德·沃尔加斯特（1888—1955），外号叫“密歇根野猫”的美国拳击手，曾获得过轻量级拳王称号。

那儿的人。”有点腼腆的男人说。

“史蒂夫·凯切尔。”其中的一个金发女子用很高的嗓音说道，好像这个名字朝她开了一枪。“他亲老子开枪打死了他。是的，对天发誓，他的亲老子。再也没有像史蒂夫·凯切尔这样的男人了。”

“他不是叫斯坦利·凯切尔[1]吗？”厨子问道。

“嘿，闭嘴，”金发女子说，“你知道史蒂夫什么？斯坦利。他才不叫斯坦利呢。史蒂夫·凯切尔是有史以来最出色、最英俊的男人。我从来没见过一个像史蒂夫·凯切尔这么干净、这么白、这么英俊的男人。再也找不到第二个像他那样的男人。他动起来就像只老虎，他是有史以来最优秀、出手最大方的男人。”

“你认识他吗？”一个男人问道。

“我认识他吗？我认识他吗？我爱他吗？你问我这个？我对他认识得不能再认识了，我像爱上帝一样爱他。他是世界上最了不起、最出色、最白、最英俊的男人，史蒂夫·凯切尔，他亲老子像打死一条狗一样一枪打死了他。”

“你和他去过东海岸？”

“没有，我之前就认识他了。他是我唯一爱过的男人。”

所有人都对漂了金发的妓女肃然起敬，她说这些话时就像在演戏一样，可是艾丽丝又颤动起来。我就坐在她旁边，感觉得到。

“你应该嫁给他。”厨子说。

“我不想妨碍他的事业，”漂了金发的说，“我不想成为他的累赘。他需要的不是老婆。噢，老天爷，他是怎样的一个男人啊。”

“这样看这件事倒是不错。”厨子说，“但是杰克·约翰逊[2]不是击

---

1 斯坦利·凯切尔（1886—1910），外号叫“密歇根杀手”的波兰裔美国拳击手。
2 杰克·约翰逊（1878—1946），外号叫“加尔维斯敦巨人”的美国拳击手，于1908年成为美国拳击史上第一个黑人重量级拳王。

倒过他吗？”

“那是一个诡计，”漂了金发的说，“那个大个子黑人偷袭了他。他本来已经把杰克·约翰逊击倒在地了，那个黑狗日的。那个黑鬼靠侥幸才赢了他。”

售票窗口打开了，三个印第安人朝那儿走去。

“史蒂夫·凯切尔把他击倒了，”漂了金发的说，“他转过身来冲我微笑。”

“我记得你说过你当时不在东海岸。”有人说道。

“我就是为了那场拳击才去的。史蒂夫转身对我微笑，那个婊子养的黑鬼跳起来，冷不防地给了他一拳。史蒂夫可以打倒一百个这样的黑杂种。”

“他是个伟大的拳击手。”伐木工说。

“我由衷地希望他是，”漂了金发的说，“我由衷地希望不再有像他那样的拳击手了。他就像是个神，他就是。那么白，那么干净，那么英俊，那么迅猛利落，像只老虎，像闪电。”

“我在拳击电影里见到过他。”汤姆说。大家都很感动。艾丽丝浑身都在颤动，我一看，发现她在哭。印第安人已经去了外面的站台上。

“他比所有做丈夫的还要像丈夫，”漂了金发的说，“我们当着上帝的面结的婚，我现在就是他的人，将永远是他的人，我的一切都是他的。我不在乎我的身体，别人可以占有我的身体，我的灵魂属于史蒂夫·凯切尔。我对天发誓，他是个男人。”

所有的人听了都觉得不是滋味。她的话让人既难受又尴尬。这时候，仍在颤动的艾丽丝开口了：“你撒起谎来真是不要脸。”她用那个很低的声音接着说道：“你这辈子从来就没和史蒂夫·凯切尔睡过，你自己心里有数。”

“你凭什么这么说？”漂了金发的骄傲地说道。

“凭的是事实，”艾丽丝说，“这里只有我一个人认识史蒂夫·凯切尔，我是从曼塞罗那[1]来的，我是在那里认识他的，这是真话，你知道这是真话，如果有半句假话，叫老天劈死我。”

“老天也可以劈死我。”漂了金发的说。

“这是真的，真的，真的，你是知道的。不是编出来的，我记得清清楚楚他跟我说过的话。”

“他说什么了？”漂了金发的说，一副得意扬扬的样子。

艾丽丝在哭，她颤抖得几乎说不出话来。“他说：‘艾丽丝，你是一坨上好的肉。’他就是这么说的。”

“瞎说。”漂了金发的说。

“是真话。”艾丽丝说，“他真是那么说的。”

“瞎说。”漂了金发的傲慢地说。

“不是，这是真的，真的，真的。我对天发誓是真的。”

“史蒂夫不可能说那个。他不那么说话的。”漂了金发的开心地说。

“这是真的。”艾丽丝用她好听的声音说，“你信还是不信，对我来说没有任何差别。”她平静了下来，不再哭了。

“史蒂夫绝不可能说那样的话。”漂了金发的宣布道。

“他说了，”艾丽丝微笑着说道，“我记得他说这话的时候，我确实像他说的那样是一坨上好的肉，我现在也比你好得多，你这个干巴巴的旧热水袋。”

“你休想侮辱我，”漂了金发的说，“你这个肥猪一样的骚货。我有我的记忆。”

---

1 密歇根州安特里姆县的一个村庄。

“没有,”艾丽丝用她甜美的嗓音说，“你除了吸大麻白粉和把自己脱光外，没有什么真正的记忆。其他的东西都是你从报纸上看来的。我不吸毒，你是知道的，虽然我的块头很大，男人们还是喜欢我，这个你知道，我从来不说谎，这个你也知道。”

“不要诬蔑我的记忆,”漂了金发的说，“诬蔑我真实、美好的记忆。”

艾丽丝看看她，又看了看我们，她脸上那种受伤的表情不见了，她在微笑，她有一张我见到过的最美的脸。她有一张俏丽的脸庞、光滑的皮肤和一副好听的嗓子，她也相当的善良，很友好。但是我的老天爷，她真够庞大的。她足有三个女人那么大。汤姆见我在看她，就说：“行了，我们走吧。”

“再见。”艾丽丝说。她的嗓音实在很动听。

“再见。”我说。

“小伙子们你们走哪条路呀?”厨子问。

“和你不同的那一条。”汤姆告诉他。

印第安人营地

湖边，另一条小划船被拉上了岸。两个印第安人站在那儿等着。

尼克和他父亲上了船艄，印第安人把船推进水里后，其中的一个跳上来划船。乔治叔叔坐在营地那条小划船的船艄。那个年轻的印第安人把船推进水里，上船来给乔治叔叔划船。

两条小船在黑暗中出发了。薄雾中，尼克能听见前方很远处桨架发出的声音。印第安人用一种快速起伏的节奏摇着桨。尼克依偎在父亲的臂弯里。水面上很冷。给他们划船的印第安人很卖力，但薄雾中的另一条小船始终走在前面，离他们越来越远了。

“爸爸，我们要去哪儿？”尼克问道。

“去印第安人的营地。有个印第安妇女病得很重。”

“哦。”尼克说。

他们看见了湖湾对面那条已经靠岸的小船。乔治叔叔在黑暗中抽着雪茄。年轻的印第安人把小船往沙滩上拖了很长一截。乔治叔叔把雪茄分给两个印第安人。

他们跟随拿灯笼的年轻印第安人离开沙滩，穿过一片被露水打湿的草地朝山上走。他们进到林子里，走上一条小路，小路连着那条通向后山的运送木材的大路。大路两旁的树木都被砍掉了，所以更亮堂一点。年轻的印第安人停下来，吹灭了灯笼，他们沿着大路继续往前走。

他们转过一个弯，一条狗汪汪叫着朝他们跑过来。前方，亮着灯光的棚屋里住着剥树皮的印第安人。更多的狗朝他们跑来，两个印第安人把它们轰回棚屋。最靠近路边的一个棚屋的窗口透出灯光，一个手里拿着一盏灯的老妇人站在门口。

屋内，一个印第安少妇躺在一张木头做的高低床上。两天来，她一直在努力把孩子生出来。营地里所有的老年妇女都在帮她。男人则跑到大路上，去一个听不见她叫声的地方坐着，在黑暗中抽烟。尼克和两个印第安人跟着他父亲和乔治叔叔走进棚屋时，她正好又尖叫起来。她躺在下铺，被窝里拱起很大的一团。她的头扭到了一边。她丈夫睡在上铺，三天前他的脚被斧头砍伤了，伤势很重。他正在抽烟斗。房间里的气味很难闻。

尼克的父亲让人在火炉上烧上水，等水烧热那会儿，他和尼克说着话。

"这位女士要生小孩了，尼克。"他说。

"我知道。"尼克说。

"你不会知道的，"父亲说，"听我说。她正在经历的过程叫分娩。婴儿要出来，她也要把婴儿生出来。她所有的肌肉都在用劲要把婴儿生出来。这就是她叫喊的原因。"

"我明白了。"尼克说。

就在这时，那个女人又大叫起来。

"哦，爸爸，你能给她吃点什么，让她停止叫喊吗？"尼克问道。

"不行，我没有麻醉剂。"父亲说，"不过她叫不叫并不要紧。我根本就听不见，因为那没什么大不了的。"

睡在上铺的丈夫朝墙翻过身去。

厨房里的妇人向医生示意，水已经烧热了。尼克的父亲来到厨房，把大水壶里大约一半的热水倒进一个盆子里。他打开一个手帕包，把几样东西放进水壶里剩下的水中。

“这些必须烧开了。”他说，开始用从营地带来的一块肥皂在热水盆里洗手。尼克看见他父亲沾着肥皂的手在相互摩擦着。他父亲一边彻底仔细地洗着手，一边说起话来。

“要知道，婴儿出生时应该头先出来，但是有的时候他们不这样。他们不这么做时，会给所有人添很多麻烦。我可能得给这位女士做手术。过一会儿我们就知道了。”

当他觉得自己的手洗干净以后，便进到里面并开始工作。

“把被子掀开，乔治，可以吗？”他问道，“我最好不要碰它。”

后来，在他做手术时，乔治叔叔和三个印第安男人按住妇人不让她动。她在乔治叔叔的手臂上咬了一口，乔治叔叔说：“该死的印第安婊子！”那个帮乔治叔叔划船的年轻印第安人在笑他。尼克帮父亲端着脸盆。手术进行了很久。

父亲拎起婴儿，拍拍他，让他喘出气来，然后把他递给了那个老妇人。

“看，是个男孩，尼克，”他说，“当实习医生的感觉如何？”

尼克说：“还行。”他转过脸，这样就可以不去看他父亲在干什么。

“行了，这下可以了。”父亲说，把什么东西放进了盆子里。

尼克没有看。

“现在，”父亲说，“要缝上几针。你可以看也可以不看，尼克，随你的便。我要把切开的口子缝上。”

尼克没有看。他早就失去了好奇心。

手术结束后，他站起身来。乔治叔叔和那三个印第安人也站了起来。尼克把盆子端进了厨房。

乔治叔叔看着自己的手臂，年轻的印第安人脸上露出了微笑，像是想起了什么。

“给你上一点双氧水，乔治。”医生说。

他俯身看着印第安妇女。她现在安静了，眼睛也闭上了。她看上去十分苍白。她不知道她的孩子怎样了，什么都不知道。

“我早晨会再来。”医生站起身来时说道，“从圣伊尼亚斯来的护士中午会赶到，她会带来我们需要的东西。”

他很兴奋，话很多，就像球赛结束后更衣室里的足球运动员。

“这个要写进医学学报，乔治，”他说，“用一把折叠刀来做剖腹产手术，再用一根九尺长的细羊肠鱼线把它缝起来。”

乔治叔叔靠墙站着，看着他的手臂。

“哦，你很了不起，很不错。”他说。

“该看看这个自豪的父亲了。在这些小事上，他们通常最受折磨。”医生说，“我得说，他倒是挺沉得住气的。”

他掀开印第安人盖在头上的毯子。他的手被弄湿了。他一手拿着马灯，站到下铺的床沿上往里看。印第安人面朝墙壁躺着。他的脖子被完全割开了。血流到床上被他身体压陷的地方，汪成一摊。他的头枕在他的左胳膊上。打开的剃须刀，刀刃朝上，就放在毯子上。

“乔治，把尼克带出去。”医生说。

已经没有这个必要了。尼克此刻正站在厨房的门口，当他父亲一手拿灯，把印第安人的头转过去时，他把上铺上的一切看得清清楚楚。

他们沿着运木材的大道去湖边时，天刚刚开始放亮。

“我真后悔带你来这儿，尼基。”他父亲说，手术后的那股兴奋劲儿全没了，“让你经历这些实在太糟糕了。”

"女人生小孩总是要受这么大的罪吗？"尼克问道。

"不是，这是非常非常少见的。"

"他为什么要自杀，爸爸？"

"我不知道，尼克。我估计他是受不了刺激，我估计。"

"男人自杀的多吗，爸爸？"

"不很多，尼克。"

"那女人多吗？"

"几乎没有。"

"她们从来都不自杀吗？"

"哦，不是。她们有时会那么做。"

"爸爸？"

"嗯。"

"乔治叔叔去哪儿了？"

"他不会有什么事的。"

"死很难吗，爸爸？"

"不难，我觉得很容易，尼克。这得看情况。"

他们坐在小船上，尼克坐在船尾，他父亲在划桨。太阳从山那边升起。一条鲈鱼跃出水面，在水面上激起一个水圈。尼克把手放在水里拖着，在这凉飕飕的早晨，水倒是蛮暖和的。

清晨的湖面上，坐在他父亲划桨的小船的船艄上，尼克坚信自己永远不会死。

医生和医生的太太

迪克·博尔顿从印第安人营地过来替尼克的父亲锯原木。他带着儿子埃迪和另一个叫比利·塔贝肖的印第安人。他们从树林尽头院子的后门进来。埃迪扛着一把长长的横截锯。锯子在他肩膀上上下荡悠，他一走路，便发出一种音乐一样的声音。比利·塔贝肖扛着两根一头带活动铁钩的长钩杆。迪克腋下夹着三把斧头。

他转身关上院门。其他人走到他前头下到了湖边，原木就埋在湖边的沙子里。

这些原木是从“魔法号”蒸汽船拖往锯木厂的大原木筏上散落下来的，它们漂到岸边的沙滩上，如果没被人拿走的话，“魔法号”上的船员迟早会划一条小船顺着湖岸找过来，发现这些原木后，他们会把一根带环的铁钉钉进每根原木的一端，然后把它们拖到湖里，做成一张新木筏。不过也许木材商永远不会来找，因为不值得为了一两根原木去雇一个船员。如果没有人来找，这些原木会泡在水里，在沙滩上烂掉。

尼克的父亲总是假定这种情况会出现。他从营地雇了印第安人，让他们用横截锯把这些原木锯短，再用楔子劈开，弄成烧壁炉用的薪柴和点篝火用的大木块。迪克·博尔顿绕过小木屋来到湖边。岸边的四根大山毛榉原木几乎被沙子埋住了。埃迪把锯子的一个把手挂在一棵树的树杈上，迪克把三把斧头放在小码头上。迪克是个混血儿，住在湖边的很多农人都认定他是个正统的白人。他很懒，不过一旦干起活来，却是一把好手。他从口袋里掏出一小块烟草，咬下一块来嚼，用欧及布威[1]语跟埃迪和比利·塔贝肖说话。

他们把钩杆的铁钩扎进一根原木，摇晃着钩杆让原木在沙子里松动起来。他们用身体的重量晃动着钩杆的杆子。埋在沙子里的原木松动了。迪克·博尔顿转向尼克的父亲。

“我说，大夫，”他说，“你偷了不少木料啊。”

“别这么说，迪克，”医生说，“这是浮木。”

埃迪和比利·塔贝肖已经把那根原木从湿沙子里滚出来，把它往水边滚。

“把它直接放到水里去。”迪克·博尔顿大声喊道。

“为什么这么做？”医生问。

“洗一下。把沙子清干净了，保护锯子。我想看看这是谁家的原木。”迪克说。

湖水刚刚漫过那根原木。埃迪和比利·塔贝肖靠着钩杆，在烈日下淌着汗。迪克跪在沙滩上，看着检验员用锤子在原木尾端做的标记。

“是‘怀特与麦克纳利’家的。”他说着站了起来，掸掉裤子膝盖上的沙子。

医生非常地不自在。

“那你最好别锯了，迪克。”他说，语气急促。

“别发火呀，大夫，”迪克说，“别发火。我才不在乎你是从哪儿偷来的。不关我的事。”

---

1 印第安人的一个部落。

“你要是觉得原木是偷来的，那就别动它们了，带上你的工具回营地吧。”医生说。他的脸红了。

“别动不动就发火啊，大夫。”迪克说。他唾了一口烟草汁在原木上，烟草汁滑下原木，淡入湖水之中。“你跟我一样清楚它们是偷来的。可对我来说没有任何差别。”

“好吧，如果你认为原木是偷来的，那就拿上你的家伙滚回去。”

“哎，大夫——”

“拿上你的家伙滚回去。”

“听我说，大夫。”

“如果你再叫我一声大夫，我就打断你的狗牙，再从你的嗓子眼塞进去。”

“哦，别这样啊，你不会的，大夫。”

迪克·博尔顿看着医生。迪克是个大块头，他知道自己的块头有多大。他喜欢打架。他很开心。埃迪和比利·塔贝肖靠着钩杆，看着医生。医生咬着下嘴唇上的胡子，看着迪克·博尔顿，随后转身朝山坡上的小木屋走去。他们从他的后背看出他有多愤怒。他们都看着他走上山坡，进到小木屋里。

迪克说了几句欧及布威话，埃迪笑了起来，但比利·塔贝肖的样子很严肃。他听不懂英语，但吵架时他一直在冒汗。他很胖，只有上嘴唇上长着几根稀疏的胡须，像个中国佬。他拿起两根长杆，迪克捡起斧头，埃迪从树上取下锯子。他们出发了，上坡经过小木屋，走出后院门，进了树林。迪克让院门开着。比利·塔贝肖转回来，把门闩上。他们穿过树林走了。

小木屋里，医生坐在自己房间的床上，看见五斗橱旁边地板上放着的一摞医学杂志。这些杂志还没有拆封。这让他恼怒。

“你不回去工作吗，亲爱的？”医生的太太躺在自己拉下了百叶窗的房间里问道。

“不！”

“出什么事了？”

“我和迪克·博尔顿吵了一架。”

“哦，”他太太说，“希望你没有发脾气，亨利。”

“没有。”医生说。

“记住，治服己心，强如取城。[1]”他太太说。她是基督科学派的成员。她的《圣经》、她那本《科学与健康》和她的《季刊》就放在昏暗的房间里床边的桌子上。

她丈夫没有回答。这会儿他正坐在自己的床上，擦拭着一杆猎枪。他在弹匣里塞满沉甸甸的黄色弹壳的子弹，又把它们弹出来。子弹散落在床上。

“亨利！”他太太喊道。然后停了一会儿。“亨利！”

“我在。”医生说。

“你没有说激怒博尔顿的话吧，说了吗？”

“没有。”医生说。

“为了什么事，亲爱的？”

“没什么大事。”

“告诉我，亨利。请你不要瞒着我。为了什么事？”

“是这么回事，迪克欠我一大笔钱，我把他印第安老婆的肺炎治好了，我估计他想吵一架，这样他就不用通过干活来抵债了。”

他太太不作声。医生用一块布仔细地擦着枪。他把子弹顶着弹匣的弹簧压进去。他坐在那里，枪搁在膝盖上。他很喜欢这杆枪。这时他听见从黑暗的房间里传来他太太的说话声。

---

1 引自《圣经·旧约·箴言》第十六章三十二节。

“亲爱的，我不觉得，我真不觉得有谁会真的做出那种事来。”

“不会？”医生说。

“不会。我无法相信有谁会存心做那样的事情。”

医生站起身来，把猎枪放在镜台后面的墙角里。

“你要出去吗，亲爱的？”他太太说。

“我想出去走走。”医生说。

“要是看见尼克，亲爱的，请告诉他，他母亲想见他，可以吗？”他太太说。

医生走到外面的门廊上。纱门在他身后嘭的一声撞上了。门撞上时，他听见太太倒吸了一口气。

“对不起。”他说，站在她拉下了百叶窗的窗户外面。

“没关系，亲爱的。”她说。

他在炎热中走出院门，沿着小路走进铁杉树林。这么个大热天，树林里竟然还很凉快。他看见尼克背靠一棵树坐着，在看书。

“你母亲让你去见她。”医生说。

“我要跟你一起走。”尼克说。

他父亲低头看着他。

“可以。那就走吧。”他父亲说，“把书给我，我把它放在口袋里。”

“我知道哪儿有黑松鼠，爸爸。”尼克说。

“好吧，”他父亲说，“我们就去那儿吧。”

杀　手

亨利快餐厅的门打开了，走进来两个男人。他们挨着柜台坐下。

“来点什么？”乔治问他们。

“我不知道，”其中的一个说道，“你想吃什么，阿尔？”

“我不知道，”阿尔说，“我不知道想吃什么。”

外面的天黑了下来，窗外的路灯也亮了起来。柜台前的两个男人在看菜单。尼克·亚当斯从柜台的另一端打量着他们。他们进来时他正在和乔治说话。

“我要一份加苹果酱的烤嫩猪排，还有土豆泥。”第一个人说。

“还没做好。”

“那你们他妈的干吗把它放在菜单上？”

“那是晚餐，”乔治解释道，“过了六点就可以点。”

乔治看了一眼柜台后面墙上的钟。

“现在刚五点。”

“钟上明明是五点二十。”第二个人说。

“这钟快二十分钟。”

“哦，让钟见鬼去吧，”第一个人说，“那你们有什么可以吃的吗？”

“我们有各种三明治，随便你选，”乔治说，“你可以点火腿鸡蛋的、培根鸡蛋的、牛肝培根的，或者牛排的。”

“我要炸鸡饼，外加青豆、奶油沙司和土豆泥。”

“那是晚餐。”

“我们想吃的就都是晚餐，嗯？你们就这样做生意？”

“我可以给你做火腿加鸡蛋，培根加鸡蛋，牛肝……”

“我就来火腿鸡蛋的。”那个叫阿尔的人说道。他戴着一顶圆顶窄边礼帽，穿着一件胸前扣扣子的黑大衣。他的脸又小又白，嘴唇闭得紧紧的。他围着一条真丝围巾，还戴着手套。

“给我来一个培根加鸡蛋的。”另一个人说。他的个头和阿尔差不多。虽然长得不像，但穿戴得像一对双胞胎，两人都穿着过于紧身的大衣。他们坐在那里，身体前倾，胳膊肘支在柜台上。

“有喝的吗？”阿尔问道。

“银啤、拜沃、干姜水。[1]”乔治说。

“我是说你们有喝的吗？”

“只有我说的这些。”

“真是个有趣的镇子，”另一个人说，“这里叫什么名字来着的？”

“萨米特。”

“听说过吗？”阿尔问他朋友。

“没有。”朋友说。

“这儿的人晚上都干些什么？”阿尔问道。

“他们吃晚餐，”他朋友说，“他们上这儿来吃一顿丰盛的晚餐。”

“是这样。”乔治说。

“你觉得是这样吗？”阿尔问乔治。

“当然是。”

1 这些都是不含酒精的饮料。

“你小子还挺机灵的嘛，是不是？”

“当然。”乔治说。

“嗯，你不机灵，”另外的那个小个子说，“他机灵吗，阿尔？”

“他蠢极了，”阿尔说，他转向尼克，“你叫什么名字？”

“亚当斯。”

“又一个机灵鬼，”阿尔说，“难道他不也是一个机灵鬼吗，马克斯？”

“这个镇子上到处都是机灵鬼。”马克斯说。

乔治把两个盘子放在柜台上，一盘里是火腿鸡蛋，另一盘里是培根鸡蛋。他又放下两盘作为配菜的炸土豆条，关上了通向厨房的小窗户。

“哪一份是你的？”他问阿尔道。

“你不记得了？”

“火腿加鸡蛋。”

“真是个机灵鬼。”马克斯说。他欠身拿过那盘火腿鸡蛋三明治。吃饭时，两人都戴着手套。乔治在看他们吃饭。

“你在看什么？”马克斯看着乔治说。

“没看什么。”

“还他妈的没看什么。你明明在看我。”

“马克斯，这小子也许是想开个玩笑。”阿尔说。

乔治笑了起来。

“你不是非笑不可的，”马克斯对他说，“你完全没必要笑，明白吗？”

“没关系。”乔治说。

“看来他觉得没关系，”马克斯转向阿尔，“他觉得没关系。这话说得多好。”

“哦，他很爱动脑子。”阿尔说。他们继续吃着。

“柜台头上的那个机灵鬼叫什么来着的？”阿尔问马克斯。

“喂，机灵鬼，”马克斯对尼克说，“你到柜台的另一侧，和你的男朋友站一起。”

“什么意思？”尼克问道。

“没什么意思。”

“你最好还是过去吧，机灵鬼。”阿尔说。尼克走到了柜台的后面。

“这是为什么？”乔治问道。

“没你的屁事，”阿尔说，“谁在厨房里？”

“那个黑鬼。”

“那个黑鬼是指？”

“那个烧饭的黑鬼。”

“让他进来。”

“为什么？”

“让他进来。”

“你们以为你们是在哪儿啊？”

“我们他妈的知道我们在哪儿，”叫马克斯的说，“我们看上去很蠢吗？”

“你说起话来很蠢。”阿尔对他说道。“你和这个小毛孩有什么好争的？听着，”他对乔治说，“告诉那个黑鬼上这儿来。”

“你们要拿他怎么样？”

“不怎么样。动脑筋想想，机灵鬼，我们能拿一个黑鬼怎么样？”

乔治推开那扇朝厨房打开的小窗。“萨姆，过来一下。”

通向厨房的门打开了，那个黑人走了进来。

“干吗？”他问。柜台旁的那两个人上下打量着他。

“好了，黑鬼，你就站在那里。”阿尔说。

那个叫萨姆的黑人围着围裙站在那里，看着坐在柜台边上的那两个人。“是，先生。”他说。阿尔从高凳子上下到地上。

“我和黑鬼还有这个机灵鬼回厨房去，”他说，“回厨房去，黑鬼。你和他一起去，机灵鬼。”那个小个子跟在尼克和叫萨姆的厨子后面走进了厨房。门在他们的身后关上了。那个叫马克斯的和乔治隔着柜台面对面地坐着。他没在看乔治，却看着柜台后面那面又宽又长的镜子。亨利快餐厅是由一家酒吧改建成的。

“喂，机灵鬼，”马克斯看着镜子说，“你为什么不说两句？”

“这是怎么回事？”

“嗨，阿尔，”马克斯喊道，“机灵鬼想知道这是怎么回事。”

“你为什么不告诉他？”阿尔的声音从厨房传了出来。

“你觉得这是怎么回事呢？”

“我不知道。”

“你觉得呢？”

马克斯说话的时候眼睛一直盯着镜子。

“我不想说。”

“嗨，阿尔，机灵鬼说他不想说他觉得这是怎么回事。”

“好啦，我听得见。”阿尔在厨房里说。他刚才用一个番茄酱瓶子撑开了那扇往厨房送盘子的小窗子。“听着，机灵鬼，”他在厨房里对乔治说，“你再往吧台那边站一点。你往左边移一点，马克斯。”他像一个正在安排集体照的摄影师。

“跟我说话呀，机灵鬼，”马克斯说，“你觉得会发生什么事吗？”

乔治不说话。

“我来告诉你吧，”马克斯说，“我们要杀一个瑞典佬。你认识一个叫奥利·安德烈松的大块头瑞典佬吗？”

“认识。”

“他每晚都上这儿来吃饭，是不是？”

“他有时来这里。”

“他六点来这里，对吧？”

“如果他来的话。”

“我们全知道，机灵鬼，”马克斯说，“说点别的吧。你看不看电影？”

“偶尔看一次。”

“应该多看看。电影对你这样的机灵鬼有好处。”

“你们为什么要杀奥利·安德烈松？他做了什么对不起你们的事吗？”

“他从来就没有机会做对不起我们的事。他甚至都没有见过我们。”

“他只会见到我们一次。”阿尔在厨房里说道。

“那你们为什么要杀他？”乔治问道。

“我们替一个朋友杀他。只是帮一个朋友的忙而已，机灵鬼。”

“闭嘴，”阿尔在厨房里说，“你他妈的说得太多了。”

“嗯，我总得让机灵鬼开开心，不是吗，机灵鬼？”

“你他妈的话太多，”阿尔说，“黑鬼和我的那个机灵鬼在自寻开心呢。我把他们捆得像修道院里的一对女朋友。”

“这么说你在修道院里待过了？”

“很难说。”

“你在一个正宗的修道院里待过。你就是从那里来的。”

乔治抬头看了一眼钟。

“如果有人来，你就告诉他们厨子不在，要是他们还是不肯走的话，你就说你去后面亲自替他们做。懂了吗，机灵鬼？”

“懂了，”乔治说，“事后你们会把我们怎么样？”

“那得看情况，”马克斯说，“那是一件目前无法预知的事情。”

乔治抬头看了一眼钟，六点一刻。临街的门打开了，走进来一个开电车的。

“嗨，乔治，”他说，“能来份晚餐吗？”

“萨姆出去了，”乔治说，“他大概半小时后回来。”

“那我还是去街那头吧。”开电车的说。乔治看了一眼钟，六点二十。

“不错，机灵鬼，”马克斯说，“你是个十足的小绅士。”

“他知道我会崩掉他的脑袋的。”阿尔在厨房里说道。

“不对，”马克斯说，“不是这样的。机灵鬼人很不错，是个好小伙。我喜欢他。”

六点五十五分时，乔治说：“他不会来了。”

这期间快餐厅还进来过两个人。一次一个男人要了一个“外卖”，乔治不得不去厨房做了一个火腿鸡蛋三明治让他带走。他在厨房里见到了阿尔，他坐在小窗户边上的一张高脚凳上，礼帽推到后脑勺，一支锯短了的猎枪的枪头就靠在架子上。尼克和厨子背靠背地待在墙角那里，嘴里各塞了一条毛巾。乔治做了一个三明治，用油纸包上，装进纸袋带进餐厅，那人付完钱便走了。

“机灵鬼什么都会做，”马克斯说，“会做饭，还会做别的。你会把一个小姑娘调教成好老婆的，机灵鬼。”

“是吗？”乔治说，“你的朋友奥利·安德烈松不会来了。”

“我们再给他十分钟。”马克斯说。

马克斯注视着镜子和钟。钟的指针指向七点，然后是七点十分。

“行了，阿尔，”马克斯说，“我们还是走吧，他不会来了。”

“最好再等五分钟。”阿尔在厨房里说道。

在这五分钟里进来过一个人，乔治向他解释说厨子病了。

“你们他妈的为什么不再找一个厨子？”那人问道，“难道你们不是在开餐厅？”他走了出去。

“行了，阿尔。”马克斯说。

“这两个机灵鬼怎么处理，还有那个黑鬼？”

“他们没事。”

“你这么认为？”

“当然，这事就算完了。”

“这么做我不喜欢，”阿尔说，“太粗心大意了。你的话太多。”

“哦，见他妈的鬼，”马克斯说，“我们总得开心开心，难道不是吗？”

“你的话太多，总改不了。”阿尔说。他从厨房里走出来，截短了的枪管把他过于紧身的大衣的腰部下面撑出来一个鼓包。他用戴着手套的手把大衣拉拉直。

“回见，机灵鬼，”他对乔治说，“你的运气真不错。”

“那倒是实话，”马克斯说，“机灵鬼，你真该去赌马。”

两个人走出门去，乔治看着他们从窗前的弧光灯下走过，穿过了马路。他们穿着大衣戴着礼帽，看上去像是一对玩杂耍的。乔治经过那扇弹簧门来到厨房，替尼克和厨子松绑。

“我不想再和这件事有任何关系，”厨子萨姆说，“我不想再和这件事有任何关系。”

尼克站了起来，他嘴里还从来没被人塞进过毛巾。

“我说，”他说，“这是见了什么鬼？”他想说句大话来消消气。

“他们本来打算杀了奥利·安德烈松的，”乔治说，“他们本想等他进来用餐时杀了他。”

“奥利·安德烈松？”

“正是。”

厨子用拇指摸着嘴角。

“他们都走了？”他问道。

“走了，”乔治说，“他们现在不在这里了。”

“我受不了这个，”厨子说，“我真受不了这个。”

“听着，”乔治对尼克说，“你最好去奥利·安德烈松那儿一趟。”

“好的。”

“你最好别掺和这件事，”厨子萨姆说，“你最好远离这个是非。”

“如果你不想去就别去。”乔治说。

“和这件事扯在一起对你没有任何好处，”厨子说，“远离这个是非。”

“我去找他，”尼克对乔治说，“他住在哪里？”

厨子转身走开了。

“小毛孩从来都知道自己该干什么。”他说。

“他就住在赫希的出租房里。”乔治对尼克说。

“那我走了。”

门外，弧光灯的灯光透过光秃秃的树枝照下来。尼克沿着电车轨道往前走，在下一盏弧光灯那里拐上了一条小街。街上第三栋房子就是赫希的出租房。尼克走上两级台阶，按响门铃。开门的是一个女人。

“奥利·安德烈松在吗？”

“你要见他？”

“是的，如果他在的话。”

尼克跟着女人上了一截楼梯，来到走廊的尽头。她敲了敲门。

“谁呀？”

“有人找你，安德烈松先生。”妇人说道。

“我叫尼克·亚当斯。”

“进来。”

尼克推开门，进到房间里。奥利·安德烈松正和衣躺在床上。他曾是一名重量级的职业拳击手，床对他来说显得太小了。他头下枕着两个枕头。他没朝尼克看。

“有什么事？”他问道。

“我刚才在亨利店里，”尼克说，“进来两个家伙，把我和厨子捆了起来，他们说他们要杀你。”

他的话听上去有点可笑。安德烈松没说一句话。

“他们把我们关在厨房里，”尼克接着说道，“他们想等你来吃晚饭时杀了你。”

安德烈松看着墙壁，什么都没说。

“乔治觉得我最好来告诉你一声。”

“我也没办法。”奥利·安德烈松说。

“我告诉你他们长什么样。”

“我不想知道他们长什么样。”奥利·安德烈松说。他看着墙壁。“谢谢你来告诉我。”

“没什么。”

尼克看着床上躺着的大汉。

“你想让我去报警吗？”

“不用，”奥利·安德烈松说，“那么做一点用也没有。”

“我能做点什么吗？”

“不用了，没有什么好做的。”

“或许他们只是虚张声势。”

“不，不光是虚张声势。”

奥利·安德烈松朝墙翻过身去。

“问题是，”他对着墙说道，“我拿不定主意要不要出门。我在这里待了一整天了。”

“你可以离开这个镇子吗？”

“不用了，”奥利·安德烈松说，“我不想再到处乱跑了。”

他面对着墙壁。

“现在做什么都没有用了。”

“能不能想点办法呢？”

“不行了，我得罪了人，”他用同样无力的声调说道，“做什么都没有用。待会儿我会拿定主意出门的。”

“我得回去找乔治了。”

“再见。”奥利·安德烈松说。他没朝尼克这边看。“谢谢你过来一趟。”

尼克走出了房门。他带上房门时看见奥利·安德烈松仍然面朝墙壁和衣躺在床上。

“他一整天都待在他的房间里，”女房东在楼下说道，“我估计他是病了。我对他说：‘安德烈松先生，这么一个秋高气爽的好天气，你应该出去走走。’可他就是不愿意出去。”

“他不想出门。”

“他身体不舒服，我为他感到难过。”妇人说，“他是个大好人。要知道，他曾经干过拳击。”

“我知道这个。”

“要不是他那张脸，你一点都看不出来。”妇人说。他们站在临街的门洞里说着话。“他很和蔼的。”

“那就这样吧，晚安，赫希太太。”尼克说。

“我不是赫希太太，”女人说，“这房子是她的，我只是替她照管。我是贝尔太太。”

“好吧，晚安，贝尔太太。”尼克说。

“晚安。”女人说。

尼克沿着黑暗的街道走到亮着弧光灯的拐角处，然后沿着电车轨道走到了亨利餐厅。乔治在店里柜台的后面。

“见到奥利了？”

“见到了，”尼克说，“他在房间里，他不愿意出门。”

厨子听见尼克的声音后打开了厨房的门。

“我听都不想听。”他说完猛地关上了门。

“你跟他说了吗？”

“当然。我告诉他了，不过他知道这是怎么回事。”

“他打算怎么办？”

“不怎么办。”

“他们会杀了他的。”

“我看会。”

“他肯定是在芝加哥惹了什么事。”

“我看是这样。”尼克说。

“真是糟糕透了。”

“这太恐怖了。”尼克说。

他们没再说什么。乔治从柜台下面拿出一条毛巾，擦起了柜台。

“我在想他到底干了什么。”尼克说。

“出卖了什么人。他们会为这个杀人的。”

“我打算离开这个镇子。”尼克说。

“好，”乔治说，“离开这里是件好事。”

“我一想到这个就受不了，他明明知道有人要来杀他，可还是待在屋里不动。太恐怖了。”

“那么，”乔治说，“你最好别再想它了。”

某件事情的了结

早年的霍顿斯湾是个伐木小镇。镇上没有人听不见湖边锯木厂大锯子的声音。后来有一年，再也没有原木可以用来加工木材了。运木材的双桅帆船开进湖湾，把堆在场子里的锯好的木材装上船。成堆的木材都被运走了。大厂房里所有能拆卸的机器全部被搬了出来，由原来在工厂上班的工人抬上其中的一艘帆船。帆船驶出湖湾，驶向开阔的湖面，装载着两把大锯子、给旋转圆锯推送原木的传送架，所有的滚轴、轮子、皮带和铁器则堆放在塞满了船舱的木材上面。露天货舱盖着帆布，系得紧紧的。船帆鼓满了风，装载着所有曾使这个工厂成为工厂，使霍顿斯湾成为城镇的东西，驶向开阔的湖面。

那些平房工棚、食堂、公司库房、工厂办公室以及那幢大厂房，则被遗弃在覆盖着湖湾岸边沼泽地的大片锯木屑之中。

十年后，尼克和玛乔丽沿着湖岸划船经过的时候，这里除了露出沼泽地里次生草木的破裂石灰岩地基外，工厂已经荡然无存。他们正沿着船道[1]的边缘拖钓[2],那里的湖底从浅沙滩陡然下降到十二英尺深的深水区。他们去岬角放置钓虹鳟的夜钓线，途中顺路拖钓。

1 船道（channel-bank），这里指湖底从浅滩陡然下降、可以行船的部分。
2 拖钓就是在水中拖动钓饵，让鱼觉得有活饵，便来咬钩。

“那是我们老厂的废墟。”玛乔丽说。

尼克划着船，看了一眼绿树丛里的白石头。

“就是这儿。”他说。

“你还记得这里还是个工厂的情景吗？”玛乔丽问。

“快忘记了。”尼克说。

“现在更像一座城堡了。”玛乔丽说。

尼克一言不发。他们沿着湖岸划船，直到看不见工厂。然后尼克抄近路穿过湖湾。

“它们没咬钩。”他说。

“是的。”玛乔丽说。他们拖钓时她一直注意着鱼竿，哪怕是在她说话的时候。她爱钓鱼。她爱和尼克一起钓鱼。

一条大鳟鱼紧靠着船舷跃出水面。尼克使劲划着一支桨，让小船转身，这样远远拖在小船后面快速移动的鱼饵就会掠过那条鳟鱼觅食的地方。鳟鱼背露出水面时，小鱼疯狂地蹦跳着。它们溅起的水花好像一梭子弹射进了水里。另一条鳟鱼划破水面，在小船的另一边觅食。

“它们在吃食。”玛乔丽说。

“可就是不咬钩。”尼克说。

他划着船转了一圈，把钩子从两条进食的大鱼旁边拖过，然后朝岬角划去。直到小船靠了岸，玛乔丽才把线收回来。

他们把小船拖上沙滩，尼克拎起一桶活鲈鱼。鲈鱼在水桶里游动。尼克伸手抓了三条，去掉鱼头，剥掉鱼皮，玛乔丽的双手还在桶里捉鱼，她终于抓住了一条，去掉鱼头，剥掉鱼皮。尼克看着她的鱼。

“不用把腹鳍去掉。”他说，“去掉也可以做鱼饵，但最好带着鳍。”

他用钩子钩住每条去了皮的鲈鱼的尾巴。每根鱼竿的接钩线上都挂着两个钩子。接着玛乔丽把小船划过船道，她用牙齿咬着鱼线，眼睛则盯着手拿鱼竿、站在岸边放线的尼克。

“差不多了。”他喊道。

“该放线了吗？”玛乔丽手里拿着鱼线，大声问道。

“可以，放吧。”玛乔丽把鱼线从船的一侧放了下去，看着鱼饵沉入水中。

她把船划回来，用同样的方法下好第二根鱼线。每一次尼克都用一块大块的浮木压住鱼竿的手柄，把鱼竿固定牢了，再用一块小木板把鱼竿撑起一个角度。他收紧松弛的鱼线，让鱼饵落在船道底部的沙土上，再把卷轴卡住。在湖底觅食的鳟鱼咬钩后，会带着钩子跑，把卷轴上的鱼线快速拉出，卡住的卷轴就会发出响声。

玛乔丽把小船划离岬角一点，这样就不会妨碍鱼线。她用力划着双桨，小船上了沙滩。细小的浪花被小船带上了岸。玛乔丽下了船，尼克把小船朝沙滩上拖了一截。

“怎么了，尼克？”玛乔丽问。

“我不知道。”尼克说，开始收集生火用的木头。

他们用浮木生起火，玛乔丽去小船上拿来一条毯子。夜晚的微风把烟吹向岬角，所以玛乔丽把毯子铺在了火堆和湖之间。

玛乔丽背对火堆坐在毯子上，在等尼克。他走过来，在她身边的毯子上坐下。他们身后是岬角上密密麻麻的次生林，前面是连着霍顿斯河河口的湖湾。天还没全黑。火光一直照到了水上。他俩都能看见昏暗的水面上那两根与湖面成一个角度的钢鱼竿。火光在卷轴上闪烁。

玛乔丽打开装晚饭的篮子。

“我不想吃。”尼克说。

“快来吃嘛，尼克。”

“好吧。”

他们一声不吭地吃着，看着那两根鱼竿和水面上的火光。

“今晚会有月亮。”尼克说。他看着湖湾对面天空中轮廓逐渐显露的山丘。在山丘的背后，他知道，月亮正在升起。

“我知道。”玛乔丽开心地说。

“你什么都知道。”尼克说。

“噢，尼克，别闹了！请别这样！”

“我没办法，”尼克说，“你的确这样。你什么都知道。问题就出在这儿。你知道你的确是这样的。”

玛乔丽不说话。

“我什么都教过你了。你知道你的确实是这样的。你还有什么不知道的？”

“噢，快住口，”玛乔丽说，“月亮出来了。”

他们坐在毯子上，谁也不碰谁，看着月亮升上来。

“你不用胡说八道。”玛乔丽说，“到底是怎么回事？”

“我不知道。”

“你当然知道。”

“不知道。”

“接着说，说出来。”

尼克看着月亮从山丘后面升起来。

“没意思了。”

他不敢看玛乔丽。过了一会儿他去看她。她背对着他坐着。他看着她的后背。“没意思了。一点意思都没有。”

她一言不发。他继续说道：“我觉得我心里好像万念俱灰了。我不知道，玛吉。我不知道说什么好。”

他继续看着她的后背。

“爱情也没有意思了吗？”玛乔丽说。

“没有。”尼克说。玛乔丽站起来。尼克坐在那里，头埋在手里。

“我把船划走，”玛乔丽对他喊道，“你可以绕着岬角走回去。”

“好的。”尼克说，“我帮你把小船推下去。”

“你不需要这么做。”她说。她上了月光下的小船。尼克回到火堆旁，脸埋在毯子里躺了下来。他能听见玛乔丽在水上划船。

他在那里躺了好一会儿。躺在那里的时候他听见比尔绕过树林走到空地上。他感觉到比尔走到了火堆旁。比尔也没有碰他。

“她还行吧？”比尔说。

“还行。”尼克说，躺着，脸贴在毯子上。

“吵架了？”

“没有，没吵架。”

“你感觉怎样？”

“噢，走开，比尔！待会儿再过来。”

比尔从饭篮子里挑了一个三明治，然后走过去查看鱼竿。

三天大风

尼克拐到那条穿过果园通往山上的路上时，雨停了。水果已经摘完，秋风刮过光秃秃的果树。路边枯黄的草地里有一只瓦格纳苹果，被雨淋得晶亮，尼克停下来，捡起苹果。他把苹果放进自己双排扣厚呢短大衣的口袋里。

那条路从果园通向山顶。山顶上有一座小木屋，前廊上空空的，烟囱在冒着烟。屋后是车库、鸡笼，还有一些次生树木，像一道篱笆，隔开了后面的树林。他看见远处的大树在风中大幅度地摆动着。这是秋天的第一场风暴。

尼克正穿行在果园上方的空地上，木屋的门打开了，比尔走了出来，他站在门廊上往外看。

“哎，威米奇[1]。”他说。

“嗨，比尔。”尼克说着走上台阶。

他们站在一起，眺望着原野，目光投向脚下的果园，越过大路，穿过低洼处的田野和伸向大湖的岬角上的树林。大风正径直刮向湖面。他们能看见十里岬沿岸的浪花。

“在刮风呢。”尼克说。

---

1 威米奇（Wemedge）是朋友们给尼克起的外号，同时也是海明威自己的外号之一。

“这风要像这样连刮三天。”比尔说。

“你爸在家吗？”尼克说。

“不在。他带着枪出去了。进来吧。”

尼克走进小木屋。壁炉里的火烧得正旺，火苗被风吹得蹿了起来。比尔关上门。

“喝一杯？”他说。

他去了厨房，回来时拿着两个玻璃杯和一壶水。尼克伸手去拿壁炉上方架子上的威士忌。

“行吗？”他说。

“行。”比尔说。

他们坐在炉火前，喝着兑了水的爱尔兰威士忌。

“这酒有股特棒的烟熏味。”尼克说，透过杯子看着炉火。

“是泥炭。”

“怎么能往酒里掺泥炭！”尼克说。

“那也没什么大不了的。”比尔说。

“你见过泥炭吗？”尼克问。

“没有。”比尔说。

“我也没见过。”尼克说。

他把脚伸到壁炉边，鞋子在炉火前冒出水蒸气来。

“最好把鞋脱了。”比尔说。

“我没穿袜子。”

“把鞋子脱了，烤烤干，我去给你找一双。”比尔说。他爬到阁楼上，尼克听见他在头顶上走动。楼上屋顶下没装天花板，比尔和他父亲，有时候还有他，尼克，在那里睡觉。后面有一间更衣室。他们把帆布床搬到后面雨淋不到的地方，盖上橡胶布。

比尔拿着一双厚羊毛袜走下来。

“天冷起来了，不能再光着脚走来走去了。”他说。

“又要开始穿袜子了，真讨嫌。”尼克说。他穿上袜子，又倒在了椅子上，把脚跷在壁炉前的防护网上。

“你会把网子压垮的。”比尔说。尼克抬起脚，放到壁炉旁边。

“有没有可以读的东西？”他问。

“只有报纸。”

“卡兹队[1]打得怎样？”

“输给巨人队[2]一个二连场[3]。”

“那应该把他们送进季后赛了。”

“一份厚礼。”比尔说，“既然麦格劳[4]能买下联盟的每一个好球员，就没什么好说的了。”

“他不可能把他们全买了。”尼克说。

“他想要的他都买。”尼克说，“要不他就让那些球员心生不满，他们就不得不把那些球员交易给他了。”

“像海尼·齐默[5]。”尼克附和道。

“那个笨蛋会给他带来很多好处。”

比尔站了起来。

“他能打出安打。”尼克给出他的看法。炉火的热气烤着他的腿。

“他也是个出色的外野手。”比尔说，“但他输掉过比赛。”

“说不定这正是麦格劳要他的原因。”尼克说。

“也许吧。”比尔附和道。

---

1 卡兹队是美国职业棒球大联盟里圣路易斯红雀队（Cardinals）的简称。

2 美国职业棒球大联盟的球队之一，主场在纽约。

3 二连场是指两个球队在一天里连赛两场。

4 纽约巨人队当时的经理。

5 亨利·齐默尔曼 (Henry Zimmerman, 1887—1969)，美国职业棒球球员，曾效力于芝加哥小熊队和纽约巨人队。“海尼”是“亨利”的昵称。

“总有些我们不知道的东西。”尼克说。

“当然了。不过我们虽然隔得远，知道的精彩内幕还真不少。”

“就像看不见那些赛马，你选的马反而更好一样。”

“正是这样。”

比尔伸手去拿威士忌酒瓶。他的大手把酒瓶整个儿握住了。他把威士忌倒进尼克递过来的杯子里。

“兑多少水？”

“老样子。”

他在尼克椅子旁边的地板上坐下。

“秋天的风暴来了真不错，对不？”尼克说。

“太棒了。”

“一年中最好的时节。”尼克说。

“待在城里会不会很糟糕？”比尔说。

“我想去看世界系列赛[1]。”尼克说。

“算了吧，如今它们总是在纽约或费城举行。”比尔说，“对我们来说没一点用处。”

“不知道卡兹队能否夺一次冠？”

“这辈子休想。”比尔说。

“啊，他们要气疯了。”尼克说。

“你还记得上一次吗，翻车前他们一直在赢啊。”

“真的是！”尼克想起来了。

比尔把手伸到窗户下的桌子上，去拿扣在上面的那本书，那是刚才他去开门的时候放在那儿的。他一手拿着酒杯，一手拿着书，背靠着尼克的椅子。

1（World Series）美国职业棒球大联盟总决赛。

“你在看什么？”

“《理查德·费弗雷尔》[1]。”

“这本书我读不进去。”

“还行吧。”比尔说，“没那么差，威米奇。”

“还有什么我没看过的吗？”尼克问。

“你读过《森林恋人》[2]吗？”

“读过。就是写他们每天上床时，都要在彼此之间放一把剑的那本。”

“那是本好书，威米奇。”

“一本特别棒的书。我不明白的是那把剑能起什么作用。剑刃必须始终朝上才行呀，因为如果平着放，你可以从上面滚过去，不会有任何麻烦。”

“那是个象征。”比尔说。

“当然，”尼克说，“但不实际。”

“你有没有读过《坚韧不拔》[3]？”

“还行吧，”尼克说，“一本很真实的书。书里写他老爸一直盯着他不放。你还有沃尔波尔其他的书吗？”

“《黑森林》，”比尔说，“写俄罗斯的。”

“他对俄罗斯知道些什么？”尼克问。

“我不知道。这帮家伙你弄不懂。也许他小时候在那里住过。他有很多内幕资料。”

“我想见见他。”尼克说。

---

1 英国作家乔治·梅瑞狄斯（George Meredith，1828—1909）的代表作。

2 英国作家莫里斯·休利特（Maurice Hewlett, 1861—1923）的小说，讲述早期法国的浪漫故事。

3 英国作家休·沃尔波尔（Hugh Walpole, 1884—1941）的长篇小说。

“我想见切斯特顿[1]。”比尔说。

“我希望他现在就在这里，”尼克说，“明天我们可以带他去伏瓦[2]钓鱼。”

“不知道他会不会想去钓鱼。”比尔说。

“肯定想去，”尼克说，“他一定是这方面的好手。你还记得《飞行的小客栈》吗？”

如果来自天堂的天使
给你别的东西喝
谢谢他的善意
再去把它们倒在水池里。

“就是那首诗。”尼克说，“我估计他比沃尔波尔厉害。”

“哦，要厉害一点，没的说。”比尔说。

“但沃尔波尔是个更好的作家。”

“很难说，”尼克说，“切斯特顿是一流的作家。”

“沃尔波尔也是一流的作家。”比尔坚持说。

“我希望他俩都在这里，”尼克说，“明天我们可以带他们去伏瓦钓鱼。”

“我们喝他个一醉方休吧。”比尔说。

“好啊。”尼克同意道。

“我家老头子才不会管呢。”比尔说。

“你确定？”尼克说。

---

1 G. K. 切斯特顿（G. K. Chesterton, 1874—1936），英国作家、文学评论者以及神学家。
2 地名，密歇根州城市沙勒沃伊的简称。

“我有数。”比尔说。

“我现在就有点醉了。”尼克说。

“你没醉。”比尔说。

他从地上站起来，伸手去拿酒瓶。尼克将酒杯递了过来。比尔倒酒的时候他盯着酒杯看。

比尔往杯子里倒了半杯威士忌。

“你自己兑水吧，”他说，“还剩一小杯了。”

“还有酒吗？”尼克问。

“酒多得很，但我爸只让我喝开了瓶的。”

“那当然。”尼克说。

“他说开酒瓶会把人变成酒鬼。”比尔解释说。

“太对了。”尼克说。他被这句话触动了。他以前从来没这么想过。他一直认为独自喝闷酒才会变成酒鬼。

“你爸怎么样？”他满怀敬意地问道。

“他还好，”比尔说，“有时候会有点发狂。”

“他是个很棒的人。”尼克说。他把水壶里的水倒进杯子。水慢慢混入威士忌。杯子里的威士忌比水多。

“那没的说的。”比尔说。

“我家老头子也还行。”尼克说。

“你说得太他妈对了。”比尔说。

“他号称这一辈子没喝过一滴酒。”尼克说，像是在宣布一个科学事实。

“嗯，他是个医生。我家老头子是个画家。那可不一样。”

“他的损失太大了。”尼克伤心地说。

“很难说，”比尔说，“有失必有得。”

“他亲口说他损失了很多。”尼克承认说。

“唉，我爸也有一段日子不好过。”比尔说。

“好坏会抵消掉。”尼克说。

他们坐着，看着炉火，思考着这个深奥的道理。

“我去后廊搬块柴火。”尼克说。看着炉火时他注意到火快要熄了。而且他也希望能表现得头脑清醒，以此显示自己的酒量。尽管他父亲滴酒不沾，比尔在自己喝醉前休想把他灌醉了。

“拿块大山毛榉。”比尔说。他也有意摆出头脑清醒的样子。

尼克抱着木柴走进来，经过厨房时，一只平底锅被他从厨房桌子上碰到了地上。他放下柴火，把锅捡起来。锅里原来泡着杏干。他仔细地捡起掉在地上的杏干（有几颗杏干已经滚到了炉子下面），把它们放回到锅里。他从桌旁水桶里舀了一点水到锅里。他很得意。他头脑一直很清醒。

他抱着木柴走进来，比尔从椅子上站起来，帮他把木柴放到火堆上。

“这块木头真不错。”尼克说。

“我一直留着给坏天气用的。”比尔说，“这样一块木头能烧一整夜。”

“还能剩下火炭，早晨可以用来生火。”尼克说。

“没错。”比尔表示赞同。他们谈话时的情绪很高昂。

“我们再来一杯。”尼克说。

“我觉得储物柜里还有一瓶开了瓶的。”比尔说。

他在墙角的储物柜前跪下，拿出一个方酒瓶。

“是苏格兰威士忌。”他说。

“我再去拿点水来。”尼克说。他又去了厨房。他用勺子舀起桶里的冷泉水，把水壶灌满。回客厅途中，经过餐厅里的一面镜子，他照了照。他的脸看上去很奇怪。他对着镜子里的脸笑了笑，镜子里的脸也对他咧嘴一笑。他对着那张脸眨了一下眼睛，走开了。那不是他的脸，不过这也无所谓。

比尔已经把酒倒好了。

“这一杯真够多的。”尼克说。

“对我们来说不多，威米奇。”比尔说。

“我们为什么干杯？”尼克问，举起了酒杯。

“我们为钓鱼干杯吧。”比尔说。

“好，”尼克说，“先生们。我提议为钓鱼干杯。”

“所有的钓鱼，”比尔说，“各个地方的。”

“钓鱼，”尼克说，“我们为它干一杯。”

“这比棒球强。”比尔说。

“简直没法比，”尼克说，“我们怎么就扯到棒球上去了？”

“我们错了，”比尔说，“棒球是乡巴佬玩的东西。”

他们一口喝干了杯子里的酒。

“现在我们为切斯特顿干一杯吧。”

“还有沃尔波尔。”尼克插嘴说。

尼克倒上酒，比尔往杯子里兑了水。他们互相看着。他们感觉良好。

“先生们，”比尔说，“我提议为切斯特顿和沃尔波尔干杯。”

“没错，先生们。”尼克说。

他们喝完酒。比尔把酒杯斟满。他们坐在炉火前面的两把大椅子上。

“你很聪明啊，威米奇。”比尔说。

“什么意思？”尼克问。

“和玛吉吹了。”比尔说。

“我想是吧。”尼克说。

“没别的选择。如果你没和她吹，这会儿你会赶着回家干活，努力挣够钱结婚呢。”

尼克一言不发。

“男人一旦结了婚，就彻底完蛋了。”比尔继续说道，“他什么都得不到。一无所有。屁都没有。他玩儿完了。你见过那些结了婚的家伙。”

尼克一言不发。

“你能认出他们来，”比尔说，“他们都有那种结了婚的人的油腻样。彻底玩儿完了。”

“肯定的。”尼克说。

“吹了以后感觉可能会不好。”比尔说，“但你总会爱上别人的，然后就没事了。爱上她们，但别被她们毁了。”

“是的。”尼克说。

“如果你娶了她，那你就不得不娶她全家。别忘了她母亲，还有她嫁的那个家伙。”

尼克点点头。

“想象一下整天和他们待在一个屋檐下，礼拜天晚上去他们家吃饭，请他们过来吃晚餐，她不停地告诉玛吉做什么，怎么做。”

尼克安静地坐着。

“你脱身脱得很漂亮。”比尔说，“现在她可以嫁给跟她同类的人，安顿下来，开开心心地。你没法把油和水混在一起，那样的东西是不能混在一起的，就像我不能娶为斯特拉顿斯干活的艾达一样。她也许倒是很想。”

尼克一言不发。酒意完全从他身体里消失了，只剩下孤零零的他。比尔不在眼前，他没有坐在炉火跟前，明天也不会跟比尔和他爸去钓鱼或做其他事情。他没有喝醉。一切都过去了。他只知道自己曾经拥有过玛乔丽，而他已经失去了她。她走了，他把她打发走了。那才是最关键的。他可能再也见不到她了。他大概也永远不会去找她。一切都过去了。结束了。

“我们再来一杯。”尼克说。

比尔倒上酒，尼克往杯子里点了几滴水。

“要是你走了那条路，现在我们不会在一起。”比尔说。

那倒是真的。他原来的计划是回家找份工作。后来他计划整个冬天都待在沙勒沃伊，这样可以离玛吉近一点。现在他不知道自己该干什么。

“也许明天我们都不会去钓鱼。”比尔说，“你做对了，好了吧。”

“我没办法。”尼克说。

“我知道。事情总是这样的。”比尔说。

“忽然一下子，一切都结束了。”尼克说，“我不知道为什么会是这样。我没办法。就像现在这场连刮三天的大风，把树叶全刮掉了。”

“好了，结束了。这是重点。”比尔说。

“是我的错。”尼克说。

“是谁的错并不重要。”比尔说。

“不重要，我想是这样。”尼克说。

重要的是玛乔丽走了，他大概再也见不到她了。他曾经和她说过他们要一起去意大利，两人在一起会有多开心。他们一起要去的那些地方。如今一切都结束了。

“这件事了结了，这是最要紧的。”比尔说，“听我讲，威米奇，这件事情没结束时，我还真替你担心。你做得对。我能理解她母亲气得要死。她告诉好多人说你们订婚了。”

“我们没有订婚。”尼克说。

“都在传说你们订婚了。”

“这我也没办法，”尼克说，“我们没有订婚。”

“你们不是打算结婚的吗？”比尔问。

“是的。但我们没有订婚。”尼克说。

“有什么差别吗？”尼克用审讯的口气问道。

“我不知道。有差别。”

“我看不出来。”比尔说。

“好吧，”尼克说，“我们来喝个烂醉吧。”

“好吧，”比尔说，“喝他个酩酊大醉。”

“我们先喝醉了，然后去游泳。”尼克说。

他喝干了他的酒。

“我对她内疚得要死，但我又能怎样？”他说，“你知道她妈的样子！”

“她太恐怖了。”比尔说。

“一下子就结束了。”尼克说，“我不应该说这件事。”

“你没有，”比尔说，“是我提起来的，现在我说完了。我们再也不会去说它了。你也别去想它。弄不好你又会回去。”

尼克没有那样想过。那件事似乎早已成定局。那只是个想法而已。那个想法让他觉得好受了一点。

“确实，”他说，“总存在那样的危险。”

他现在高兴起来了。没有不可挽回的事情。礼拜六晚上他也许会进城。今天是礼拜四。

“总会有机会的。”他说。

“你得管住自己。”比尔说。

“我会管住自己的。”他说。

他很高兴。什么都没有结束。什么都没有失去。礼拜六他还可以进城。他觉得轻松多了，像比尔开始谈这件事之前一样轻松。总会有出路的。

“我们带上枪，去岬角找你爸吧。”尼克说。

“好吧。”

比尔从墙上的架子上取下两杆猎枪。他打开一盒子弹。尼克穿上他的厚呢短大衣和鞋子。他的鞋子被火烤得硬邦邦的。他还是醉醺醺的，但头脑很清醒。

“你感觉怎么样？”尼克问。

“很好。我刚有点微醺。”比尔在扣他毛衣的纽扣。

“喝醉了没好处。”

“对。我们应该去外面。”

他们走出门。外面正刮着八级大风。

“这么大的风，鸟儿会藏在草丛里。”尼克说。

他们朝下方的果园走去。

“今天早晨我看到一只山鹬。”比尔说。

“也许我们可以把它轰出来。”尼克说。

“这么大的风你没法开枪。”比尔说。

到了外面，玛吉的事不再那么凄惨了。它甚至都不那么重要了。大风把那样的事情都刮跑了。

“风是直接从大湖上刮过来的。”尼克说。

他们听到风中传来的一声枪响。

“是爸爸，”比尔说，“他在下面的沼泽地里。”

“我们从这里插过去。”尼克说。

“我们从这边低洼的草地穿过去，看看能不能惊起什么。”比尔说。

“好吧。”尼克说。

现在什么都不重要了。大风把它从他的脑子里刮走了。礼拜六晚上他仍然可以进城。留有余地真是件好事。

此刻我躺着

那天夜里我们躺在房间的地板上，我在听桑蚕吃桑叶。桑蚕在桑叶架上进食，一整夜你都能听见它们的咀嚼声，还有蚕沙落在桑叶里的声音。我不想睡着，因为长期以来我一直这么认为：如果我在黑暗中闭上眼睛让自己睡着了，我的灵魂就会出窍。自从那次在夜里被炸飞，感觉灵魂离开了我，飞出去后又飞了回来，我已经像这样生活了很长一段时间。我努力不再去想这件事，但从那以后，在夜里，在我睡着的那一刻，灵魂就开始出窍，需要费很大的劲儿才能制止它。尽管如今我很确定灵魂不会真的离开，但在那个夏天，我不愿意做这样的试验。

躺着睡不着的时候，我有各种消遣的方法来打发时间。我会去想小时候钓过鳟鱼的小溪，在脑子里把小溪从头到尾仔细地钓一遍，每根原木底下、河岸所有的转弯处、深潭和清澈的浅滩，都会仔细地垂钓，有时钓上鳟鱼，有时让它们跑了。中午我会停下来吃午饭，有时坐在横跨小溪的一根原木上，有时坐在堤岸高坡上的一棵树下，我慢吞吞地吃着，边吃边看下方的溪水。开始钓鱼时，我的铁皮烟草盒里只有十条蚯蚓，所以鱼饵经常不够用。鱼饵用完后，我只得再去找蚯蚓，有时候小溪堤岸上的泥土不是很好挖，阳光被杉树遮住了，潮湿的泥土里寸草不生，我经常找不到蚯蚓。但我总能找到一些做鱼饵的东西，不过有一次在沼泽地里我什么都找不到，只好把钓到的一条鳟鱼切碎了做鱼饵。

有时我在沼泽的草地里找到虫子，在草丛里或羊齿植物的根部，用它们做鱼饵。腿像草茎的甲虫和昆虫，还有腐朽原木里的金龟子幼虫——长着褐色尖脑袋的白色金龟子幼虫，这种幼虫鱼钩挂不住，一进到冷水里就没影了。还有原木底下的草爬子。有时我刚把原木掀起来，蚯蚓就钻进了泥土里。有一次我用一条在旧原木底下找到的蝾螈做鱼饵。那条蝾螈个头很小，灵巧敏捷，颜色很可爱。它纤细的小脚死命地抓住鱼钩。虽然我经常找到蝾螈，但从那以后就没再用它们做过鱼饵。我也不用蟋蟀做鱼饵，因为它们会在鱼钩上挣扎。

有时候小溪流经一片开阔的草地，我会在干草丛里捉蚂蚱，用它们做鱼饵，捉到蚂蚱后，有时我会把它们扔进小溪，看着它们浮在溪水里游泳，在水面上打着转被水流带走，随着浮出水面的一条鳟鱼倏然消失。有时一个晚上我要去四五条不同的小溪钓鱼，尽量靠近溪流的源头，从那儿开始沿小溪一路往下钓。如果我钓得太快了，时间还没有用完，我会再沿着那条小溪钓一遍，从小溪汇入湖泊的地方开始，逆流而上，努力把顺流而下时没钓到的鳟鱼全部钓上来。有些夜晚，我也编造一些小溪，其中的一些很带劲儿，就像是在醒着的时候做梦。我仍然记得其中的一些小溪，觉得自己在那儿钓过鱼，它们与我真知道的小溪混在了一起。我给它们起了名字，坐火车去那儿，有时要步行很长一段路才能到达。

不过有些夜晚我没法钓鱼，在这样的夜晚，我毫无睡意，一遍又一遍地祷告，想为所有我认识的人祷告。这么做会用掉很多时间。因为如果你想回忆起所有认识的人，一直回溯到你记得的最早的事情——对我来说，就是我出生的那栋房子的阁楼、挂在房梁上的铁皮盒子里我父母的结婚蛋糕，还有，在阁楼里，放在玻璃瓶里的蛇和其他的动物标本，那是我父亲小时候收集的，浸泡在酒精里，瓶子里酒精的液面因挥发下沉，蛇和标本的脊背露了出来，都发白了——如果你回溯得那么遥远，你会想起很多人。如果你替所有的人祷告，为每个人念一遍《圣母经》和《主祷文》，会用掉很多的时间；天终于亮了，如果你碰巧在一个白天可以睡觉的地方，你就能睡着了。

在那些夜晚，我努力回忆发生在我身上的每一件事情，从我刚上战场开始，一件接一件地往回想。我发现自己只能回溯到我祖父家的阁楼。然后我会从那个地方往回想，直到又回到这场战争。

我记得祖父去世后我们搬离了那栋房子，搬进一栋我母亲设计和建造的新房子。很多不想搬走的东西就在后院烧掉了，我记得阁楼里的那些玻璃瓶被扔进火里，记得它们受热后炸裂的样子，酒精让火焰直往上蹿。我记得蛇在后院的火堆里燃烧。但记忆里只有东西，没有人。我甚至都想不起来烧东西的人是谁，我会接着往下想，直到想到了人，然后停下来为他们祷告。

关于那栋新房子，我记得母亲经常做大扫除，把家清扫得干干净净。有一次父亲出门打猎，她对地下室做了一次彻底的大扫除，把不该留在那里的东西全部烧掉了。父亲回到家，下了马车，拴好马，屋子旁边小路上的那堆火还在燃烧。我出来迎接他。他把猎枪递给我，看着那堆火。“怎么回事？”他问。

“亲爱的，我在清扫地下室。”母亲站在门廊上说。她微笑着站在那里迎接他。父亲看着那堆火，朝什么东西踢了一脚。随后他弯下腰从灰烬里捡起一样东西。“尼克，拿把耙子来。”他对我说。我去地下室拿来一把耙子，我父亲在灰烬里仔细地扒着。他扒出石斧、剥兽皮的石刀、制作箭头的工具、陶瓷碎片和许多箭头。它们全部烧焦烧裂了。父亲小心地把它们扒出来，摊放在路边的草地上。他装在皮套里的猎枪和装猎物的袋子都在草地上放着，那是他下车时扔在那儿的。

“把枪和袋子拿回家，尼克，再给我拿张报纸来。”他说。我母亲已经进屋了。我拿起猎枪——枪背着很沉，在我腿上磕磕碰碰——又拿起两个猎物袋朝家走。“一样一样地拿，”父亲说，“一次不要拿太多。”我放下猎物袋，把猎枪拿进屋，又从父亲从诊所带回来的那堆报纸里拿了一张出来。我父亲把所有烧焦崩裂的石头摊放在报纸上，把它们包了起来。“最好的箭头都碎掉了。”他说。他拿着纸包走进家门，我守着草地上的猎物袋。过了一会儿，我把它们拿进了屋。回忆这件事只让我想起两个人，所以我会为他俩祷告。

不过有些夜晚我连祷告词都想不起来。念到“在地上，如同行在天上”，我就念不下去了，只好从头开始，然而绝对超不过那一句。我只好承认自己想不起来了，放弃那天夜里的祷告，转而去尝试别的事情。所以有些夜晚我会努力回忆世界上所有兽类的名字，然后是鸟儿，然后是鱼，然后是国家和城市，接下来是食物的种类，还有我记得的所有芝加哥街道的名字，当我再也想不起什么的时候，我会去听。我不记得有哪个夜晚你什么都听不见。如果有亮光，我就不怕睡着，因为我知道我的灵魂只在黑暗中离开。当然了，很多夜晚我待在有灯光的地方，那样的话我能睡好，因为我总是很疲乏，非常瞌睡。而且我也相信很多时候我不知不觉就睡着了——但我绝不在有知觉的情况下睡着，今晚我在听蚕。夜里你可以清晰地听见蚕吃桑叶，我睁眼躺着，听它们吃桑叶。

房间里除了我还有一个人，他也醒着。我听见他醒着，醒了很长一段时间了。他不能像我那样不出声地躺着，或许是因为他醒着躺在那儿的经验还不够多。我们躺在铺在稻草上的毯子上，他一动稻草就沙沙响，不过桑蚕没有被我们弄出的声音吓着，仍然不停地吃着桑叶。屋外距离前线七公里的地方有夜间的声响，不过它们与黑暗中房间里的细微声响不一样。房间里的另一个人在努力安静地躺着。后来他又动了起来。我也在动，所以他知道我醒着。他在芝加哥住过十年。一九一四年他回来探亲时被征入伍，因为会说英语，他们派他给我做勤务兵。我听见他在听，于是又在毯子里动了动。

“你睡不着，中尉先生？”他问道。

“睡不着。”

“我也睡不着。”

“怎么了？”

“不知道。我睡不着。”

“哪儿不舒服吗？”

“没有。我很好，就是睡不着。”

“想聊会儿天吗？”我问。

“可以，在这个该死的地方有什么好聊的。”

“这地方还不错。”我说。

“当然，”他说，“还行吧。”

“跟我说说芝加哥吧。”我说。

“哦，”他说，“我都跟你说过了。”

“告诉我你是怎么结婚的。”

“我跟你说过。”

“你礼拜一收到的信是她写来的吧？”

“那当然。她一直在给我写信。她那个地方可是赚大钱的。”

“回去后你会有个好去处的。”

“那当然。她经营得很好，赚了很多钱。”

“你觉得我们一直说话会吵醒他们吗？”我问道。

“不会。反正他们也听不见，他们睡得跟猪似的。我不一样，”他说，“我紧张。”

“小声点，”我说，“抽根烟？”

我们在黑暗中熟练地抽着烟。

“你烟抽得不算多，中尉先生。”

“不多。差不多戒掉了。”

“好呀，”他说，“抽烟对你没有一丁点好处，我估计戒烟后你不会再想抽的。你听说过盲人不抽烟是因为看不见吐出来的烟吗？”

“我才不信呢。”

“我也觉得那是胡说八道，”他说，“我也是从哪儿听来的。你知道听来的都是些什么东西。”

我俩都不说话，我在听桑蚕。

“你听见那些该死的蚕吗？”他问，“你能听见它们嚼桑叶。”

“很好玩。”我说。

“要我说，中尉先生，是有什么事情让你睡不着觉吗？我从来没见你睡着过。自从我和你待在一起，你就没有睡过一整夜。”

“我也不知道，约翰，”我说，“去年开春以来我的状况就很糟，夜里我会心烦。”

“我也是，”他说，“我就不该掺和到这场战争里。我太爱紧张了。”

“情况也许会有所好转。”

“要我说，中尉先生，你又是为什么掺和到这场战争里呢？”

“我不知道，约翰。当时我想参加。”

“想参加，”他说，“这可真是个好理由。”

“我们小点儿声。”我说。

“他们睡得像猪一样。”他说，“反正他们也不懂英语。他们什么都不知道。战争结束回美国后，你打算干什么？”

“我会在报社找份工作。”

“芝加哥？”

“也许吧。”

“你有没有读过那个叫布里斯班[1]的家伙写的东西？我老婆把它剪下来寄给我。”

“读过。”

“你见过他吗？”

“没有，但我知道他。”

“我倒很想见见这个家伙。他是个好作家。我老婆不认识英文，但她像我在家时一样订报纸，她剪下社论和体育版寄给我。”

“你的孩子怎么样了？”

“她们都很好。一个姑娘上四年级了。你知道吗，中尉先生，要是没孩子，我现在也不会给你当勤务兵。他们会让我一直待在前线的。”

“很高兴你有她们。”

“我也是。她们是好孩子，但我想要一个男孩。三个女孩没男孩。这传递的是什么样的消息啊。”

“你为什么不试着睡着？”

“不行，现在睡不着。我现在一点睡意都没有，中尉先生。要我说，我倒是担心你睡不好觉。”

“没事的，约翰。”

“很难想象一个像你这样的年轻人不睡觉。”

“我会好起来的。需要点时间。”

1 阿瑟·布里斯班（Arthur Brisbane, 1864—1937），20世纪美国最著名的记者和报社编辑。

“你得好起来才行啊。人不睡觉会吃不消的啊。你在担心什么？你有什么心事吗？”

“没有，约翰，我没有心事。”

“你应该结婚，中尉先生。那样你就不会犯愁了。”

“我不是很确定。”

“你应该结婚。为什么不挑个有钱的意大利好姑娘结婚呢？你想找谁就能找谁。你又年轻，长得又帅气，还得过勋章。还受过几次伤。”

“意大利语我说得不够好。”

“你说得很好啊。说得来那种话，见鬼去吧。你不需要和她们说话。娶她们就行。”

“我会考虑一下。”

“你认识一些姑娘吧？”

“当然认识。”

“那就好，娶最有钱的那一个。在这里，就凭她们受到的家教，都可以做个好老婆的。”

“我考虑一下。”

“别考虑了，中尉先生。做就得了。”

“好吧。”

“男人就该结婚。你绝不会后悔的。每个男人都应该结婚。”

“好吧，”我说，“我们想办法睡一会儿吧。”

“好吧，中尉先生。我再试试。但你要记住我的话。”

“我会记住的。”我说，“现在我们睡一会儿，约翰。”

“好。”他说，“我希望你睡着，中尉先生。”

我听见他在铺在稻草上的毯子上翻身，后来他安静下来了，我听见他均匀地呼吸。接下来他打起了呼噜。我听了很久他的呼噜声，然后不再听他打呼，转而去听蚕吃桑叶。它们不停地吃着，把粪便拉在桑叶里。我有一件新的事情好想了，我睁着眼睛躺在黑暗中，想着我平生认识的姑娘，她们会成为什么样的老婆。这是一件非常有意思的事情，有那么一阵，它彻底消灭了钓鳟鱼这件事，也干扰了我的祈祷。不过最终我还是回到了钓鳟鱼这件事上，因为我发现我能记住所有的小溪，而且总有些与它们有关的新鲜事，而这些姑娘，回忆了几次以后就模糊了，我不能把她们招进我的脑子里，最终她们都模糊不清，变得差不多一个样了，我索性不再去想她们了。不过我继续祈祷，经常在夜里为约翰祷告，十月攻势前，与他同年入伍的士兵都退役了。我很高兴他不在那里了，不然的话我会替他担心的。几个月后，他来米兰的医院看望我，我还没有结婚这件事让他很失望，如果他知道我至今未婚，他会很难受的。他回到了美国，他对婚姻深信不疑，确信婚姻会解决所有的问题。

你们绝不会这样

进攻方的部队越过了田野，之前遭到了来自塌陷公路上和几间农舍里机枪火力的阻击，在镇上没有遇到抵抗，然后一直抵达了河边。尼古拉斯·亚当斯骑着脚踏车沿着公路骑来，因为路面过于残破损，就下车推着车子往前走，他从尸体的位置看出了当时的情形。

这些尸体单个或成堆地躺在深草丛中和公路两旁，衣服口袋全被翻了出来，尸体上叮满了苍蝇，每具尸体或每堆尸体的周围都散落着纸片。

公路上以及公路两旁的草地和庄稼地里散落着大量的物资：一座行军灶（肯定是在战况顺利时运来的）；很多小牛皮盖的挎包、手榴弹、钢盔、步枪，有时能见到一支枪托朝上刺刀插进泥土里的步枪，他们在最后一刻挖了不少战壕；手榴弹、钢盔、步枪、挖战壕的工具、子弹箱、信号枪、散落在地上的信号弹、医药包、毒气面罩、装毒气面罩的空罐，一堆空弹壳中间支着一挺三脚架机枪，整条的子弹带从子弹箱里拖了出来，边上丢着空的冷却水箱，机枪的枪栓不见了，机枪组成员东倒西歪地躺着，他们四周的草丛里照例是纸片。

纸片中有弥撒祷告书，印着这个机枪组成员合影的明信片，按军阶大小站立，红光满面，兴高采烈，就像大学年刊里橄榄球队员的合影。现在他们肿胀的身体歪歪扭扭地倒在草丛里；宣传明信片上画着一个穿奥地利军装的士兵，他正把一个女人仰面按倒在床上；人物的画法有点印象派，画得很动人，但完全不符合强奸的实际情况——那种情况下，女人的裙子会被掀起来蒙住她的头，有时还会有一个同伙骑在她头上。这种煽动性的明信片很多，显然是在进攻发起前不久散发的。现在它们和那些淫秽明信片以及相片一起散落一地，还有乡下摄影师拍摄的乡村姑娘的小照片，偶尔还有儿童的照片，然后就是家信，一封又一封的家信。尸体旁总会有大量的纸张，这次进攻的残迹也不例外。

这些都是刚刚阵亡的人，所以除了衣服口袋外，其他东西都没动过。尼克注意到我方阵亡人员（至少他是这么认为的）出奇地少。他们的外套被解开了，口袋也被翻了出来，根据他们的位置，可以看出这次进攻的方法和战术。炎热的天气让所有尸体都全身肿胀，无论他们是哪国人。

显然奥军最后是沿着那条塌陷公路固守小镇的，几乎没有人退回到小镇上。街上只有三具尸体，他们看上去像是在奔跑中被击毙的。镇上的房屋被炮火摧毁了，街上到处都是灰泥和砖石碎片，还有断梁、瓦砾和很多弹坑，有些弹坑的周边被芥子气熏黄了。地上弹片累累，碎砖堆里散落着榴霰弹的钢珠。镇上没有一个人。

自从离开福尔纳奇[1]，尼克·亚当斯就没有遇见过一个人，不过当他沿着公路骑车穿过树木茂密的乡间时，看到了公路左边隐藏在密集的桑树叶下的大炮，阳光照射在金属上，在叶子上方的空气中腾起一股股热浪，他就是通过这一点注意到那些大炮的。此刻他骑车穿过小镇，惊讶地发现小镇被遗弃了，就沿着河堤下方的道路

1 意大利的一个小村镇。

骑出小镇。镇口有一片空地，道路从这里开始下坡，他能看到平静的河面和对面低矮的弧形堤岸，还有被奥军挖出来的泥土，已经被太阳晒得发了白。自打他上次离开，这一带已经变得郁郁葱葱，绿成了一片，虽然已经成为历史遗迹，这条河流的下游却并没有什么变化。

部队部署在左岸。河堤顶上有一排掩体，里面有几名士兵。尼克注意到有的地方架着机枪，信号火箭弹放置在架子上。堤坝侧面掩体里的士兵在睡觉。路上没有人阻拦他。他一路向前，顺着一个土堤转弯时，一名年轻的少尉拿着一把手枪指着他，少尉留着短须，眼眶发红，眼睛里布满血丝。

“你是什么人？”

尼克告诉了他。

“有证明吗？”

尼克出示了通行证，上面有照片和身份证明，还有第三军团的大印。少尉一把抓住证件。

“留在我这儿。”

“不行，”尼克说，“把卡还给我，把枪拿开。就那儿，放回枪套里。”

“我怎么知道你是谁？”

“通行证上写着呢。”

“万一通行证是假的呢？把那张卡给我。”

“别犯傻了，”尼克乐呵呵地说，“带我去见你们连长。”

“我应该送你去营部。”

“可以，”尼克说，“喂，你认识帕拉维奇尼上尉吗？那个留小胡子的大高个，他做过建筑师，会说英语。”

“你认识他？”

“有点熟。”

“他指挥几连？”

“二连。”

“他现在指挥这个营。”

“太好了。”尼克说。听说帕拉安然无恙，他很欣慰。“我们去营部吧。”

尼克离开小镇时，右边一座房屋的废墟上空爆炸过三颗榴霰弹，从那以后就一直没有开过炮。但这个军官的脸色看上去就像一个正处于炮火中的人，连声音都很紧张，听起来不太自然。他的手枪让尼克感到不自在。

“把枪拿开，”他说，“他们和你隔着一条大河呢。”

“要是我觉得你是间谍的话，现在就一枪崩了你。”少尉说。

“得了，”尼克说，“我们去营部吧。”这个军官弄得他很紧张。

他们来到一处充当营部的地下掩体。代理少校的帕拉维奇尼上尉比过去更瘦，也更像英国人了，尼克向他敬礼时，他从一张桌子后面站起身来。

“你好啊，”他说，“我都没认出你来。你干吗穿那套军装？”

“他们让我穿的。”

“见到你非常高兴，尼科洛[1]。”

“是啊。你看上去很不错。仗打得怎么样？”

“我们打了一场漂亮的进攻战。真的。非常漂亮。我给你讲讲。你过来。”

他在地图上指点着，讲述了那次进攻。

“我是从福尔纳奇过来的，”尼克说，“我能看出来是怎么回事。

1 意大利语里“尼克”的发音为“尼科洛”。

仗打得确实很漂亮。”

“不可思议。太不可思议了。你属于团部？”

“不属于。我的任务是到处走走，让大家看看这套军装。”

“有这样的怪事。”

“要是他们见到一套美军军装，会相信大部队马上就要到了。”

“可是他们怎么知道这是美军的军装呢？”

“你告诉他们呀。”

“啊。是这样，我明白了。我会派一个下士给你带路，你去前线转一圈。”

“像个该死的政客。”尼克说。

“穿便服的话会更引人注目。那样的服装才真叫引人注目呢。”

“再戴一顶卷边毡帽。”尼克说。

“或者戴顶毛茸茸的复古绅士帽。”

“按说我本该在口袋里塞满香烟和明信片之类的东西，”尼克说，“还应该背上满满一口袋巧克力。一边分发这些东西，一边说上几句好话，再拍拍他们的后背。可现在既没香烟又没明信片，也没有巧克力。所以他们叫我随便走上一圈。”

“我相信你现身前线会鼓舞士气的。”

“别这么说，”尼克说，“现在这样已经够让我难堪了。按道理，我应该给你带一瓶白兰地。”

“按道理。”帕拉笑了起来，第一次露出了黄牙齿，“这句话说得太漂亮了。给你来点果渣白兰地？”

“不用了，谢谢你。”尼克说。

“不含一丁点儿乙醚。”

“我现在嘴里还有那种味道。”尼克一下子全想起来了。

“你知道嘛，要不是回来的路上你在卡车里开始胡说八道，我根本不知道你喝醉了。”

“每次进攻前我都喝得烂醉。”尼克说。

“我就不行。”帕拉说，“第一次打仗我喝过，平生第一仗，但喝酒只会让我难受，到后来渴得要死。”

“你不需要喝酒。”

“打仗你比我勇敢多了。”

“哪里，”尼克说，“我有自知之明，我宁可喝醉。我并不觉得难为情。”

“我从没见你喝醉过。”

“没见过？”尼克说，“从来没有？不记得那天晚上我们从梅斯特乘车去波托格朗台了吗？我想要睡觉，把脚踏车当成毯子，拉到下巴下面。”

“可那次不在前线呀。”

“还是别说我了，”尼克说，“这事儿我太清楚了，连想都不愿意再想了。”

“你不如在这儿待一会儿。”帕拉维奇尼说，“想睡的话还可以睡一会儿。炮击对这个地下掩体没有影响。现在出去还太热。”

“我看也用不着那么急。”

“你到底怎样啊？”

“我很好。完全正常了。”

“不是。我是说真的。”

“我没事了。没有点灯光啥的我睡不着。现在就这么点小毛病。”

“我说过应该在头盖骨上开个洞。虽然我不是医生，但我懂。”

“这个嘛，他们还是觉得让它自己吸收比较好，我就这么着了。怎么了？难道你觉得我精神不正常？”

“你看上去超棒。”

“一旦他们诊断说你疯了，麻烦就大了，”尼克说，“从此再不会有人信任你了。”

“要是我的话就先去打个盹，尼科洛。”帕拉维奇尼说，“这里和我们从前的营部不一样。我们就等着撤退呢。现在出去还太热——别犯傻了。睡那张铺吧。”

“那我还是躺一会儿吧。”尼克说。

尼克躺在铺位上。他感觉很失望，并对此感到失望，更令他失望的是帕拉维奇尼上尉一眼就看出来了。这个地下掩体没有当年的那个大，那个排的士兵都是1899年出生的，刚上前线，进攻前的轰炸把他们弄得歇斯底里，帕拉让他领着他们，两人一组去外面转一圈，好让他们知道并没有什么危险。他用钢盔的皮带勒住自己的嘴，不让自己叫喊。知道出去后会控制不住自己，知道那些都是屁话，什么谁要是不停地叫喊，就打断他的鼻梁，好让他有点其他东西可想。我倒是想枪毙一个，可惜这时候才这么做太晚了。他们会更加害怕。打断他的鼻梁。他们把进攻时间提前到五点二十。我们只有四分钟的时间了。打断那个混蛋的鼻梁，把这个蠢货从这里一脚踹出去。你觉得他们会往前冲吗？如果他们不往前冲，先枪毙两个，再想法子把其他人轰出去。得跟在他们后面，中士，跑在前面没用，你会发现身后一个人也没有。你要带着他们一起冲。说的都是什么屁话啊。好吧，就这样吧。随后，看着手表，用平静的口气，那种有分量的平静口气，说：“萨伏依[1]。”不喝酒了，来不及了。掩体塌陷后他找不到自己的酒了，掩体的一端全部塌了，正是这倒塌刺激了他们，没喝酒就冲上了山坡，这是唯一一次，他没喝醉就冲了上

1 萨伏依是欧洲历史上著名的王朝，曾统治萨伏依公国、撒丁王国，也是1861—1946年统治意大利王国的皇室。

去。他们撤退时，索道站房看样子像是被烧毁了，有些伤员四天后才撤下来，有些没能撤下来，不过我们冲上去又撤了回来，撤到山底下——我们总能撤到山底下。还有盖比·戴斯雷[1]，说来也怪，还戴着羽毛帽，一年前你叫我小宝贝，嗒嗒嗒，你说很高兴认识我，嗒嗒嗒，戴着羽毛帽，没戴羽毛帽，都是了不起的盖比，而我也叫哈利·皮尔赛[2]，上山碰到了陡峭的山坡，我们总是从计程车的另一边下车，他每晚都能梦见那座山，山上的圣心大教堂[3]像个吹出来的白色肥皂泡。他的女朋友有时候在那儿，有时候却和别人在一起，这让他闹不明白，但在那些夜晚，河面总是异常宽广，异常平静，福萨尔塔[4]城外有一座漆成黄色的矮房子，四周种满柳树，还有一间低矮的马厩和一条运河，他去过那里无数次，从来没见过那座房子，但现在每天夜里它都出现在他的梦里，像那座山一样清晰，只不过那座房子让他感到害怕。那座房子比什么都重要，他每天晚上都会梦见它。他需要梦见它，但这个梦让他害怕，特别是静静地停在河边垂柳下的那条船。不过运河的堤岸与这条河的堤岸不一样，它要低矮一些，很像格兰德港的堤岸，他们曾在那里看着那批人端着步枪，跌跌撞撞地冲过被洪水淹没的地方，直到连人带枪跌入水中。是谁下的命令？要不是脑子一下子乱成了一锅粥，他本可以把这件事理清楚的。这就是他需要注意每件事情的细节并把它们理顺的原因，这样他就清楚自己的处境了，但是毫无理由地一下子就糊涂了，就像现在一样，他躺在营部的铺上，帕拉在指挥一个营，而他穿着一

1 盖比·戴斯雷（Gaby Deslys, 1881—1920），闻名于世的法国女歌手和舞蹈家，剧照中的她经常戴着一顶大羽毛帽。

2 哈利·皮尔赛（Harry Pilcer, 1885—1961），美国电影演员、舞蹈家、编舞和作词家，因与盖比·戴斯雷合作而闻名，两人于1913年结婚，并共同出演了四部百老汇歌剧。

3 位于法国巴黎北部蒙马特区高地顶点的大教堂，为一白色建筑。

4 意大利中部的一座城市。

身该死的美军军装。他坐起来四下看了看；他们都在看着他。帕拉出去了。他又躺了下去。

巴黎的那部分要早一些，他从来没有害怕过，除了上次她和别人跑掉了，还有对于有可能乘坐同一个司机开的计程车的恐惧。那些才是他害怕的事情。从来没害怕过前线。现在他再也梦不到前线了，不过让他担惊受怕、摆脱不掉的是那座黄颜色的长长的房子，还有河面宽度的变化。现在他回到了这条河边，他穿过了同一个小镇，可那里没有房屋。河也不一样了。那么他每天夜里去的地方又是哪里？危险又是什么？为什么每次醒来都浑身湿透，比身处炮火中时还要害怕？是因为一座房子，一间长长的马厩和一条运河吗？

他坐起来，小心翼翼地把腿从床铺上放下来，这两条腿伸直的时间久了就会发僵，副官、信号兵和站在门口的两个传令兵正盯着他，他回盯了他们一眼，戴上蒙着布罩的钢盔。

“抱歉，没带巧克力，也没带明信片和香烟，”他说，“不过，好歹我穿了这身军装。”

“上校马上就回来。”副官说。在这支部队，副官不是正式委任的军官。

“这套军装不太合式，”尼克告诉他们，“不过就是个意思。成千上万的美国兵很快就会来这儿。”

“你觉得他们会把美国人派到这儿来？”副官问。

“哦，绝对会。那些美国人，个头有我两个那么大，身体健康，心地纯洁，晚上睡得香，从没受过伤，没挨过炸弹，没被埋在地洞里过，从不知道害怕，不喝酒，对留在家乡的姑娘忠心耿耿，好多人从没长过虱子，出色的小伙子。你们会看到的。”

“你是意大利人？”副官问。

“不是。美国人。看这套军装。斯帕尼奥利尼制作的，不过不太对。”

“北美人还是南美人？”

“北美。”尼克说。他又觉得有点不对劲了。他想冷静一下。

“但你说意大利语。”

“怎么了？我说意大利语你有意见？难道我没资格说意大利语？”

“你得了意大利勋章。”

“只拿到勋表和证书。勋章后到。不知道是受托保管勋章的人走掉了呢，还是保管勋章的人连同你的行李一起不见了。你可以在米兰买到其他勋章。重要的是证书。你不必为这事儿不开心。你在前线待得够久的话，会得到自己的勋章的。”

“我是参加过厄立特里亚战役[1]的老兵，”副官口气生硬地说，“我在的黎波里[2]打过仗。”

“真是幸会啊。”尼克伸出手，“那些日子一定很难熬。我注意到你的勋表了，你不会也参加过卡尔索战役[3]吧？

“我是刚应征入伍参加这场战争的。其实我已经超龄了。”

“曾几何时，我还没到年龄，”尼克说，“可现在我已经退役了。”

“那你现在为什么来了这儿？”

“我是来展示美军军装的。”尼克说，“你没觉得这件事很重要？领口这儿稍微紧了点，不过要不了多久，你们就会看到成千上万数不清的人穿着这样的军装，像蝗虫一样涌来。蚂蚱，你们知道吗，在美国我们称为蚂蚱的东西其实就是蝗虫。真正的蚂蚱要小一点，

---

1 意大利和埃塞俄比亚为争夺非洲东北部国家厄立特里亚发动的战争，时间在 1895—1896 年之间。

2 的黎波里，今利比亚北部地中海沿岸城市，1911—1912 年意土战争的战场之一。

3 意大利东北伊斯特里亚半岛东北部一高地。1917 年意奥在此发生过激战。

绿颜色的，没那么猛。不过你们千万别把它和七年蝉或者一个劲儿怪叫的知了混为一谈，那种声音我现在怎么想也想不起来了，本来都快到耳朵边了，又一下子没影儿了。不好意思，让我停下来歇口气。”

“去看看少校回来了没有。”副官对一个传令兵说。“看得出来你受过伤。”他对尼克说。

“遍体鳞伤。”尼克说，“如果你对伤疤感兴趣，我可以给你看几个非常有趣的伤疤，不过我宁可谈谈蚂蚱。我们称作蚂蚱的东西，其实呢，就是蝗虫。这些昆虫一度在我的生命中扮演过非常重要的角色。这事儿你们或许感兴趣，你们可以一边听我说话，一边看看这套军装。”

副官对第二个传令兵做了个手势，他走了出去。

“注意看这套军装。斯帕尼奥利尼制作的，知道吧。你们也过来看看吧。”尼克对那几个信号兵说，“我其实没有军衔。我们归美国领事管。你们尽管看，完全没问题。愿意的话，你们可以盯着看个够。我来给你们讲讲美国蝗虫。我们喜欢那种我们叫‘中褐’的中等个头的蝗虫。它们能在水里泡很久，鱼儿也喜欢吃。那种大个的蝗虫，飞起来发出的声音很像响尾蛇振动尾巴发出的声音，一种非常干燥的声音，它们翅膀的颜色很鲜艳，有鲜红的，有黄底带黑条的，但这种翅膀一到水里就碎了，用它做鱼饵特别糗，而‘中褐’蚂蚱饱满、结实、汁多味美，如果我可以给你们推荐一款各位可能永远碰不到的东西的话，我会推荐它。不过我必须强调一点，空手去捉，或者用球拍去打，你们捉到的绝对不够钓一天鱼用的。这完全是胡闹，白白浪费时间。我重申，各位，这种做法完全行不通。正确的方法，是用捕鱼的围网，或者用普通蚊帐做成的网，假如我可以提个建议的话——没准儿哪天我真会去提，所有青年军官都应该在上轻武器课的时候学习这个方法。两个军官抓住一截网子的对角，要不就一人抓住一头，弯下腰，一只手捏住网的下端，另一只手捏住网的上端，迎风朝前跑。随风飞舞的蝗虫会撞在网上，被网子兜住。这样不用费劲就能捕到一大堆，依我看，每个军官都要随身携带一截蚊帐纱，可以随时做一张捕蝗虫的网。希望我说清楚了。还有问题吗？如果对这节课你们还有不懂的地方，请提问。大胆说出来。没有问题了？那么我想用这句话来收尾，借用伟大的战士和绅士亨利·威尔逊爵士[1]的那句话：各位，你们必须统治他人，不然必定会被他人统治。让我重复一遍。各位，希望你们离开这个房间时记住这句话。各位，你们必须统治他人——不然必定会被他人统治。就这些了，各位。再见。”

他脱下带布罩的钢盔，又把它戴上，然后一猫腰，从掩体低矮的洞口钻了出去，帕拉在两个传令兵的陪同下，正沿着塌陷的公路朝这边走来。阳光下很热，尼克把钢盔取了下来。

“真该有个法子把这玩意儿弄湿了。”他说，“我去河里把它弄湿。”他开始爬河堤。

“尼科洛，”帕拉维奇尼喊道，“尼科洛，你去哪儿啊？”

“我倒不是非要去哪儿。”尼克手里拿着钢盔走下堤坡，“无论干的还是湿的，戴着都难受。你一直戴着钢盔？”

“一直戴着。”帕拉说，“都快把我弄成秃子了。进来吧。”

一进到掩体里面，帕拉就让他坐下。

“你知道这玩意儿根本就他妈的没用。”尼克说，“我记得刚拿到手的时候，戴着还能让我们安点心，但我见过太多粘满脑浆的钢

1 亨利·威尔逊爵士（Sir Henry Wilson, 1864—1922），英国陆军元帅，参加过第三次英缅战争、第二次布尔战争和第一次世界大战。

盔了。”

“尼科洛，”帕拉说，“我觉得你应该回去了。我觉得等你有了补给品再来前线比较好。在这儿你什么也做不了。如果你到处跑，哪怕有值得发送的东西，也会引得大伙儿聚集到一起，这会招来炮火的。我不会同意的。”

“我知道这么做很可笑。”尼克说，“这不是我的主意。我听说旅部在这里，就想过来看看你和其他熟人。我本可以去曾宗或圣多纳的。我很想去圣多纳，再去看看那座桥。”

“我不会让你毫无目的地四处乱跑的。”帕拉维奇尼上尉说。

“好吧。”尼克说。他感觉那东西又要冒出来了。

“你明白我的话吗？”

“当然明白。”尼克说。他极力想把那东西压下去。

“那样的活动应该在晚间进行。”

“那当然。”尼克说。他知道自己控制不住了。

“你看，我在指挥这个营。”帕拉说。

“难道你不该当这个营长？”尼克说。这下子他全爆发了。“你能读又会写，不是吗？”

“是呀。”帕拉温和地说。

“问题是你指挥的营人少得他妈的可怜。一旦兵员补足了，他们会让你回去当你的连长的。他们为什么不把那些尸体埋掉？我刚才见到了。我倒是不在乎再看到那些尸体，对我来说什么时候埋根本就无所谓，但早点埋掉对你们大有好处。再这样下去你们都会得病的。”

“你把脚踏车放在哪儿了？”

“最后面的房子里。”

“你觉得会有问题吗？”

“别担心，”尼克说，“我一会儿就走。”

“还是躺一会儿吧，尼科洛。”

“好吧。”

他闭上了眼睛，出现在他眼前的不是那个留小胡子的男人，正透过步枪瞄准器看着他，非常镇静地扣动扳机，白光一闪，感觉像被棍子击中似的，他跪倒在地，一股又热又甜的东西涌到喉咙口，当其他人从他身边冲过时，他一口吐在了岩石上；他看见的是一座带一间低矮马厩的黄色的长长的房子，河面比以往宽了很多，也更平静。“上帝啊，”他说，“我还是走吧。”

他站起身来。

“我走了。帕拉。”他说，“我下午就骑车回去。如果供给到了，我今晚就把它们送下来。要是没有的话，我会等到有东西了，找个晚上送过来。”

“现在骑车还太热。”帕拉维奇尼上尉说。

“你不用担心。”尼克说，“我已经好了好一阵了。刚才发作了一次，不过还不太严重。现在好多了。我知道我就要发作了，因为我的话太多了。”

“我派个传令兵和你一起去吧。”

“还是算了吧。我认识路。”

“你会很快再回来？”

“绝对的。”

“让我派——”

“不用。”尼克说，“就算是信任我吧。”

“好吧，那就再见了。”

“再见。”尼克说。他沿着塌陷的公路朝他放自行车的地方走去。到了下午，一旦过了运河，路上就会有树荫。从那儿往前，路两边都是完全没被炮火轰炸过的树木。那次行军途中，他们曾遭遇手拿长矛，在雪地里骑行的萨伏依第三骑兵团。马儿呼出的气在冷空气里形成白雾。不对，那是在别的地方。那么是哪儿呢？

“赶紧找到那辆该死的脚踏车吧。”尼克自言自语道，“我可不想迷路，要不然就回不了福尔纳奇了。”

大双心河（一）

火车绕过那些树木被烧掉了的小山丘中的一座，沿着铁轨继续往北开，消失在视野里。尼克坐在行李员从行李车厢扔出的一捆帆布和铺盖上。镇子没有了，除了铁轨和焦土，什么都没剩下。曾在塞内镇[1]大街上一字排开的十三家酒吧不见了，大厦旅馆的房基露出地面，大火把石头都烧裂了。塞内镇就剩下了这些，连地皮都被烧掉了一层。

尼克看了一眼那片被烧焦的山坡，他曾期望在那里找到镇上那些散落的住房。他沿着铁轨往回走，来到架在河上的桥旁。河还在那里，河水绕着木桥桩打转。尼克看着桥下，棕色的河水清澈透明，河水的颜色来自铺满河床的卵石。鳟鱼摆动鱼鳍，在逆流中保持着平衡，在他观看的过程中，它们快速地变动体位，以便在激流中稳住身体。尼克看了很久很久。

他观察着鳟鱼怎样迎着水流保持稳定，许多鳟鱼待在水流湍急的深水处，透过玻璃一样凸张的水面，它们看上去稍稍有点变形。在木头桥桩阻力的作用下，平坦流畅的水面皱起水波。大鳟鱼都待在水潭的底部，尼克刚开始并没有注意到，后来他看见了它们，它

1 密歇根州北部的一个小镇，因海明威的这篇小说而出名。

们看上去像是要把自己固定在底部的沙层上，水流把沙子砾石冲出一股股荡起的迷雾。

在桥上，尼克看着脚下的河水。天气很热，一只翠鸟沿着溪流往上游飞。尼克已有很久没有注意过河水和水里的鳟鱼了，它们看上去活得很惬意。翠鸟的投影从河面掠过时，一条大鳟鱼以一种缓长的弧度向上游冲去，那弧度来自它的影子，鱼一露出水面，影子旋即消失在阳光下。当它再次钻进水里之后，影子仿佛随着水流，不受任何阻挡地往下漂去，鳟鱼回到桥下它原先待着的地方，迎着水流绷紧身体。

尼克的心随着鳟鱼的动作收缩了一下。从前的感觉又回来了。

他转身朝下游望去。河流伸向远方，河底铺满了卵石，能看见一些浅滩和大石块，绕过一面峭壁，有个很深的水潭。

尼克踩着枕木往回走，他的背包就放在铁路边上的灰烬里。他的心情很不错。他调整了一下铺盖卷上的绳子，紧了紧背带，把背包甩上后背，手臂穿过背带环，并用前额顶住宽宽的扎带，以减轻行李对肩膀的拉力。但行李还是太沉。实在是太沉了。他手里拿着皮制的鱼竿套，身体往前倾斜，这样背包的重量就落在了肩膀上。他走在一条和铁轨平行的路上，把烈日下烧毁的镇子留在了身后，路两边都是被烈火烧得满目疮痍的大山，他在一个小山丘那里转了个弯，走上一条回乡村的小路。途中，沉甸甸的背包勒疼了他。路一直都是上坡，爬山真辛苦。尼克肌肉酸痛，天气又热，但是他的心情很好。他觉得自己已经把所有一切都抛在了脑后，不需要思考，不需要写作，什么都不需要。一切都留在了身后。

自从他下了火车，行李员把他的背包从打开的车门扔出来以后，情况就不一样了。塞内镇被烧毁了，周围的土地也被烧得变了样，但是这没什么。总不可能什么都被烧光了吧。他知道这一点。他徒步走在山路上，在烈日下流着汗，翻越那道把铁路和松原分隔开的山脉。

除了偶尔的下坡，连绵的山路一直朝上伸展。尼克继续往上爬。那条路在和被火烧过的山坡平行一段之后，终于到达了山顶。尼克背靠一个树桩，从背带里脱出身来。前方，他能看到的只有那片松原。被焚烧的土地到了山的左边就止住了。前方平原上是一片片小岛似的深色松树林。左边很远的地方是那条河流。尼克顺着那个方向望去，看见了阳光下闪烁的河水。

前方，除了松树林，就只有远处的青山，它标出了苏必利尔湖边的高地。日光炙灼，他几乎看不到平原那头遥远淡黛的山影。如果他使劲看，反而看不见什么，但是如果随便瞟上一眼，就能看见远处那片山脉形成的高地。

尼克背靠烧焦的树桩坐着，抽了根烟。他的背包平稳地立放在树桩上，随时可以上肩，背包上有一个被他后背压出的坑。尼克坐在那里抽烟，眺望着原野。他不需要拿出地图。根据河流的方位，他就知道自己目前的位置。

抽烟时，他向前伸展着双腿，发现一只在地上爬行的蚱蜢，它爬上了他的羊毛袜。这只蚱蜢是黑色的。刚才登山时，他惊动了不少尘土中的蚱蜢。它们都是黑色的，不是那种起飞时从黑翅鞘里伸出黄黑色或红黑色翅膀、呼呼生风的大蚱蜢。这只是一些很普通的蚱蜢，但颜色都是黑黢黢的。尼克刚才赶路时就在纳闷，但没有仔细去想。现在，看着这只正用它分成四瓣的嘴唇啃袜子上羊毛的黑蚱蜢，他意识到它们之所以变黑，是因为生活在这片烧焦的土地上。他看出来这场大火发生在去年，但所有的蚱蜢都变黑了。他想知道它们目前的样子会持续多久。

他小心地抓住蚱蜢的翅膀，把它翻转过来，蚱蜢所有的脚都在空中舞动，他看了看它满是环节的肚皮。果然，那儿也是黑色的，亮闪闪的，而头和后背上却是灰扑扑的。

“飞吧，蚱蜢。”尼克说，他第一次大声说出话来，“飞到什么地方去吧。”

他把蚱蜢抛向空中，看着它飞到路对面一个烧焦的树桩上。

尼克站起来，把后背靠在立在树桩上的背包上，胳膊穿过背带。他背着背包站在山脊上，目光越过荒野，看着远处的河流，然后离开大路向山下走去。脚下的路踩上去很舒服。往下走了两百码后，火烧的痕迹终止了。接下来要穿过一片齐脚踝高的香蕨木和一簇一簇的短叶松，有很长一段不时起伏的山野，脚下是沙地，乡间充满了生机。

尼克依靠太阳的位置确定方向。他知道自己该在哪里与河流会合，他继续行走在松原上，登上小山包，观察前方的山包，有时则站在山包上，观看左右两边茂密的松林。他折下几枝石楠似的香蕨木，插在背包的背带上。枝条被磨破了，他一边走，一边闻着枝条散发出的香味。

他走在高低不平，一点阴凉也没有的松原上，又累又热。他知道只要往左转，他随时可以与河流会合，最多不会超过一英里的路程。但他继续往北走，他要在一天的路程内，尽可能地往河的上游走。

一段时间里，在他看得见的地方有一片很大的岛状松树林，就耸立在他穿越的丘陵地带上。他先往下走了一段，然后慢慢上到与其连接的顶端，转了个弯，朝松树林走去。

松树林里没有低矮的灌木丛。那些树的树干一直往上长，有的则向彼此的方向倾斜。棕色的树干笔直，低矮处没有枝杈。枝杈长在很高的地方，部分交织在一起，把浓密的阴影投在棕色的地面上。

树林外部有一圈空地，也是棕色的，尼克走在上面，脚底下很松软。地面上积满了松针，它超出了高处枝杈覆盖的面积。树在长高，枝杈也在往上移，把曾被阴影覆盖的空地留给了太阳。树林延伸出来的空地的边缘上，长着香蕨木。

尼克卸下背包，躺到树荫下。他仰面躺着，看着上方的松树。他伸展身体，脖子、后背和腰都得到了休息。背部贴在地上感觉很舒服。他透过树枝看着天空，接着闭上了眼睛。然后他又睁开眼睛朝上看了看。风刮过高处的树枝。他再次闭上眼睛，睡着了。

尼克醒来后，感到身体僵硬麻木。太阳差不多落下去了。他的背包很沉，把包背上肩时，背带勒疼了他。他背着包弯下腰，捡起皮鱼竿套，离开了松树林。他穿过长着香蕨木的洼地，朝河的方向走去。他知道最多还有一英里的路程。

他走下一个布满树桩的山坡，来到一片草场。河流流过草场边缘。尼克很高兴到达了河边。他穿过草场往上游走。露水打湿了他的裤腿。炎热的白天一过，草上就生出浓重的露水。河流悄无声息，水流急而平稳。来到草场尽头后，他没有急着去到那块准备安营扎寨的高地，而是先在河边看了一会儿浮出水面的鳟鱼。太阳落山后，鳟鱼浮出水面，捕食小溪对面沼泽地里飞来的虫子。鳟鱼跃出水面捕捉虫子。尼克穿过水边一段草地时，鳟鱼曾高高地跃出水面。而此刻他朝下游看去，虫子肯定都落在河面上了，因为下游的鳟鱼都在不停地捕食。他能看到的地方，鳟鱼都浮出了水面，水面泛起层层涟漪，像是下起了雨一样。

地势在不断地升高，地面上覆盖着沙子和树木，已经高到可以俯瞰整个草地、河道和沼泽地了。尼克丢下背包和鱼竿套，想找一块平坦一点的地方。他饿得慌，但是他想搭好帐篷后再做饭。两棵短叶松之间有块平地。他从背包里拿出斧头，砍掉两条露出地面的树根，这样就清理出一块足够睡觉的地方。他用手平整着沙土地，把所有香蕨木连根拔掉。他手上沾着香蕨木的味道，很好闻。他把凸起的地面弄平，不希望毯子下面有什么隆起的东西。平整完地面后，他打开三条毯子，先把贴地面铺的那条对折起来，再把另外两条铺在上面。

他用斧子从树桩上劈下一片鲜亮的厚木片，再把它劈成几根固定帐篷用的木栓。他希望这些木栓长而结实，能够牢固地插入地里。取出的帐篷已摊在地上，这让靠着一棵短叶松的背包看上去小了很多。尼克把用作帐篷横梁的绳子的一端系在一棵松树干上，收紧绳子的另一端，把帐篷拉离地面，再把它系在另一棵松树上。帐篷吊在绳子上，像是挂在晾衣绳上的帆布毯。尼克用一根砍来的木杆子从里面撑起帆布的中心，再把帆布四周用木栓固定住，帐篷就搭好了。他收紧帐篷的四边，把木栓插入地里，用斧子的平头把木栓深深地砸进泥土里，直到捆在木栓上的绳子都埋进了土里，帆布帐篷像一面鼓一样绷得紧紧的。

尼克在帐篷的入口处挂了一块粗纱布，用来防蚊子。他带着包里的东西，从防蚊帘的下面爬进去，把东西放在紧靠帆布帐篷倾斜面的床头。光线透过棕色的帐篷照进来，帆布的味道很好闻，已经有了点神秘和家的感觉了。尼克快活地钻进帐篷。一天下来，他的心情一直不错。但现在不一样，事情都办完了，这是件必须做的事情，现在做好了。这是一趟艰苦的旅行，他非常疲劳。现在完成了。他搭好了帐篷，安顿好了，没有什么能够伤害到他了。这是个扎营的好地方，他在这里，在一个好地方，在他自己建造的家里。现在他饿了。

他从粗纱布帘子下面爬出来。外面已经相当黑了，帐篷里面反而亮一些。

尼克来到背包跟前，用手指从包底部一个装钉子的纸袋里掏出一根长钉，捏住它，再用斧子的平头把它轻轻钉进一棵松树的树干。他把背包挂在钉子上。他所有的用品都在包里，它们现在离开了地面，被保护起来了。

尼克饿了。他觉得自己从来没有这么饿过。他打开一听青豆猪肉和一听意大利实心面，把它们倒进平底炒锅里。

“既然我自觉自愿地把这玩意儿背来，我就有吃它的权利。”尼克说。在黑暗的树林里，他的声音听上去很奇怪。他没再说话。

他用斧子从树桩上劈下几块松木，生了一堆火，把铁丝烧烤架支在火上，再用靴子把烧烤架的四只脚踩进泥土里。尼克把平底锅放在烧烤架上，就在篝火的上方。他更饿了。青豆和实心面都热了，尼克搅动着，把它们搅拌在一起。锅里冒出了气泡，一些小气泡艰难地冒到表面，味道很好闻。尼克拿出一瓶番茄酱，又切了四片面包。气泡越冒越多，尼克在火旁坐下，把平底锅从火上移开。他把锅里一半的食物倒进一个马口铁盘子里，食物在盘子里缓缓摊开。尼克知道现在还太烫。他往食物上面浇了点番茄酱。他知道豆子和实心面都还太烫。他先看了看篝火，又看了一眼帐篷，他可不想因为烫着舌头而扫了兴。他一直不喜欢吃炸香蕉，原因是他总等不及它冷下来。他的舌头很敏感。他已经饿极了。在几乎全黑的夜色里，他看见对岸沼泽地里升起一团薄雾。他又看了一眼帐篷。可以了，他从盘子里舀起满满一勺。

“基督啊。”尼克说。“耶稣基督啊。”他开心地说道。

他吃完一整盘后才想起面包。尼克就着面包吃完第二盘，把盘子刮得干干净净。自从在圣伊尼亚斯[1]一个车站餐厅吃了一个火腿三

1 密歇根州的一座城市。

明治，喝了一杯咖啡后，他还没吃过东西。这是非常愉快的经历，他曾经挨过饿，但当时无法满足自己的饥饿。要是愿意的话，他几小时前就可以安营了。河边有许多可以扎帐篷的地方。但还是这样好。

尼克往烤架下塞了两块松木。火苗蹿了上来。他忘了去打烧咖啡的水。他从背包里拿出一个折叠式的帆布袋，走下山坡，穿过草地来到水边。对岸笼罩在白雾中。跪在岸边打水时，他感觉到了草地的湿冷。帆布袋鼓了起来，被水流用力地拖着。河水冰凉刺骨。尼克涮了涮袋子，拎着满满一袋水回到营地。打上来的水倒是没有那么冷。

尼克又钉了一根大钉子，把装满水的袋子挂起来。他用咖啡壶舀了半壶水，又往烤架下方的火里扔了几块木头，然后放上咖啡壶。他已经忘记怎么煮咖啡了。他记得曾就此和霍普金斯有过一次争执，却已记不清自己当时的立场。他决定把咖啡煮开。他想起来这正是霍普金斯的方法。他曾在每件事上都和霍普金斯争个没完。在等咖啡煮开的过程中，他开了一小听糖水杏子。他喜欢开罐头。他把罐头里的杏子倒进一个马口铁杯子里，一边注视着火上的咖啡，一边喝着杏子汁。刚开始他喝得很小心，以免汁溢出来，然后若有所思地吮吸着杏子，咽进肚子里。它们比新鲜的杏子还要好吃。

咖啡在他的注视下沸腾了。壶盖被顶了起来，咖啡和咖啡渣从咖啡壶的四周往下流。尼克把咖啡壶从火上移开。霍普金斯胜利了。他把糖放进装杏子的杯子，再把咖啡倒进去冷却。咖啡壶太烫，他不得不用帽子包住把手。他不会让咖啡在壶里泡很久。至少第一杯不能这样，要百分之百地按霍普金斯的方法做。霍普[1]配得上这样的

---

1 霍普金斯的昵称。

尊重。他喝咖啡时非常讲究，他是尼克认识的人中最讲究的一个。不过量，但讲究。那是很久以前的事了。霍普金斯说话时嘴唇不动。他打过马球，在得州赚到过几百万。当从电报里得知他的第一口大油井出油后，他是借了车钱赶到芝加哥的。他本可以打电报去要钱，但那么做太慢了。他们称霍普的女朋友为“金发维纳斯”[1]。霍普并不在乎，因为她不是他真正的女朋友。霍普金斯十分自信地说过，谁都不会拿他真正的女朋友开玩笑。他是对的。电报来的时候霍普金斯正好不在。那是在黑河。他八天后才收到这份电报。霍普金斯把他的 .22 口径的小马牌自动手枪给了尼克，相机给了比尔，让大家永远记住他。他们打算明年夏天一起去钓鱼。霍普这个瘾君子[2]发了，他要买一艘游艇，大家一起沿苏必利尔湖北岸航行。他虽然很冲动，但他是认真的。他们互道珍重，心里都不是滋味。那趟出行也就此结束了。他们再也没有见过霍普金斯。那是很久以前发生在黑河的事情。

尼克喝着咖啡，那是按霍普金斯的方法煮出来的咖啡。咖啡很苦。尼克笑了起来。这会是个很好的小说结尾。他的脑子转动起来。他知道他随时可以停下来，因为他太疲劳了。他倒掉壶里的咖啡，把渣子抖到篝火里，接着他点燃一根烟，进到帐篷里面，脱下鞋子和长裤，坐在毯子上，用长裤把鞋子卷起来当枕头，然后钻进了毯子里。

透过帐篷的前部，他注视着夜风下闪着红光的篝火。这是个安静的夜晚。沼泽地里一片寂静。尼克在毯子下面舒展身体。一只蚊子在他耳边嗡嗡作响。尼克坐起来，划着一根火柴。蚊子就停在他

1 美国 1932 年一部同名电影里的女主角。
2 霍普的名字后面加一个“头”（head），就成了俚语里的“瘾君子”。

头顶的篷布上。尼克把火柴快速地移向它，蚊子在火焰里发出一声令人满意的“嗞”声。火柴灭掉了。尼克躺回到毯子下。他侧过身子，闭上了眼睛。他困了，感到了睡意的降临。他在毯子下面蜷起身子，睡着了。

大双心河（二）

早晨太阳出来之后，帐篷里面热了起来。尼克从挂在帐篷口的防蚊帘下钻出来，去看晨景。往外爬的时候，他的手触摸到了潮湿的草地。他手里拿着长裤和鞋子。太阳刚从小山后面爬上来，面前是草场、河流和沼泽地，白桦树矗立在河对岸沼泽地的绿色中。

清晨的河水清澈，水流急速平稳。下游两百码处，三根原木横跨河流，使得原木上方的河水又平又深。在尼克观看的当口儿，一只水貂顺着原木溜到河对岸，钻进了沼泽地。尼克很兴奋，晨光和河流都让他感到兴奋。他不想这么匆匆忙忙地吃早饭，但他知道自己必须这么做。他点了一小堆篝火，放上咖啡壶。

烧水的那会儿，他拿着一个空瓶子，跨过高地的边缘，来到下面的草地上，草地被露水打湿，尼克想赶在太阳把草地晒干前，捉一些蚱蜢当鱼饵。他找到很多上好的蚱蜢，它们待在草茎的底部，有时则粘在草茎上。它们被露水打得又冷又湿，要等到被太阳烤暖和了才蹦得起来。他只捉中等大小、棕色的蚱蜢，把它们放进瓶子。他翻开一根原木，在下面发现了上百只蚱蜢。这是个蚱蜢的老窝。尼克往瓶子里放了大约五十只中等大小的棕色蚱蜢。他捉它们的时候，一些被太阳晒热了的蚱蜢开始跳开。它们边跳边飞，先飞上一段，然后僵直地栖落下来，像死了一样。

尼克知道，等他吃完早饭，这些蚱蜢就会像平时一样活蹦乱跳。要是草上没有露水，捉满一瓶好蚱蜢要花一整天的时间，他必须用帽子扑打，这样会打死很多蚱蜢。他在河里洗了手，靠近河水让他感到兴奋。他回到帐篷那里，草里的蚱蜢僵硬地蹦着。被阳光烤暖后，成群的蚱蜢在瓶子里蹦上蹦下。尼克用一根松树枝条做瓶塞。枝条给瓶口留下足够的缝隙，这样既能有足够的空气流通，蚱蜢也蹦不出来。

他把原木翻回去，知道每天早晨都能在这里捉到蚱蜢。

尼克把装满蚱蜢的瓶子靠在一棵松树上。他快速用水和上荞麦面，均匀地搅动着，一杯水，一杯面。他往壶里放了一把咖啡，再从一个罐子里舀出一块牛油，让它在一个烧热了的煎锅上滑动，发出噼噼啪啪的声音，然后往冒着烟的锅里均匀地倒进搅拌好的荞麦面，荞麦面像熔岩一样流淌开来，油溅了起来。荞麦面饼的外圈开始变硬，变黄，最后变脆了。饼的表面慢慢地冒出气泡，出现气孔。尼克把一片干净的松木片插到饼子棕黄色底部的下面。他把锅左右摇晃了两下，饼子松动了。我不想用锅直接给饼翻个儿，他心想。他把干净木片全部插到饼子的下面，把它翻了过来。饼子在锅里噼啪作响。

饼煎好后，尼克重新往锅里放上牛油。他把和好的面全用完了，又做了一张大的和一张小一点的煎饼。

尼克吃了一大一小两张煎饼，都抹了苹果酱。他给第三张饼也抹上苹果酱，把饼折了两下，用一张油纸包起来，放进上衣口袋里。他把装苹果酱的瓶子放回到背包里，又切了够做两个三明治的面包。

他在背包里找到一个大洋葱，把它一切两半，剥掉柔滑的外皮。然后他把半个洋葱切成片，做成洋葱三明治。他把三明治用油纸包好，放进卡其布上衣的另一个口袋里，并扣上扣子。他把煎锅翻过来扣在烤架上，喝着由于放了炼乳而变得甜而棕黄的咖啡，然后把营地收拾整齐了。这是一个很不错的营地。

尼克从装鱼竿的皮套里取出飞钓[1]竿，把它们接了起来，再把皮套塞进帐篷里。他装上卷轮，把鱼线穿过卡线环。穿线时，他不得不用两只手轮流拉住鱼线，以防止鱼线因为自身的重量而缩回去。这是一种很沉的双锥形飞钓线，尼克很久之前花八块钱买的。线做得很沉，为的是让它在后甩时能够扬起来，向前时则平直沉稳，这样即使是没有重量的飞蝇饵，也能被甩出去。尼克打开一个装脑线[2]的铝盒子，脑线卷放在潮湿的绒布垫上。在去圣伊尼亚斯的火车上，尼克曾用冷水器里的水来保持垫子的湿润，湿润的垫子能保持羊肠脑线的柔软，尼克拆开一根脑线，在沉甸甸的飞钓线端结成一个环。他在脑线线端捆了一只鱼钩，这是一种小鱼钩，很细，有弹性。

尼克坐在那里，鱼竿横放在大腿上。他从蝇钩书[3]里取下鱼钩，拉紧鱼线，试了试竿的弹性以及结打得是否牢固。感觉很不错。他小心不让鱼钩钩住自己的手指头。

他手拿鱼竿，先朝下游走去，装蚱蜢瓶子的瓶口用一根皮带捆着，吊在他的脖子上，抄网挂在腰带的一个钩子上。一个面口袋被他用绳子捆住两个角，斜挎在肩上。面口袋拍打着他的腿。

披挂停当后，尼克觉得自己的样子有点别扭，但是也为自己能如此专业感到高兴。蚱蜢瓶在他胸前晃荡着。衬衣口袋里放着的午饭和蝇钩书鼓鼓地顶在胸口上。

他踏进河水里，打了个冷战。他的裤子紧贴着腿，他感觉到了

1 飞钓（fly fishing）又称飞蝇钓。与通常的钓鱼方法不同，飞钓者站在不同深度的水里，在头顶不停摇动鱼竿，带动鱼线做圆周旋转。鱼线末端是不同大小的假飞虫做的诱饵。摇动鱼线时，河里的鱼以为是昆虫在水面上飞，所以会跃出水面去吃。

2 脑线是一截连接飞蝇鱼饵和飞钓线的短线。

3 蝇钩书是装飞蝇钩的盒子，通常形状像书，故名。

脚下的沙砾。河水很凉，冷得他直打战。

激流吸吮着他的双腿。他下水处的水深超过了膝盖。他蹚着水往前走。脚下的沙砾在打滑。他看着腿下的漩涡，侧过瓶口，打算取出一只蚱蜢。

第一只蚱蜢蹦出瓶口，掉进了水里。它被尼克右腿边上的漩涡吸了进去，从下游一点的地方露出水面。它在水中踢着腿，飞快地漂着。它快速地打着转，打破了平静的水面，不见了。一条鳟鱼吞下了它。

又一只蚱蜢从瓶子里探出头来。它舞动着触须，从瓶子里伸出前腿，准备往外跳。尼克抓住它的头，把细钩子穿过它的下巴，经过脖子进到它肚子最下面的那一节。蚱蜢用前脚抓住鱼钩，朝它吐着烟油一样的液体。尼克把它丢进了水里。

他右手握住鱼竿，顺着水流里蚱蜢的拉力放线。他用左手从卷轮上往外扯线，让线不受任何阻碍。他能看见细小水波里的蚱蜢。一会儿它就不见了。

鱼线被扯了一下。尼克拉了拉绷紧的鱼线。这是今天的第一次咬钩。他拿住正横跨激流抖个不停的鱼竿，用左手往回收线。鳟鱼逆着水流挣扎，鱼竿被一次次地急促拉弯。尼克知道这是条小鱼。他往上举起鱼竿，鱼竿被拉成了弓形。

他看见鳟鱼在水中扭动着头和身子，以抵挡水里那根不停晃动的鱼线的拉扯。

尼克用左手抓住鱼线，把正疲乏地拍打河水的鳟鱼拉出水面。鱼背上长着清晰的、如同水底沙砾颜色的斑点，肚子在阳光下闪着光。尼克用右胳膊夹住鱼竿，弯下腰，右手插进水里。他用潮湿的右手抓住不停扭动的鳟鱼，解下钩在它嘴上的鱼钩，然后把鱼丢回到水里。

鳟鱼在水中摇摇晃晃地漂浮了一会儿，沉到河底一块石头的边上。尼克伸手去触摸它，水一直没到了他的胳膊肘。鳟鱼一动不动地待在水流中，躺在河底一块大石头边上的沙砾上。尼克用手指触摸它时，有一种又凉又滑的感觉，它游开了，游到了河底对面的阴影里。

它没事，尼克想，它只不过是累了。

他刚才触摸那条鳟鱼时，先把手弄湿了，这样就不会伤害鱼身上那层脆弱的黏液。如果用干燥的手去碰鳟鱼，鱼身上失去黏液保护的地方会受到一种白色真菌的攻击。多年前，他曾去一条挤满人的小河里钓鱼，身前身后都是在飞钓的人。尼克一次次地看到身上长着白菌斑的死鳟鱼，不是被水冲到岩石边，就是肚皮朝上地漂浮在水潭里。除非是自己一伙的，尼克不喜欢和别人一起钓鱼，他们总是扫你的兴。

他蹚着漫过膝盖的河水，蹒跚着往下游走去，穿过横跨溪流的一堆原木上游五十码处的浅水区。他手里捏着没有重装鱼饵的鱼钩涉水向前。他确信在浅水里能钓到小鳟鱼，但他不想这么做。现在这个时候，浅水里不会有大鳟鱼。

现在河水已经深至他的大腿，刺骨地冷。前方就是被原木挡住的平缓河水。深色的河水表面很平静，左边是草场的底部，右边是沼泽地。

尼克站在水流里，向后仰着身体，从瓶子里取出一只蚱蜢。他把蚱蜢穿上钩，又朝它吐了口唾沫，来求得好运气。然后他从卷轮上拉出几码鱼线，把蚱蜢向前抛入湍急发黑的河水中。蚱蜢朝着原木漂去，随后被线的重量拉入水下。尼克用右手拿住鱼竿，让鱼线从他的指间流出。

鱼线被猛地拉出一长截。尼克往回拉了一下，鱼竿抖动起来，几乎对折起来，很危险，鱼线绷紧了，露出了水面，绷得紧紧的，一种有力、危险、持续不断的拉扯，尼克觉得只要再拉紧一点，脑线就会断掉，他松掉了鱼线。

鱼线飞快地往外出溜，卷轮的棘齿发出尖锐的叫声。太快了。尼克什么都没法检查，线还在飞快地往外出溜，卷轮的声音越来越尖。

卷轮露出轴心后，他激动得心跳都要停止了。尼克站在没过大腿的刺骨水流中，往后仰着身体，把左手拇指使劲插入卷轮里。这么做实际上是很愚蠢的。

在他拇指压力的作用下，鱼线突然被绷得硬邦邦的，原木的另一边，一条大鳟鱼高高地跃出水面。看见跳起来的鳟鱼后，尼克连忙沉下竿头。不过在沉下竿头减小拉力的那一瞬间，他已感觉到拉力太大，线被拉得太紧了。当然，脑线断掉了。当弹力一下子消失，鱼线变得毫无生机时，他的感觉被证实了。鱼线随后松了下来。

他的情绪低落下来，嘴里发干。尼克往回绕着线。他还从来没有见过这么大的鳟鱼。那么沉，那么大的劲，还有就是它跳起来时，露出的大个头。它看上去有三文鱼那么宽。

尼克的手在发抖。他慢慢地收着线。实在是太刺激了。他隐约觉得自己想吐，坐下来似乎会好受一点。

脑线是从系钩子的地方断开的。尼克用手拿住它。他想象那条鳟鱼待在河底的某个地方，贴着沙砾保持身体的位置，在原木下方光线照不到的地方，下巴上还钩着鱼钩。尼克知道鳟鱼的牙齿会割断系钩子的线，但是鱼钩会永远嵌在它的下巴里。他敢打赌这条鱼一定很愤怒。那样的大家伙都会发怒的。那是一条鳟鱼。脱钩前，它曾被很牢地钩住，牢得像块石头。拉它也像在拉一块石头。天哪，这可是一条大鱼。天哪，我从来没听说过有这么大的鳟鱼。

尼克爬上岸，站在草地上，水顺着裤腿往下淌，也从鞋子里往外溢。他的鞋子咯吱咯吱地响着。他走过去，坐在原木上。他想平息一下自己的情绪。

他动了动泡在鞋中水里的大脚趾，从衬衫口袋里掏出一支烟。他点着烟，把火柴随手扔进原木下方湍急的水流中。火柴棍在激流中打着转，一条很小的鳟鱼钻出水面来吃它。尼克大笑起来。他要先抽完这根烟。

他坐在原木上，抽着烟，在阳光下把自己晒晒干，他的后背被太阳晒得暖烘烘的。前方的河流在流进树林的地方变得很浅，弯弯曲曲地流进树林，能看见浅滩、阳光下的闪光、被水冲光滑了的大石块，还有沿岸的雪松和白桦树。原木被太阳烤得暖烘烘的，坐上去很光滑，没有树皮，摸上去有陈旧感；失望的心情渐渐从他心头消失。这伴随着让他肩膀疼痛的刺激而至的失望感，慢慢地消失了。现在没事了。他的鱼竿就平放在原木上，尼克在脑线上系了个新鱼钩，拉紧羊肠线，直到它结成一个死结。

装上鱼饵后，他拿起鱼竿，从原木的另一端下水，那里的水不算深。原木的下方和另一边是个深水潭。尼克绕过沼泽地边缘附近的浅滩，来到浅水处的河床上。

左边，在草场尽头树林开始的地方，一棵大榆树被连根拔起。它在一场暴风雨中倒下，向内倒在树林子里，它的根部粘着泥土块，上面长着青草，在河边构成一小截结实的堤岸。河水一直冲到被拔起的大树跟前。从他站立的地方，尼克能看见河里的一道道深槽，像车辙一样，那是水流在浅水河床上冲刷出来的。他站立的地方有很多卵石，再往前，到处是卵石和大石块；靠近树根的转弯处，河床是泥灰质的，深槽之间的绿色水藻在水中摇摆。

尼克先把鱼竿甩向身后，再往前甩，鱼线向前画出一条弧线，蚱蜢落在了水藻间的一条深沟里。一条鳟鱼咬住钩，尼克钓到了它。

尼克把鱼竿伸向远处倒下的那棵大树，在水流中溅着水往回拉。那条鱼扎入水中，弯曲的鱼竿在抖动。尼克把鳟鱼引出有水藻的危险区域，引向开阔的水域。他抓住逆着水流上下跳动的鱼竿，把鳟鱼往回拉。鱼左冲右突，但在一点一点地朝尼克靠拢，鱼竿的弹性顺从着鱼的冲刺和水下的急拉猛扯，但始终在把鱼往回拉。尼克小心缓慢地顺着鱼的冲劲往下游移动。他把鱼竿举过头顶，让鳟鱼悬在抄网的上方，然后举起抄网接住它。

沉甸甸的鳟鱼被抄网兜住，网眼里露出鳟鱼长着斑的脊背和银光闪闪的肚子。尼克解开鱼钩。鱼的侧面厚实，很好抓，大下颚向前突出，他让这条滑溜溜的喘着气的鱼滑落到从他肩头一直拖到水里的长口袋里。

尼克迎着水流张开布袋口，布袋里灌满了水，很沉。他提起布袋，布袋的底部仍然浸泡在水里，水从它的侧面往外流出。大鳟鱼在布袋底部的水里游动。

尼克朝下游走去，面前的布袋沉甸甸地浸在水里，拽着他的肩膀。

天气越来越热，太阳火辣辣地晒着他的脖子。

尼克钓到了一条很棒的鳟鱼。他并不想钓很多条。这里的河水又浅又宽，两岸长着树木。午前，左岸的树木在水中投下很短的阴影。尼克知道每个阴影下面都会有鳟鱼。到了下午，当太阳移到山那边以后，鳟鱼就会待在河对岸凉快的阴影里。

最大的鱼往往躲在靠近岸边的地方。在黑河上你总能钓到大鱼。太阳落山后，鱼们全都游到水流中去了。太阳完全落下之前，河面上会产生耀眼刺目的亮光，这时候在河里任何一个地方都能钓到大鱼。不过这时候的水面像阳光下的镜子一样耀眼，几乎无法下钓。

当然，你可以去上游钓，但像黑河或者这条河，你必须逆着水流蹒跚而上，深的地方，河水会往你身上直涌。在水流如此湍急的情况下，去上游钓鱼没有什么意思。

尼克穿过浅滩往前走，一路留意着岸边的深水坑。紧靠水边长着一棵榉树，它的枝丫垂到了水里。河水回流到树叶的下方。这样的地方总会有鳟鱼。

尼克不想在那个水坑里钓鱼。他肯定鱼线会被树枝钩住。

不过那个水坑看上去很深。尼克朝水里丢了一只蚱蜢，水流带着它，从垂着的枝丫下面流进水坑。鱼线被猛地一拉，鱼上钩了。鳟鱼剧烈地翻滚着，在有树叶树枝的水面上露出半截身子。鱼线被钩住了。尼克使劲一拉，鳟鱼脱钩了。他收回鱼线，手里拿着鱼钩，朝下游走去。

前方靠近左岸的地方，有一根大原木。尼克发现它是空心的，一头朝着河的上游，河水平稳地流进去，只在原木的两端激起一些波纹。河水越来越深。空心原木的上半部分是干的，呈灰色。它的一部分处在阴影里。

尼克拔出蚱蜢瓶的木塞，一只蚱蜢附在木塞上，尼克拿起它，穿到钩子上，把它抛了出去。他把竿伸出去很远，这样一来，水里的蚱蜢就被移到流向空心原木的水流中。尼克沉下竿头，蚱蜢漂了进去。鱼钩被猛地咬住。尼克往回拉竿，除了一点弹动的感觉外，就像是鱼钩钩住了原木。

他竭力把鱼逼到外面的水流中。它出来了，很费劲。

线松了下来，尼克以为鳟鱼逃脱了。随后他看见了它，非常近，在水流中，甩着头，想从钩子上脱身。它的嘴闭得紧紧的。鳟鱼在清澈的水流里挣扎着，试图脱身。

尼克用左手一圈一圈地往回绕线，他通过甩竿来收紧鱼线，想把鱼引到抄网那里，但是鱼游开了，看不见了，线在抖动。尼克逆着水流和鱼争斗，让鱼借助鱼竿的弹性在水中扑腾。他把鱼竿换到左手，把赖着不动、正和鱼竿搏斗的鱼往上游拉，再让它顺着水流流进网里。他把鱼从水里提起来，鱼在网里弯成一个沉甸甸的半圆形，抄网在滴水，尼克解开钩子，让鱼滑进口袋里。

他打开布袋口，低头看着在水里游动的两条大鳟鱼。

涉过渐渐变深的河水，尼克来到空心原木跟前。他把布口袋绕过头顶取下来，布口袋离开水面后，鱼扑腾起来，他把袋子挂起来，好让鱼深深地浸泡在水里，然后自己爬到原木上坐下，水从他的裤子和靴子里流入河中。他放下鱼竿，移到原木有遮阴的一端，从口袋里掏出三明治。他把三明治浸在冷水里，水流冲走了面包屑。他吃着三明治，舀了满满一帽子的河水来喝，在他喝到之前，水已经开始从帽子里往外流。

树荫下很凉快，他坐在原木上取出一支烟，划火柴点烟，火柴在灰木头上擦出一个浅坑。尼克弯下身子，在原木的侧面找到一个坚硬的地方，划着了火柴。他坐在那里抽烟，注视着河流。

前方的河道变窄了，流进一片沼泽地里。河水变得又平又深，长着雪松的沼泽地看上去很严实，松树的树干靠在一起，枝杈密集。走路穿过这样的沼泽地是不可能的。树的枝杈长得如此之低，你几乎要贴在地上爬行才过得去。你不可能劈开树杈往前走。这大概就是生活在沼泽地里的动物都长成那种样子的原因吧，尼克心想。

他后悔自己没有带书来。他想读点什么。他一点也不想进入沼泽地。他朝河的下游望去。一棵大雪松斜跨整个河道。再过去，河水流进了沼泽地。

尼克现在不想去那里。当水深到他腋窝的时候，他对涉水有一种抵触情绪，在那儿即使钓到了大鳟鱼，也拿不上岸。沼泽地的岸边光秃秃的，大雪松聚集在头顶上，阳光照不进来，只有一些斑驳的光亮。在水流湍急、光线昏暗的地方钓鱼简直就是悲剧。在沼泽地里钓鱼，是一种悲剧式的冒险。尼克不想这么干。他今天不想往河的下游再多走一步。

他拿出小刀，打开刀刃插在原木上。他提起布袋子，伸手取出一条大鳟鱼。尼克抓住鱼靠尾巴的部位，有点抓不住，鱼在手里乱动，他把鱼在原木上使劲摔了一下。鳟鱼颤抖了一下，不动了。尼克把它放在原木上的阴影中，又用同样的方法摔断了第二条鱼的脖子。他把它们并排放在原木上。它们都是上好的鳟鱼。

尼克剖开鱼肚清理内脏，从肛门一直剖开到下巴尖那里。鱼的全部内脏、鱼鳃和舌头被整个儿取了出来。两条鱼都是公的，灰白色的长条鱼白，光滑干净。连在一起的干干净净的内脏被一股脑儿拉了出来。尼克把内脏扔到岸上——让水貂去找吧。

他在水里把鱼清洗干净，当他把它们背朝上地放在水里时，它们就像活鱼一样，颜色还没有褪去。他洗干净手，在原木上擦干。然后他把鱼放到铺在原木上的布袋上，把它们卷起来，捆好，放进抄网里。他的刀子还立在那里，刀刃插入原木。他把刀在木头上擦干净，放进口袋里。

尼克站在原木上，手里拿着鱼竿，身上挂着沉甸甸的抄网，他下到水里，快步朝岸边跑去，溅起阵阵水花。他爬上岸，穿过树丛朝高地走去。他要回营地去。他回头看了一眼，河流在树林里隐约可见。往后去沼泽地里钓鱼的日子还多着呢。

在异乡

秋天，战争仍在进行，但我们不用再参加了。米兰的秋天很冷，天黑得也早。在随之亮起的灯光下沿街观赏橱窗，倒是一件令人愉快的事情。店铺外面挂着各种各样的野味，雪花落在狐狸的毛皮上，风吹动着它们的尾巴。挂着的鹿肚子被掏空了，显得僵硬而死沉死沉的。风掀开小鸟的羽毛，鸟的身体在风中摇晃。这是一个寒冷的秋季，风从北面的山上吹来。

我们每天下午都去医院。在暮色中穿过镇子去医院的路有好几条，其中的两条就沿着运河，但有点绕远。所以大家总是通过跨越运河的一座桥去医院。可选择的桥一共有三座，其中的一座桥上有个卖炒栗子的妇人。站在她的炭火前你会感到暖烘烘的，放进口袋里的栗子也是热乎乎的。医院非常古老，也非常漂亮，你经过一扇大门进到里面，穿过一个院子，再从另一侧的大门出去。葬礼通常都从那个院子开始。医院对面就是那座新扩建的砖结构房屋。我们每天下午都在那里碰面，见面时大家坐在那些将使我们大为好转的理疗机上，很有礼貌地询问着别人的病情。

医生来到我坐着的理疗机旁，问道："战前你最喜欢做什么？你搞过什么体育运动吗？"

我说："搞过，踢足球。"

“很好，”他说，“你会重新踢球的，会踢得比过去还要好。”

我的膝关节无法弯曲，膝盖和脚踝之间被削掉了，没有小腿肚，理疗机能让膝关节弯曲，让它像蹬三轮车那样运动。但眼下我的膝关节还弯不了，每到该弯曲的地方机器都要卡一下。医生说：“会过去的。你是一个幸运的年轻人。你会像一个冠军那样重新踢球的。”

隔壁理疗机上坐着一个少校，他的一只手只有婴儿的手那么大。医生检查他手的当口，他冲我眨了眨眼，那只手夹在两条皮带之间，通过皮带的上下跳动来拍打其僵硬的手指，他说：“我也可以踢球吗，医生大人？”他曾是一位非常出色的击剑手，是战前意大利最优秀的一位。

医生去后面的办公室拿来一张照片，上面有一只萎缩到和少校的手一样小的手，那是在使用理疗机之前，使用之后的手稍微大了一点。上校用他的好手拿着那张照片，认真地看着。“枪伤？”他问道。

“工伤事故。”医生说。

“很有趣，非常有趣。”上校说完把照片还给医生。

“你有信心吗？”

“没有。”上校说。

三个和我年龄相仿的小伙子每天来这里。他们都来自米兰，一个想当律师，一个想当画家，另一个本来就想当兵。理疗结束后，我们有时一起走着去紧邻斯卡拉[1]的科瓦咖啡厅。因为四个人一起走，我们总选那条穿过共产党人聚集区的近路。那里的人因为我们是军官而憎恨我们，我们经过时，酒店里会有人大喊一声：“A basso gli ufficiali![2]”有时还有另一个小伙子和我们一起走，这让同行的人数

1 意大利米兰的斯卡拉歌剧院。
2 意大利语，意为“打倒军官”。

增加到五人。他的鼻子没有了，脸部正在整形，所以他总在脸上围一条黑丝手帕。他从军事学院出来后就去了前线，第一次上前线不到一小时就受了伤。他们在给他的脸部整形，但他来自一个非常古老的家族，不管他们怎么整，都无法把他的鼻子恢复到原来的样子。他后来去了南美洲的一家银行工作。这是很久以前的事了，当时我们没有一个人知道以后会怎样，我们只知道总会有战争，但我们再也不用去打仗了。

除了那个脸上围着黑丝手帕的小伙子，我们大家得到的勋章都一样，他上前线的时间太短，所以什么勋章都没有得到。那个脸色苍白，想成为律师的高个子曾是阿蒂提[1]的一名中尉，他有三枚那种我们只得过一次的勋章。他和死神打了太久的交道，所以有点漠然，其实我们大家或多或少都有点漠然，除了每天下午在医院里碰面，并没有其他东西把我们捆在一起。然而，每当我们在黑暗中经过镇上那个糟糕地段去科瓦，听着亮着灯的小酒店里传出的歌声，有时候人行道上站满了男男女女，我们不得不走到路中间，推开别人往前走，我们会因相似的经历和遭遇团结在一起，这是那些不喜欢我们的人无法理解的。

我们都很熟悉科瓦，那里总显得富丽、温暖，灯光不是太亮，每天的某个时刻里，里面总是人声嘈杂，烟雾缭绕。桌旁总坐着姑娘，墙上的架子上放着画报。科瓦的姑娘们非常爱国，我发现意大利最爱国的人就是那些咖啡厅女郎——我相信她们现在仍然很爱她们的国家。

刚开始的时候，小伙子们说到我的勋章时，口气还是蛮客气的，问我是怎样获得的。我给他们看了奖状，上面写满了诸如

---

1 第一次世界大战时期意大利的一支精锐突击队。

“fratellanza”和“abnegazione”[1]之类的华丽辞藻，但如果去掉那些形容词，它其实是说我因为是美国人而获得了这枚勋章。这之后他们对我的态度发生了一点变化，虽然面对外人时我仍然是他们的朋友。自从他们看了奖状后，我虽然还算是朋友，但已不再是他们中的一员了，因为我的勋章和他们的来路不一样，他们做了和我完全不同的事情才得到这些勋章的。我受了伤，那是事实，但大家都知道受伤只能算是一种意外。不过我从未觉得自己受之有愧，有些时候，在下午鸡尾酒时间之后，我会想象自己正做着让他们获得这些勋章的事情，但在晚上回家的路上，只身穿过空旷的街道，冷风扑面，店铺都关门了，我尽量走在有路灯的地方，心里知道自己绝对做不出那些事情，我很怕死，经常晚上一人躺在床上，担心自己会死，想着自己重上前线时会怎样。

那三个有勋章的人像是猎鹰；我不是，虽然对那些从未打过猎的人来说，我可能看上去也像一只鹰。他们，那三个人，却很清楚这一点，所以我们走不到一起。但我和那个上前线第一天就受伤的小伙子关系很好。因为他现在再也无法知道他究竟会成为什么，所以他也永远不会被他们接受。我之所以喜欢他，是因为我觉得他可能也不会成为一只猎鹰。

曾是一名优秀击剑手的少校并不相信勇敢，我们坐在这些理疗机上的这段时间里，他花了很多时间纠正我的语法。他曾夸奖过我的意大利语口语，我们交谈很容易。有一天我说意大利语对我来说实在太容易了，很难再提起我的兴趣，说什么都不用费劲。“嗯，没错，”少校说，“那么，你为什么不注意一下语法呢？”于是我们开始注意语法的使用，意大利语立刻就成了一种艰难的语言，没把语法

1 意大利语，意为“兄弟情谊”和“自我牺牲”。

在脑子里弄顺之前，我都不敢开口和他说话。

少校按时来医院，尽管我确信他根本就不相信这些理疗机，但我记得他没有缺席过一次。有一段时间我们大家都不相信理疗机，有一天少校说这一切都是胡扯，当时这些理疗机还是新产品，有待我们来证明它们的功效。这是个愚蠢的主意，他说："一种理论，和另外的一种一样。"那时我还没学会语法，他说我是个不可救药、丢人现眼的蠢货，而他自己也是个傻瓜，居然和我搅和在一起。个头不高的他笔直地坐在椅子上，右手插在机器里，皮带上下拨弄他的手指时，他两眼直直地看着正前方的墙。

"战争结束后，如果真有那么一天的话，你打算干什么？"他问我，"用正确的语法说。"

"我会回美国。"

"你结婚了吗？"

"没有，但我想结。"

"那你就更像一个傻瓜了。"他说，他似乎非常地愤怒，"男人就不该结婚。"

"为什么，Signor Maggiore[1]？"

"别叫我'Signor Maggiore'。"

"男人为什么不该结婚？"

"他不可以结婚，他不可以结婚，"他愤怒地说，"如果他注定失去一切，他就不该让自己身处这样的境地。他不该把自己放在一个会失去的困境中。他应该去寻找那些不会失去的东西。"

他的声调里充满了痛苦和愤怒，说话时他的眼睛一直看着前方。

"可为什么就一定会失去呢？"

1 意大利语，意为"少校先生"。

“他会失去的。”少校说话时眼睛看着墙壁。他低头看了一眼理疗机，把他的小手从皮带里抽出来，在大腿上狠狠地拍了一下。“他会失去的，”他几乎在喊叫了，“别和我争辩！”他随后对管机器的人喊道：“过来，把这该死的玩意儿关掉。”

他走进另一个房间去接受按摩和光疗。随后我听见他在问医生能否用一下电话，他关上了房门。他回来时我正坐在另一台理疗机上。他披着披风，戴着帽子，径直走到我的机器旁，把一只胳膊搭在我的肩膀上。

“真对不起，”他说，并用那只好手拍了拍我，“我不该这么粗暴。我妻子刚刚去世。你一定要原谅我。”

“噢……”我为他感到难过，“真遗憾。”

他咬着下嘴唇站在那里。“实在是太难了，”他说，“我接受不了。”

他的目光越过我，看着窗外。然后他哭了起来。“我实在是接受不了。”他一边哽咽一边说道。接着他就大哭起来，抬着头，眼里空无一物。随后，脸上还挂着泪水的他像士兵一样挺直身体，紧咬着嘴唇，穿过一台台理疗机走出了大门。

医生告诉我，少校的妻子死于肺炎，她非常年轻，他直到确定自己因伤残不用再上战场了才和她结婚。她病了没几天，没人料到她会死。少校有三天没来医院。之后他又按时来医院，在军服的袖子上戴了一个黑布套。他回来时医院的墙上挂了很多带框的照片，全是一些使用机器前后伤情对比的照片。少校的理疗机前面有三张类似他伤手的照片，都治愈了。我不知道这些照片是医生从哪里弄来的。我一直认为我们是这些机器的首批使用者。这些照片并没有对少校起到多大作用，因为他总是看着窗外。

雨中的猫

那家旅馆里只住了两个美国人。上下楼梯和往返房间途中，碰到的人他们一个都不认识。他们的房间在三楼，面对大海。房间也面对着公园和那座战争纪念碑。公园里有高大的棕榈树和绿色的长凳。天气好的时候，总能看到一位带着画架的艺术家。艺术家们喜欢棕榈树生长的样子，还有面对公园和大海的那些旅馆鲜艳的色彩。意大利人从很远的地方赶来瞻仰那座纪念碑。纪念碑是用青铜铸造的，在雨中闪着光。天在下雨。雨水从棕榈树上滴下来，在石子路上留下一潭潭积水。海水在雨中掀起一条长线，从沙滩上退去时翻卷起来，然后再次在雨中掀起一条长线。纪念碑旁边广场上的汽车都开走了。广场对面咖啡厅的门廊里，一个侍者站在那儿看着空荡荡的广场。

那位美国太太站在窗前看着外面。就在他们窗下，一只猫蹲在一张滴着水的绿色桌子下面。那只猫尽量缩紧身体，好不被雨淋到。

“我下楼去逮那只小猫。”美国太太说。

“我去吧。”床上的丈夫自告奋勇道。

“不用了，我去。可怜的小猫在桌子下面躲雨。”

丈夫继续看书。他垫着两只枕头躺在床尾。

“别淋湿了。”他说。

太太下了楼，经过办公室时，旅馆主人起身向她鞠了个躬。他的写字台在办公室的另一端。他是位老人，个子很高。

“下雨了。”太太说。她喜欢这个旅馆老板。

“是的，是的，太太，坏天气。天气很不好。”

他站在昏暗的房间里另一端的写字台后面。这位太太喜欢他。她喜欢他收到任何投诉时都认真得要死的态度。她喜欢他的庄重。她喜欢他愿意为她效劳的样子。她喜欢他作为旅馆业主的那种自觉感。她喜欢他苍老而厚实的脸和那双大手。

怀着对他的喜爱，她打开门向外张望。雨下得更大了。一个披着胶布披肩的人正穿过无人的广场，朝咖啡厅走去。猫应该在靠右边这一带。或许她可以沿着屋檐走过去。她站在门口，一把伞在她身后撑开，是那个负责照料他们房间的女仆。

“您可千万别淋湿了。”她面带笑容，说的是意大利语。当然了，是旅馆老板派她来的。

女仆替她打着伞，她沿着石子路走到他们房间的窗下。桌子在那里，被雨水冲洗成了鲜绿色。可是那只猫不见了。她突然感到一阵失望。女仆抬头看着她。

“您丢了什么东西，太太？”

“有一只猫。”美国女孩说。

“一只猫？”

“是的，猫。[1]”

“一只猫？”女仆大笑起来，“雨中的猫？”

“是的，”她说，“在桌子底下。”接着又说：“哦，我太想要它了。我想要一只小猫咪。”

---

1 本篇中的楷体字原文均为意大利语。

她说英语时，女仆的脸绷紧了。

“走吧，太太，”她说，“我们该进去了。您会淋湿的。”

“只能这样了。”美国女孩说。

她们沿着石子路走回去，进了门。女仆站在外面把雨伞收起来。美国女孩经过办公室时，旅馆老板在写字台旁朝她鞠了一躬。女孩心里有种渺小且紧张的感觉。旅馆老板让她觉得自己渺小的同时，也让她觉得自己非常地重要。她有一种自己极其重要的短暂的感觉。她上了楼。她打开房门。乔治在床上，在看书。

“抓到猫了吗？”他放下书问道。

“跑掉了。”

“好奇它跑到哪里去了。”他把眼睛从书本上移开，休息一下。

她在床边坐下。

“我太想要它了，”她说，“我不知道我为什么那么想要它。我想要那只可怜的小猫咪。做一只待在雨里的可怜小猫太没乐趣了。”乔治又在读书了。

她走过去，在梳妆台的镜子前面坐下，用手镜照着自己。她研究着自己的侧影，先一边，然后另一边。接下来她研究起她的后脑勺和脖颈。

“你不觉得我把头发留长是个好主意吗？”她问，又去看自己的侧影。

乔治抬起头，看着她脖颈的后面，像男孩子一样剪得短短的头发。

“我喜欢你现在的样子。”

“我厌烦透了现在这个样子。”她说，“我厌烦看上去像个男孩子。”

乔治在床上换了一个姿势。从她开始说话起，他的眼睛还没有离开过她。

“你看上去真他妈的漂亮。”他说。

她把镜子放在梳妆台上，走到窗前，往外看着。天逐渐黑下来了。

“我想把头发往后梳得又紧又光滑，再在后面盘个我能感觉到的大大的发髻。”她说，“我想要一只小猫坐在我的腿上，我一抚摸它，它就呼噜呼噜地哼哼。”

“是吗？”乔治在床上说。

“我还想用自己的餐具吃饭，我想要点上蜡烛。我还想现在就是春天，我想在镜子前面梳头，我想要一只小猫咪，我想要几件新衣服。”

“哦，住口，找点东西读读吧。”乔治说，他又在看书了。

此刻他妻子正看着窗外。天已经很黑了，雨点打着棕榈树。

“反正我想要一只猫。”她说，“我想要一只猫。我现在就要一只猫。如果我不能留长发，不能找乐子，我总可以有只猫吧。”

乔治没听她说话。他在看他的书。他妻子看着窗外，广场上的灯已经亮起来了。

有人在敲门。

“请进。”乔治说。他从书上抬起头。

门口站着那个女仆。她紧紧抱着一只大玳瑁猫，猫扭动着身体，想从她身上挣脱。

“打搅了，”她说，“老板让我把这只猫送来给太太。”

没有被打败的人

曼纽尔·加西亚爬上楼梯来到唐米格尔·雷塔纳的办公室门前。他放下手提箱，敲了敲门。没有人应答。站在过道里的曼纽尔觉得房间里有人，他透过房门感觉到了。

“雷塔纳。”他说，凝听着。

没有应答。

他在里面，没错，曼纽尔心想。

“雷塔纳。”他使劲敲着门。

“谁呀？”办公室里有个人说。

“我，曼诺洛。”曼纽尔说。

“你有什么事？”那个声音问道。

“我想要工作。”曼纽尔说。

门上有个东西咯哒咯哒地响了几下，门打开了。曼纽尔提着箱子走进房间。

一个小个子男人坐在房间另一头的办公桌后面。他头顶上方有个公牛头，是由马德里的标本师制作的，墙上有几幅装在镜框里的照片和斗牛海报。

小个子男人坐在那里看着曼纽尔。

“我以为你已经被干掉了。”他说。

曼纽尔用指关节敲了敲办公桌。小个子男人坐在那儿，隔着办公桌看着他。

"今年你斗过几次牛？"雷塔纳问。

"一次。"他回答说。

"就那一次？"小个子男人问。

"就那一次。"

"我在报上看到了。"雷塔纳说。他靠在椅背上，看着曼纽尔。

曼纽尔抬头去看公牛标本。过去他经常看，从它上面他感受到某种与自己家族有关的东西。大约九年前，这头公牛杀死了他哥哥，兄弟中最有前途的那一个。曼纽尔还记得那一天。安放公牛头的橡木底座上有一块黄铜牌。曼纽尔不识字，不过他想象那是为了纪念他哥哥。唉，他一直是个棒小伙。

牌子上写着："维拉瓜公爵的公牛'蝴蝶'，1909 年 4 月 27 日以被长矛刺中九次的代价捅死七匹马，并导致了见习斗牛士安东尼奥·加西亚的死亡。"

雷塔纳见他在看着制成标本的公牛头。

"公爵送到我这儿星期天用的那批牛准会出丑，"他说，"它们的腿都不行。大家在咖啡馆里都是怎么议论它们的？"

"我不知道，"曼纽尔说，"我刚到。"

"也是，"雷塔纳说，"你还提着你的包呢。"

他看着曼纽尔，身体在大办公桌后面朝后仰去。

"坐，"他说，"把帽子摘了吧。"

曼纽尔坐了下来，摘下帽子，他的样子变了。他脸色苍白，他的短辫子[1]反着别在头顶上，这样一来戴上帽子就看不见了，这让他

1 短辫子是西班牙斗牛士的身份标志之一。

看上去很奇怪。

“你脸色不太好啊。”雷塔纳说。

“我刚出院。”曼纽尔说。

“我听说他们把你的腿锯了。”雷塔纳说。

“没有的事，”曼纽尔说，“腿没事了。”

雷塔纳从办公桌后面倾身向前，把一个木制烟盒推给曼纽尔。

“抽支烟。”他说。

“谢谢。”

曼纽尔点着烟。

“你抽吗？”他把划着的火柴递给雷塔纳。

“不抽。”雷塔纳摆了摆手，“我从来不抽烟。”

雷塔纳看着他抽烟。

“你为什么不找份工作？”他说。

“我不想工作，”曼纽尔说，“我是一名斗牛士。”

“再也没有斗牛士了。”雷塔纳说。

“我是个斗牛士。”曼纽尔说。

“是的，你在场上的时候是。”雷塔纳说。

曼纽尔笑了。

雷塔纳坐着，不说话，眼睛看着曼纽尔。

“你要是愿意的话，我可以给你安排一个夜场。”雷塔纳提议说。

“什么时候？”

“明天晚上。”

“我不想给人做替补。”曼纽尔说。他们都是那样送命的，萨尔瓦多就是那样送命的。他用指关节轻轻敲了敲桌子。

“我只有这个了。”雷塔纳说。

“干吗不安排我下个星期的？”曼纽尔建议说。

“你不卖座，”雷塔纳说，“他们只想看利特里、鲁比托和拉·托雷。这些小伙子都很棒。”

“他们会来看我斗牛的。”曼纽尔满怀希望地说。

“不会，他们不会。他们已经不知道你是谁了。”

“我有很多绝活。”曼纽尔说。

“我给你安排在明天晚上，”雷塔纳说，“你可以和年轻的埃尔南德斯搭档，在夏洛兹[1]之后杀死两头小公牛[2]。”

“谁家的小公牛？”曼纽尔问。

“我不知道。他们弄进畜栏里的那些玩意儿。白天兽医检查没通过的。”

“我不喜欢做替补。”曼纽尔说。

“来不来随你的便。”雷塔纳说。他俯身去看文件。他不再感兴趣了。曼纽尔的请求让他有一刻想到了从前，但那种感觉已经过去了。他想让他替代拉里塔出场，因为雇他可以少花点钱。当然，他也可以少花钱雇别人。不过他还是想帮他一把。不管怎么说，他给了他这个机会。现在取决于他了。

“我能得多少？”曼纽尔问。他还在考虑拒绝，但知道自己没办法拒绝。

“二百五十比塞塔[3]。”雷塔纳说。他本想着是五百，可一张口却成了二百五十。

“你付比利亚尔塔七千。”曼纽尔说。

“你不是比利亚尔塔。”雷塔纳说。

“我知道。”曼纽尔说。

---

1 马戏团式的斗牛表演，模仿查理·卓别林的滑稽动作。
2 一般指三岁以下的公牛。正式斗牛表演中使用的公牛都是四至六岁的成年公牛。
3 比塞塔是西班牙及安道尔在 2002 年欧元流通前使用的法定货币。

“他卖座，曼诺洛。”雷塔纳解释说。

“当然。”曼纽尔说。他站起身：“给我三百吧，雷塔纳。”

“好吧。”雷塔纳同意了。他伸手去抽屉里拿纸。

“我能先拿五十吗？”曼纽尔问。

“当然可以。”雷塔纳说。他从皮夹子里取出一张五十比塞塔的钞票，把它摊平了放在桌子上。

曼纽尔拿起钞票放进口袋里。

“帮手怎么安排？”他问。

“有几个一直在晚上替我干活的小伙子，”雷塔纳说，“他们还不错。”

“长矛手呢？”

“长矛手倒是不多。”雷塔纳承认说。

“我必须有个好长矛手。”曼纽尔说。

“去找呀，”雷塔纳说，“去把他找来呀。”

“不从我这份里出，”曼纽尔说，“我可不从这六十杜罗[1]里拿钱出来付帮手。”

雷塔纳不吭声，隔着大办公桌看着曼纽尔。

“你知道我必须有个好长矛手。”曼纽尔说。

雷塔纳不吭声，从很远的地方看着曼纽尔。

“这不合理。”曼纽尔说。

雷塔纳仍然在打量着他，他靠在椅背上，从很远的地方打量着他。

“有固定的长矛手。”他表示说。

“我知道，”曼纽尔说，“我知道你的固定长矛手怎样。”

---

1 一种西班牙银币，一个杜罗合五个比塞塔。

雷塔纳没了笑容。曼纽尔知道这件事到此为止了。

“我只想有个均等的机会，”曼纽尔分辩说，“上场时，我想在对付公牛的时候能自己说了算。只需要一个好的长矛手。”

他在和一个已经不再倾听的人说话。

“如果你想要什么额外的东西，”雷塔纳说，“那就自己去找。到时场上会有固定的帮手。你想带多少自己的长矛手都行。滑稽斗牛表演十点半结束。”

“好吧，”曼纽尔说，“如果你觉得应该这样的话。”

“应该这样。”雷塔纳说。

“明天晚上见。”曼纽尔说。

“我会到场的。”雷塔纳说。

曼纽尔提起他的箱子，走了出去。

“把门带上。”雷塔纳喊道。

曼纽尔回过头来。雷塔纳正坐在那里俯身看文件。曼纽尔“咔哒”一声把门关紧了。

他下了楼，出门来到炎热明亮的大街上。街上很热，白色建筑物上的光亮突然而刺眼。他沿着通向“太阳门广场”的坡道有阴影的一侧朝前走。阴影感觉很结实，像流水一样清凉。穿过相交的街道时，热浪突然袭来。从他身边经过的行人中，曼纽尔没有见到一个熟人。

快到“太阳门广场”的时候，他转身走进了一家咖啡馆。

咖啡馆里很安静。几个男人坐在靠墙的桌子旁边。一张桌子旁有四个人在打牌。多数人靠墙坐着，抽着烟。他们面前的桌子上放着喝空了的咖啡杯和烈酒杯。曼纽尔穿过长长的房间，走到后面的一间小屋子里。有个人坐在角落的一张桌子跟前睡着了。曼纽尔在一张桌旁坐了下来。

一个侍者走进来，站在曼纽尔的桌旁。

“你见到过舒里托吗？”曼纽尔问他。

“午饭前他来过，”侍者回答说，“五点之前他不会回来。”

“给我点牛奶咖啡，再来一杯这里的例酒。”曼纽尔说。

侍者端着托盘回到小房间，托盘上放着一个大咖啡杯和一个烈酒杯，左手拿着一瓶白兰地。他转身把这些东西放到了桌子上，跟在他身后的小男孩从两个亮晶晶的长把壶里把牛奶咖啡倒进杯子里。

曼纽尔摘下帽子，侍者注意到他头上反别着的辫子。往曼纽尔咖啡杯边上的小杯子里倒白兰地时，他朝倒咖啡的小男孩眨了眨眼。小男孩好奇地看着曼纽尔苍白的脸。

“你在这儿斗牛？”侍者一边盖上酒瓶一边问道。

“是的，”曼纽尔说，“明天。”

侍者站在那里，手里的酒瓶靠在大腿上。

“你在‘查理·卓别林’班子里？”他问。

负责倒咖啡的男孩有点窘迫，眼睛转向了别处。

“不是，正式的。”

“我还以为他们安排了查维斯和埃尔南德斯呢。”侍者说。

“不是。我和另一个。”

“谁？查维斯还是埃尔南德斯？”

“我觉得是埃尔南德斯。”

“查维斯怎么了？”

“他受伤了。”

“你从哪儿听到的？”

“雷塔纳。”

“哎，卢易，”侍者朝另一个房间喊道，“查维斯被牛挑了。”

曼纽尔撕掉包装纸，把方糖丢进咖啡里，他搅了搅咖啡，一口喝了下去。咖啡又甜又热，温暖了他空荡荡的胃。他又喝掉了白兰地。

“再给我来一杯。”他对侍者说。

侍者打开瓶盖，倒了满满一杯，溢到碟子里的酒也有一小杯。

另一个侍者来到桌子跟前，负责倒咖啡的男孩已经走掉了。

“查维斯伤得严重吗？”第二个侍者问曼纽尔。

“不知道，”曼纽尔说，“雷塔纳没说。”

“他还真不少操心。”高个子侍者说。曼纽尔之前没有见到他。他肯定是刚进来的。

“在这个城里，只有得到雷塔纳的认可，你才能成功，”高个子侍者说，“要是没得到，你还不如出门一枪把自己干掉。”

“你说得没错，”刚进来的另一个侍者说，“你早就那么说了。”

“没错，我是说过，”高个子侍者说，“说起那只鸟，我知道自己在说什么。”

“看看他是怎么对待比利亚尔塔的吧。”第一个侍者说。

“不止他一个，”高个子侍者说，“看看他是怎么对待马西亚尔·拉朗达的。看看他是怎么对待‘国民’[1]的。”

“你说得没错，小伙子。”矮个子侍者附和道。

曼纽尔看着他们站在自己桌子跟前聊天。他已经喝掉了第二杯白兰地。他们把他给忘了。他们对他没兴趣。

“瞧瞧那群骆驼，”高个子侍者继续说道，“你们看过‘国民第二’吗？”

“我上个星期天看见他了，不是吗？”最先进来的那个侍者说。

“他是头长颈鹿。”矮个子侍者说。

1“国民”是西班牙著名斗牛士理卡多·安略的绰号。下文的“国民第二”是理卡多弟弟、西班牙著名斗牛士胡安·安略的绰号。

“我怎么跟你说的？”高个子侍者说，“他们都是雷塔纳的人马。”

“喂，再给我来一杯。”曼纽尔说。他们说话的当儿，他已经把溢到碟子里的酒倒进杯子喝掉了。

最先进来的那个侍者机械地倒满他的酒杯，三个人说着话走出了房间。

坐在远处角落里的那个人还在睡觉，吸气的时候发出轻微的呼噜声。他的头向后靠在墙上。

曼纽尔喝掉白兰地。他也困了。现在进城还太热，再说也没什么可干的。他想见舒里托。他想在等他的时候先睡上一会儿。他踢了踢桌子底下的手提箱，看看还在不在。也许最好把它放到座位底下，靠着墙。他俯身把箱子推了过去，然后趴在桌上睡起觉来。

醒来时对面坐着一个人，一个大块头，深棕色的面孔，像个印第安人。他已经在那儿坐了有一会儿了。他挥手让侍者走开，自己坐在那儿看报纸，偶尔低头看一眼伏在桌上睡得死沉的曼纽尔。他吃力地看着报纸，一边看一边用嘴唇无声地念着单词。看累了报纸他就看一眼曼纽尔。他沉沉地陷在椅子里，黑色的科尔多瓦帽压得低低的。

曼纽尔坐起来，看着他。

“你好啊，舒里托。”他说。

“你好，年轻人。”大块头男人说。

“我睡着了。”曼纽尔用拳头背擦了擦前额。

“我想你可能是睡着了。”

“你还好吧？”

“还好。你怎么样？”

“不太好。”

他们都陷入了沉默。长矛手舒里托看着曼纽尔苍白的脸。曼纽尔低头看着长矛手把报纸叠起放进口袋的大手。

“我想请你帮个忙，铁手。”曼纽尔说。

“铁手”是舒里托的绰号。他每次听到那个都会想起自己的一双大手。他不自然地把伸出来的手放在桌子上。

“我们喝一杯吧。”他说。

“行。”曼纽尔说。

那个侍者走进走出，又走了进来。出房间时，他回头看了一眼坐在桌旁的两个人。

“什么事，曼诺洛？”舒里托放下酒杯。

“明晚你能帮我扎两头牛吗？”曼纽尔隔着桌子看着舒里托，问道。

“不行，”舒里托说，“我现在不扎牛了。”

曼纽尔低头看着自己的酒杯。他料到了这样的回答，现在得到了。好吧，他得到了。

“抱歉，曼诺洛，我现在不扎牛了。”舒里托看着自己的手。

“没关系。”曼纽尔说。

“我老了。”舒里托说。

“我只是问一声。”曼纽尔说。

“明天的夜场？”

“对。我想只要有个好长矛手，我就能够侥幸成功。”

“给你多少钱？”

“三百比塞塔。”

“我扎牛拿得都比这个多。”

“我知道，”曼纽尔说，“我没有任何权利要求你。”

“你为什么还要干这一行？”舒里托问，“你干吗不剪掉你的辫子，曼诺洛？”

“我也不知道。”曼纽尔说。

“你都快和我一样老了。”舒里托说。

“我不知道，”曼纽尔说，“我不得不干。如果干成了，我就能得到公平的待遇，我只想要这个。我得坚持下去，铁手。”

“不，你不用。”

“我需要。我试过不干这一行。”

“我知道你的感受。但老这么干也不行啊。你应该放弃这个行当，别再回来了。”

“我做不到。另外，最近我的状态很好。”

舒里托看着他的脸。

“你一直在住院。”

“可是受伤前我一直都很好。”

舒里托没有说话。他侧过碟子，把里面的干邑白兰地倒进自己的酒杯。

“报纸上说他们从来没有见过更好的劈刺。”曼纽尔说。

舒里托看着他。

“你知道我手顺的时候还是很棒的。”曼纽尔说。

“你老了。”长矛手说。

“不老，”曼纽尔说，“你比我大十岁。”

“我的情况不一样。”

“我还不算太老吧。”曼纽尔说。

他们默默地坐着，曼纽尔观察着长矛手的脸。

“受伤前我一直很棒的呀。”曼纽尔试图说服对方。

“你应该来看我斗牛，铁手。”曼纽尔带着责备的口气说。

“我不想看。”舒里托说，“看你斗牛我紧张。”

“最近你没看过我斗牛。”

“我看得够多了。”

舒里托看着曼纽尔，避开他的眼睛。

“你该退出了，曼诺洛。”

“我不能，”曼纽尔说，“我现在很顺，真的。”

舒里托俯身向前，把手放在桌子上。

“听着。我给你扎牛，要是明晚你干得不好，就退出不干了。听懂没有？能做到吗？”

“当然能做到。”

舒里托靠在椅子上，放心了。

“你必须退出，”他说，“别胡闹了。你该剪掉这根辫子了。”

“我不是非退出不可的，”曼纽尔说，“你看着吧。我还留着几手呢。”

舒里托站起来。争论让他感到疲劳。

“你必须退出。”他说，“我会亲手剪掉你的辫子。”

“不会，你不会的，”曼纽尔说，“你没有机会。”

舒里托叫来了侍者。

“走吧，”舒里托说，“去楼上的餐厅吧。”

曼纽尔伸手去拿座位底下的手提箱。他很高兴。他知道舒里托会帮他扎牛。他是还活着的长矛手里最好的一个。现在一切都变得简单了。

“去楼上的餐厅，我们吃饭去。”舒里托说。

曼纽尔站在斗牛场的马场里，在等“查理·卓别林”班子的演出结束。舒里托站在他边上。他们站的地方很暗。通往斗牛场的大门紧闭着。他听到从他们上方传来一阵叫喊声，接下来是一阵大笑声。然后安静下来了。曼纽尔喜欢马厩的气味。黑暗中这种气味很好闻。斗牛场里又传来一阵吼叫声，然后是欢呼喝彩声，长长的欢呼喝彩声，一遍又一遍。

“你见过那些家伙吗？”舒里托问，黑暗中隐隐耸立在曼纽尔身旁的一个巨大身影。

“没有。”曼纽尔说。

“他们很滑稽。”舒里托说。在黑暗中，他自顾自地笑了。

通往斗牛场的高大严实的双扇门打开了，曼纽尔看到了强烈的弧光灯灯光照射下的斗牛场高高升起，周围一片黑暗，两个打扮得像乞丐一样的人沿着场边一边跑一边鞠躬，跟在后面的人穿着旅馆服务生的制服，他俯身捡起从观众席扔到沙地上的帽子和手杖，把它们扔回到黑暗中。

马场的电灯亮了。

“我去找匹马，你把小伙子们召集齐了。”舒里托说。

他们身后传来骡子的铃铛声，骡子进到场内，拴住地上的死牛。

在围栏和观众席之间的过道上观看滑稽表演的斗牛队成员回来了，他们站在马场的灯光下聊天。一个身着银色和橘红色服装的英俊小伙子微笑着走到曼纽尔跟前。

“我是埃尔南德斯。”他伸出一只手。

曼纽尔握了握他的手。

“今晚我们斗的都是十足的大象。”小伙子兴高采烈地说。

“带角的大家伙。”曼纽尔附和道。

“你抽到了最差的签[1]。”小伙子说。

“没关系，”曼纽尔说，“牛越大，分给穷人的肉就越多。”

“那个人你是从哪儿找来的？”埃尔南德斯咧嘴一笑。

---

1 正式的斗牛表演由三名剑刺手斗六头牛，赛前要按牛的强弱好坏分组，再由剑刺手的代理人抽签决定。

“一个老伙计。”曼纽尔说，“你把你的帮手排好了，我好看看我的人怎么样。”

“你的几个小伙子都不错。”埃尔南德斯说。他很开心。他已经在夜场斗过两次牛了，开始有了一些马德里的追捧者。他很高兴，几分钟后斗牛就要开始了。

“长矛手在哪儿？”曼纽尔问。

“他们在后面的畜栏里争着骑漂亮的马呢。”埃尔南德斯咧嘴笑着说。

几头骡子冲进大门，鞭子抽得“啪啪”响，铃铛“丁零零”地响着，小公牛在沙地上犁出一条沟。

公牛刚被拖走，他们就列好队，准备参加入场仪式了。

曼纽尔和埃尔南德斯站在队伍前面。后面站着斗牛队的小伙子，胳膊上搭着叠起的沉甸甸的披风[1]。在他们的后方,四个长矛手骑在马上，手握钢尖长矛，矗立在半明半暗的畜栏里。

“说来也怪，雷塔纳不肯把灯弄亮一点，好让我们看清楚马。”一个长矛手说。

“他知道我们看不清马的皮毛反而会更开心一点。”另一个长矛手答道。

“我骑的这玩意儿勉强能让我的脚离地。”第一个长矛手说。

“嗯，它们也是马呀。”

“它们当然是马了。”

黑暗中，他们骑在瘦骨嶙峋的马上交谈着。

舒里托不说话。他骑的是马群里唯一一匹稳健的马。他试过那

1 斗牛士入场仪式上用的披风比较讲究，绣着金丝织锦，嵌着珠宝，所以比较重。仪式结束后会换用较轻的红披风。

匹马，骑着它在马场里兜了几圈，它对马嚼子和马刺都有反应。他已经拿掉了马右眼上的蒙眼布，割断了把马耳朵捆到耳根上的绳子。它是匹结实的好马，腿很强壮。这正是他需要的。他打算骑着它完成整场斗牛表演。自从骑上马，坐在那个加了垫子的宽大马鞍里，在半明半暗中等候入场，他就在脑子里把整场斗牛中的扎牛要领过了一遍。其他的长矛手在他边上继续闲聊着。他没听见他们在说什么。

两名剑刺手[1]一起站在各自的三个短标枪手前面，他们的披风以同样的方式叠着搭在左胳膊上。曼纽尔在想着他身后的三个年轻人。他们都是马德里人，和埃尔南德斯一样，十九岁上下的小伙子，其中一个，那个吉卜赛人，神情严肃，冷漠超然，脸黑黑的，他喜欢这个人的样子。他转过身去。

"小伙子，你叫什么？"他问那个吉卜赛人。

"富恩特斯。"吉卜赛人说。

"好名字。"曼纽尔说。

吉卜赛人笑了，露出他的牙齿。

"等会儿牛出来了，你逗它跑一阵。"

"好的。"吉卜赛人说。他的脸色很严肃，思考起自己该怎么做。

"开始了。"曼纽尔对埃尔南德斯说。

"好。我们走吧。"

他们昂起头，身体随着音乐摆动，随意地挥动着右胳膊，从马场走出来，穿过弧光灯下铺着沙子的斗牛场，跟在他们身后的短标枪手向两边展开，后面紧跟着骑在马上的长矛手，再后面是斗牛场

---

1 一支斗牛队由一名剑刺手、两名长矛手和三名标枪手组成，长矛手和标枪手受雇于剑刺手。斗牛开始，首先由骑在马上出场的长矛手用带钢尖的长矛刺伤公牛，接下来由标枪手将短标枪插入公牛的肩部和颈部，最终由剑刺手完成刺杀。剑刺手、长矛手和标枪手统称为"斗牛士"，其中剑刺手为主斗牛士，平时大众所称的"斗牛士"一般是指剑刺手。

的杂役和脖子上系着叮当作响的铃铛的骡子。他们齐步穿过斗牛场时，观众朝埃尔南德斯喝彩。他们大摇大摆，傲慢地迈步向前，眼睛笔直地看着前方。

他们来到斗牛表演总主持的包厢前面，鞠了一个躬，队伍就散开了。斗牛士走到围栏边，把沉重的表演披风换成轻便的斗牛披风。骡子被引出场外。长矛手绕着场子急速奔驰，其中的两位从他们刚才进来的大门跑了出去。几个杂役把场地的沙子扫平。

曼纽尔喝了一杯雷塔纳的副手倒给他的水，这个副手在做他的经理，也帮他看管剑。刚和自己的经理说完话的埃尔南德斯走了过来。

“小伙子，你很受欢迎啊。”曼纽尔称赞他道。

“他们喜欢我。”埃尔南德斯开心地说。

“入场式怎么样？”曼纽尔问雷塔纳的手下。

“像一场婚礼。”管剑的人说，“很棒。你们的出场跟何塞利托[1]和贝尔蒙特[2]一模一样。”

骑在马上的舒里托从他们旁边经过，像一座立在马上的庞大塑像。他掉转马头，面对斗牛场远处的牛栏，公牛将从那里出来。待在弧光灯下的感觉很奇怪。为了多挣钱，他一般在炎热的下午扎牛。他不喜欢弧光灯。他希望他们快点开始。

曼纽尔走到他跟前。

“扎它，铁手，”他说，“帮我灭灭它的威风。”

“我会扎它的，年轻人，”舒里托朝沙地上啐了一口唾沫，“我会把它扎得从场子里跳出去。”

---

1 何塞利托（Joselito el Gallo, 1895—1920），被认为是有史以来最伟大的斗牛士。
2 贝尔蒙特（June Belmonte, 1892—1962），西班牙最伟大的斗牛士之一，以革命化的风格著称。

“用身体压住长矛，铁手。”曼纽尔说。

“我会压住的，”舒里托说，“怎么还不开始？”

“它出来了。”曼纽尔说。

舒里托骑在马上，双脚套在马镫子里，包着鹿皮的护甲里，两条粗壮的腿紧紧夹住马；他左手拉住缰绳，右手握着长矛，宽大的帽子往下拉到眼睛那里挡住灯光，眼睛注视着远处牛栏的门。马的耳朵在抖动。舒里托用左手轻轻拍了拍马。

牛栏的红门向里弹开，有一阵子，舒里托隔着斗牛场只能看见空空的过道。接着，那头公牛奔了出来，来到灯光下时，它的四条腿打了个滑，随后就飞速地往前冲，轻快地奔跑着，除了奔跑时阔鼻孔里发出的呼呼的出气声，没有其他声音，从黑暗的畜栏里释放出来让它很开心。

第一排座位上，《先驱报》替补斗牛评论员觉得有点无聊，他俯身向前，在膝盖前方的水泥墙上草草写下：“坎帕尼奥洛，黑种牛，42 号，以每小时九十英里的速度，精力充沛地冲了出来——”

曼纽尔靠着围栏观察着公牛，他挥了一下手，那个吉卜赛人拖着披风跑了出去，全速奔跑的公牛转过身，低着头，竖起尾巴朝披风猛冲过来。吉卜赛人忽左忽右地跑着，经过公牛身边时，公牛瞅见了他，丢下披风朝人冲去。吉卜赛人向前飞奔，在公牛角撞上围栏红挡板时，一下子跃过了挡板。公牛用角抵了两次，每一次都盲目地把牛角抵进木板里。

《先驱报》评论员点着一根烟，把火柴扔向公牛，随后在笔记本上写道：“个头大，牛角长，足以满足花钱买票的观众，坎帕尼奥洛似乎想要闯进斗牛士所在的区域。”

公牛撞击挡板的时候，曼纽尔走上硬沙地。他从眼角瞥见舒里托把白马引到了靠近围栏的地方，在离场地左侧大约四分之一周的地方。曼纽尔把披风贴着胸前举着，一手提着一个叠层，朝着公牛大声喊道："嘿！嘿！"公牛转过身来，似乎被挡板擦了一下，没等站稳就朝他冲过来，曼纽尔向一旁跨了一步，脚后跟一转，挥舞的披风在牛角前划过，公牛一头扎进了披风。披风停止摆动后，他再次面对公牛，以同样的姿势贴身举着披风，公牛再次冲过来时他再次转身。他每挥舞一次披风，都引来观众一阵喝彩。

他朝公牛连续挥舞了四次披风，高举着披风，让风把披风吹鼓起来，每一次都把公牛逗得转过身来朝他猛冲。第五次挥舞结束后，他把披风贴着大腿，用脚后跟转动着身体，让披风像芭蕾舞者的裙子一样展开，逗得公牛像根皮带似的绕着他转圈，他闪开一步，让公牛面对骑在白马上的舒里托，公牛上前一步，稳住脚步，白马面对着公牛，耳朵向前伸着，嘴唇在颤抖，舒里托的帽子遮着眼睛，他俯身向前，夹在右胳膊下的长矛前后与地面形成一个锐角，三角形的钢尖对着公牛。

《先驱报》替补评论员抽着烟，眼睛看着公牛，写道："老将曼诺洛设计了一套颇受欢迎的'verónica'[1]，并以一招贝尔蒙特风格的'recorte'[2]结束，博得了老观众的喝彩，现在我们进入骑兵环节。"

舒里托骑在马上，测算着长矛钢尖与公牛之间的距离。他正看着，公牛振作起精神，眼睛紧盯着马的胸脯，冲了过来。在它低头去挑的那一瞬间，舒里托把长矛尖扎进了公牛肩上隆起的肌肉里，并把全身的重量压在枪杆上，他左手一拉，白马腾空而起，前蹄在

1 西班牙语，剑刺手的一个招式。剑手或面对公牛，或侧身，左脚稍上前，双手抓红披风伸向公牛，公牛放低牛角来挑红布时，剑手放低两臂，缓缓地将红披风往公牛攻击的前方移动，然后红披风就从公牛的头上扫过去，而公牛的身体则从剑手的腰部擦过。因为这个动作与圣女 verónica 取下头巾给主耶稣拭面很相似，故以她的名字命名。

2 西班牙语，剑刺手的一个招式。剑手从牛头前面突然拿开红布，或在牛的跟前突然转身来切断牛的冲击，让公牛急速转身，并导致牛的腿和脊柱扭曲。

空中蹬踏着，在把公牛从马下面推过去的同时，他把马往右边一带，让牛角从马肚子下面安全地通过，马落回到地面，瑟瑟发抖，公牛向埃尔南德斯逗引它的披风冲去时，尾巴扫到了马的胸脯。

埃尔南德斯向一旁跑去，用披风把公牛引向另一名长矛手。他挥舞了一下披风，把公牛定在了那里，正好面对那匹马和骑在马上的人，他自己则退回几步。公牛看见马后，朝它冲了过去。长矛手的长矛在牛背上滑过，公牛的冲击把马惊跳起来时，长矛手的半边身体已从马鞍里跌了出去，他发现没有扎中公牛，便抬起右腿，从左边跌下马去，让马隔在他和公牛中间。马被公牛挑起、顶撞，倒地时牛角捅进了它的身体，长矛手用穿着靴子的脚把马蹬开，脱出身子，等着别人把他搀起来扶下场。

曼纽尔任由公牛去抵倒在地上的马，他不着急，长矛手没有危险，此外，让这样的长矛手担点心有好处，下次他会坚持得久一点。糟糕透顶的长矛手！他看着沙场对面的舒里托，他在离围栏不远的地方，座下的马笔直地立在那里，等待着。

“嘿！”他朝公牛大喊一声，“来吧！”双手举着披风以招引公牛。公牛丢开马，朝着披风冲过来。曼纽尔侧身奔跑着，高举展开的披风；接着，他停下脚步，转动脚后跟，让公牛跟着急转身，正好面对舒里托。

“坎帕尼奥洛被长矛刺中两次，代价是一匹衰老的马，埃尔南德斯和曼诺洛用披风引开了它，”《先驱报》评论员写道，“它抵撞马镫子，明确表示自己不是马的爱好者。老将舒里托重现了他的长矛技巧，显然有些运气的成分——”

“好！好！”坐在他边上的那个人在大声喊叫。他的叫喊声被人群的呼喊声淹没了，他使劲拍了一下评论员的后背。评论员抬头看见了舒里托，就在他正下方，他从马上探出身子，腋下的长矛与地面成一锐角，他几乎只握着长枪杆的顶端，用身体的重量往下压，不让公牛接近，公牛又推又抵，想接近白马，而舒里托，隔着一大段距离，从公牛的上方抵住它，抵住它，并借着这股力量慢慢把马转了个方向，让马的身边空出一块地方来。舒里托觉得马身边的空地足以让公牛通过了，就松开了对公牛的死锁，公牛挣脱出来去找埃尔南德斯在它鼻头前挥舞的披风时，三角形的钢矛尖撕开了它肩膀上的肌肉。公牛盲目地一头扎进披风，小伙子把公牛引到了开阔的场地上。

舒里托轻轻拍了拍座下的马，看着明亮灯光下的公牛，它在观众的叫喊声中朝着埃尔南德斯舞动的披风冲去。

“看见那头牛了吧？”他对曼纽尔说。

“是个奇物。”曼纽尔说。

“我刚才扎中它了，”舒里托说，“看它现在的样子。”

一个贴近公牛的披风急转动作结束后，公牛脚底一滑跪了下来。它立刻站了起来，不过沙场另一头的曼纽尔和舒里托看见了涌出的血的光泽，在公牛黑色肩膀的衬托下显得很平滑。

“我刚才扎中它了。“舒里托说。

“是头好牛。”曼纽尔说。

“要是再让我扎一枪，它就被我干掉了。”舒里托说。

“那样他们会换掉我们这一场。”曼纽尔说。

“瞧它现在的样子。”舒里托说。

“我得去那边了。”曼纽尔说着朝场地的另一边跑去，几个长矛手的帮手正拉着一匹马的缰绳，把它往公牛那里拉，他们排成一排，用棍子和其他东西抽打马腿，想把它赶到公牛跟前。公牛站在那里，低着头，蹄子刨着地面，还下不了往前冲的决心。

舒里托骑在马上，让马往那边走去，他绷着脸，什么细节都不放过。

最终公牛发起了冲锋，牵马的人朝围栏逃去，长矛手扎得太靠后，公牛冲到马肚子下面，把马挑了起来，甩到自己的背上。

舒里托在观察。穿着红衬衫的杂役跑出来，把长矛手拖出危险地带。长矛手站了起来，一边咒骂一边活动自己的胳膊。曼纽尔和埃尔南德斯拿着披风等候着。那头公牛，那头巨大的黑公牛，背上背着一匹马，四蹄悬荡，马的缰绳缠住了牛角。黑公牛背着一匹马，短腿摇摇晃晃，随后它弓起脖子，又是猛冲又是蹦跳，想把马从背上甩下来，马从牛背上滑了下来。公牛朝曼纽尔展开的披风冲了过去。

这时曼纽尔觉得公牛的速度慢下来了。它流了很多血。身体侧面有一道血的光泽。

曼纽尔再次向公牛展示披风。它过来了，眼睛可怕地睁着，盯着披风。曼纽尔侧向一边，举起双臂，在牛头前绷紧披风，完成了一个 verónica。

现在他正面对着公牛。是的，它的头低下了一点。它的头垂得更低了。是舒里托的功劳。

曼纽尔前后翻转着披风，公牛冲过来了，他往一旁跨了一步，挥舞着披风，又做了一个 verónica。它冲得很准啊，他想。它缠斗的时间够长了，所以现在它在观察。它在寻找猎物。它瞄上我了。不过我只给它披风。

他朝公牛抖动披风，它冲过来了，他往一旁跨了一步。这次近得可怕。我可不想离它太近了。

披风的边被血沾湿了，公牛冲过去的时候，披风扫过了公牛的后背。

好吧，最后一次。

曼纽尔面对着公牛，公牛每次冲过来他都跟着转身，他双手举着披风挑逗它。公牛看着他。眼睛注视着，牛角笔直向前，公牛看着他，观察着。

“嘿！”曼纽尔说，“公牛！”他身体后仰，披风向前挥舞。公牛冲过来了。他往旁边跨了一步，在身后舞动着披风，同时转动脚后跟，让公牛跟着旋转的披风跑。随后公牛的力气用完了，被这一招定在了原地，被披风控制了。曼纽尔在公牛的鼻头底下单手挥动披风，显示它已经被定在那里了，便走开了。

没有人喝彩。

曼纽尔穿过沙场朝围栏走去，舒里托骑着马来到场地上。刚才曼纽尔与公牛缠斗的时候，已经吹过喇叭，表明将进入插短标枪环节。他没有注意到。杂役用帆布把两匹死马盖住，并在它们周围撒上木屑。

曼纽尔来到围栏边上喝水。雷塔纳的手下递给他一个沉甸甸的还在往外滴水的水罐。

高个子的吉卜赛人富恩特斯拿着一对短标枪站在那儿，他把标枪并在一起拿着，红色的枪杆细细的，鱼钩一样的枪尖露在外面。他看着曼纽尔。

“上去吧。”曼纽尔说。

吉卜赛人快步跑上场。曼纽尔放下水罐，观望着。他用手帕擦了擦脸。

《先驱报》评论员伸手去拿脚下放着的那瓶温热的香槟酒，喝了一口，结束了那段文章。

“——上了年纪的曼诺洛一套不太雅观的披风动作配合长矛手的扎刺没有赢得喝彩，我们进入打桩环节。”

公牛孤零零地站在场子中央，还愣在那里。高挑、脊背挺直的富恩特斯傲慢地走向公牛，他展开双臂，一手一根细细的红杆子，用手指头捏住，直指公牛。富恩特斯朝前走着，他后面的一侧跟着一个拿着披风的杂役。公牛看着他，不再发愣了。

现在公牛的眼睛盯着富恩特斯，仍然静静地站着。富恩特斯身体后仰，召唤着公牛。他转动手里的两根短标枪，钢尖上的亮光引起了公牛的注意。

它竖起尾巴冲了过来。

公牛的眼睛盯着前面的人，径直冲了过来。富恩特斯脚下一动不动，身体后仰，标枪尖指向前方。公牛低头挑他时，富恩特斯向后弓身，手臂并拢举起，两只手碰在了一起，标枪像两根下垂的红线，然后身体向前一倾，枪尖一下子扎进了公牛的肩膀，前倾的身体越过公牛的角，他借助两根直立的枪杆转动身体，同时并拢双腿，身体屈向一侧让公牛通过。

“好！”观众在喝彩。

公牛用角疯狂地挑着，像条鳟鱼似的跳跃着，四蹄离地。红色的标枪杆随着它的跳跃晃动不已。

曼纽尔站在围栏边，注意到公牛总是往右边看。

“告诉他把下一对标枪插在右边。”他对跑去给富恩特斯送新标枪的小伙子说。

一只沉重的手落在了他的肩上。是舒里托。

“年轻人，你怎么样？”他问。

曼纽尔在观察公牛。

舒里托俯身靠在围栏上，用手臂支撑着身体。曼纽尔朝他转过头来。

“你干得很不错。”舒里托说。

曼纽尔摇摇头。下个环节之前他没什么好做的。吉卜赛人的标枪扎得非常好。下个环节公牛面对他时状况会很好。它是一头优秀的公牛。到目前为止，一切进展得都很顺利。他唯一需要操心的是最后用剑刺杀的部分。他并不真的担心。他甚至都没在想这件事。不过站在那儿，他有一种深深的焦虑。他看着公牛，计划着自己的劈刺[1]，怎样用穆莱塔[2]削弱公牛的威力，让它易于驾驭。

吉卜赛人再次出场，他像一个芭蕾舞演员，迈着侮辱性的竞走脚步朝公牛走去，标枪的红杆随着他的步伐抖动。公牛注视着他，不再发愣了，它准备对他展开猎捕，但在等着他靠得足够近，这样就确保能够逮住他，把角抵进他的身体。

富恩特斯正朝前走着，公牛冲了过来。公牛冲过来时，富恩特斯斜着穿过四分之一场地，公牛从他身边经过时，正倒着往前跑的富恩特斯突然停住脚步，身体向前一转，踮起脚尖，手臂笔直地伸向前方，在公牛挑落空的那一瞬间，把短标枪笔直地扎进了公牛巨大结实的肩胛肌里。

这一幕让观众疯狂了。

“那个小伙子不会在夜场待太久的。”雷塔纳的手下对舒里托说。

“他很棒。”舒里托说。

“注意看。”

他们观看着。

富恩特斯背靠围栏站着。他身后有两个帮手，随时准备把披风在挡板上抖开，来分散公牛的注意力。

公牛伸着舌头，身体一起一伏，眼睛观察着吉卜赛人。它觉得这次他跑不了了，他的后背已经抵在红挡板上了，离它只有一小段

---

1 斗牛士在杀死公牛前一连串炫技的劈杀动作。

2 西班牙语（Muleta），剑手用来保护自己，使公牛疲劳并调整公牛的头和四脚位置的工具，由一块固定在一根带铁尖的木棍上的心形红色绒布构成。

距离。公牛看着他。

吉卜赛人身体后仰，手臂向后收，标枪直指公牛。他朝公牛喊了一声，跺了跺一只脚。公牛起了疑心。它要干掉这个人。肩膀上不能再被插上倒钩了。

富恩特斯朝公牛走近了一点，身体向后仰，又喊了一声。观众中有人在大声警告。

“他离得太他妈近了。”舒里托说。

“看好了。”雷塔纳的手下说。

富恩特斯身体后仰，用手里的标枪挑逗着公牛，他一跃而起，双脚离开了地面。他跃起时，公牛竖着尾巴冲了过来。富恩特斯脚尖着地落回地面，手臂平伸，身体向前弓起，转身躲开公牛右角的同时，把两根短枪直插下去。

围栏上翻动的披风吸引了公牛的眼睛，它一头扎进围栏，丢掉了自己盯着的人。

吉卜赛人沿着围栏朝曼纽尔跑去，接受着观众的喝彩。他背心上有一处没能躲开牛角尖，被撕破了。他为此感到很兴奋，忙不迭地指给观众看。他绕场跑了一圈。舒里托看见他经过，微笑着指着自己的背心。他也笑了。

另外一个人把最后一对短标枪扎到牛背上。没人注意他。

雷塔纳的手下把一根短棍塞进一块用作穆莱塔的红布里，把布卷在棍子上，越过围栏递给曼纽尔。他又从皮革剑盒里拿出一把剑，握住皮剑鞘，从挡板上方递给曼纽尔。曼纽尔握住剑柄把剑抽出来，剑鞘软塌塌地落到地上。

他看着舒里托。大块头看见他在冒汗。

“去干掉它，年轻人。”舒里托说。

曼纽尔点点头。

“它的状况很好。”舒里托说。

“就像你希望的那样。”雷塔纳的手下让他放心。

曼纽尔点点头。

观众席上方的顶篷下面响起了最后一幕的喇叭声，曼纽尔穿过场地，朝观众席上方黑暗处的包厢走去，斗牛表演总主持肯定就坐在那里。

前排座位上，《先驱报》替补斗牛评论员喝了一大口温热的香槟。他觉得不值得去写一篇随记，准备回办公室后再完成这篇斗牛报道。这算得上什么？一个夜场而已。即使错过了什么，也能从早报上找到要写的东西。他又喝了一口香槟。十二点他在马克西姆饭店还有个约会。这些斗牛士都是些什么人？小毛孩和废物。一群废物。他把便笺簿放进口袋，朝曼纽尔望去，曼纽尔正孤零零地站在场上，挥动他的帽子向黑黢黢的观众席上方一个他看不见的包厢行礼。公牛安静地站在场上，什么都不看。

“我把这头牛献给您，总主持先生，还有马德里的公众，世界上最智慧最慷慨的观众。”这是曼纽尔在说的话。那是一套行话。他全说了。这套行话用在夜场有点太长了。

他朝暗处鞠了个躬，直起身体，把帽子抛向身后，然后左手拿着穆莱塔，右手握剑，朝公牛走去。

曼纽尔朝着公牛走去。公牛看着他，眼光敏锐。曼纽尔注意到挂在它左肩上的标枪，还有舒里托扎出的伤口里流出的血的光泽。他注意着公牛脚的姿态。他左手拿着穆莱塔，右手握剑朝公牛走去时，一直在看着公牛的脚。公牛在把脚收拢之前是没法往前冲的。现在它四蹄分开，呆滞地站立着。

曼纽尔朝公牛走去，看着它的脚。没问题。他能干掉它。他得设法让公牛把头低下来，这样他就可以越过牛角刺杀它。他没有去想剑，没有去想刺死公牛。他每次只考虑一件事情。不过即将来临的事却让他感到窒息。他往前走着，眼睛看着公牛的脚，依次看到它的眼睛，潮湿的鼻头和分得很开、尖儿朝前的牛角。公牛的眼睛有一轮淡淡的眼圈。公牛的眼睛看着曼纽尔，觉得自己马上就能干掉这个脸发白的小玩意儿。

曼纽尔站住脚，用剑把穆莱塔展开，剑头插进红布里，用握在左手里的剑把红色的法兰绒展成小船艏三角帆的形状。曼纽尔注意到牛的两个角尖，有一个由于撞击围栏而裂开了，另一个则像豪猪的刺一样锋利。展开穆莱塔时，曼纽尔还看到牛角白色的根部被染红了。他注意看这些东西的时候，眼睛并没有离开公牛的脚。公牛目不转睛地看着曼纽尔。

现在公牛在采取守势，曼纽尔想。它在保存实力。我必须让它脱离目前的状况，让它把头低下来。让它一直低着头。舒里托曾让它的头低下了一次，但它又抬起来了。要是让它跑动起来它就会流血，这会让它低下头的。

他手拿穆莱塔，用左手的剑把它在公牛前面展开，朝公牛喊了一声。

公牛看着他。

他侮辱性地向后仰身，晃动着展开的法兰绒。

公牛看见了穆莱塔。弧光灯下，它的颜色鲜红。公牛收紧了腿。

公牛冲过来了。呼的一声！它冲过来时曼纽尔转了个身，高举穆莱塔，让牛角从它下面通过，穆莱塔从头到尾划过牛背。公牛的这一冲击让它腾空了。曼纽尔没有动。

这一回合结束后，公牛像在墙角转身的猫一样转过身来，面对着曼纽尔。

公牛又开始进攻了。它的滞重不见了。曼纽尔注意到鲜血顺着它黑色的肩膀亮闪闪地往下流，一直流到了腿上。他把剑从穆莱塔里抽出来，握在右手里，左手拿着的穆莱塔放得低低的，他身体向左偏，召唤了一声公牛。公牛收紧腿，眼睛盯着穆莱塔。它要开始了，曼纽尔想。来吧！

他随着冲过来的公牛转身，穆莱塔在公牛面前扫过，他站稳脚步，剑头跟随着穆莱塔画出的曲线，弧光灯下的一个亮点。

他刚完成一招“natural”[1]，公牛就再次冲了过来，曼纽尔举起穆莱塔，来了一招“pase de pecho”[2]。他稳稳地站住，公牛从举起的穆莱塔下方擦着他的胸脯冲了过去。曼纽尔把头往后仰，避开咔咔作响的标枪杆。公牛从他身边经过时，发烫的黑身体擦到了他的胸膛。

太他妈近了，曼纽尔想。伏在围栏上的舒里托对吉卜赛人飞快地说了句什么，后者拿着一件披风朝曼纽尔快步跑去。舒里托拉低帽子，从场地的另一边看着曼纽尔。

曼纽尔再次面对公牛，拿着穆莱塔的手放得很低，靠在左边，公牛看着穆莱塔时低下了头。

“要是贝尔蒙特来上这么一手，他们准会疯狂的。”雷塔纳的手下说。

舒里托没有说话。他正看着场地中央的曼纽尔。

“老板从哪儿找来这么个家伙？”雷塔纳的手下问。

“从医院里。”舒里托说。

---

1 西班牙语，剑刺手的一种招式。剑手左手放低穆莱塔，从正面挑引公牛。这时右腿向前朝着公牛，左手握住穆莱塔铁棒的中央，左臂伸直，红布在人面前微微抖动以挑动公牛。随着公牛的进攻并接近穆莱塔，斗牛士随公牛而转身，一臂伸直，并在公牛面前慢慢移动穆莱塔，让公牛绕着人转四分之一圈；这一招式结束时借用手腕上抬的力量，抖动红布，使公牛就位，准备做下一个动作。

2 西班牙语，剑刺手的一种招式。在 natural 招式结束时，左手拿穆莱塔完成的动作。此时，公牛已经掉过头来，准备再次进攻，剑手把它引向自己胸前，然后借穆莱塔的向前一挥，擦着自己的胸脯把公牛送出去。这一招式应该是一连串 natural 招式的收尾。

“那是他马上要去的地方。”雷塔纳的手下说。

舒里托转向他。

“敲敲那个。”[1] 他指着围栏说。

“我只是开个玩笑，老兄。”雷塔纳的手下说。

“敲敲木头。”

雷塔纳的手下俯身在围栏上敲了三下。

“看刺杀吧。”舒里托说。

场地中央，灯光下的曼纽尔面对公牛跪了下来，当他用双手把穆莱塔举起来时，公牛发起了冲锋，尾巴竖立着。

曼纽尔一转身躲开了，当公牛再次发起冲击时，他把穆莱塔绕着自己转了半圈，这一招让公牛跪倒在地上。

“哇，那个家伙是个很了不起的斗牛士。”雷塔纳的手下说。

“他不是。”舒里托说。

曼纽尔站了起来，左手拿着穆莱塔，右手握剑，接受着来自黑黢黢的观众席上的喝彩声。

公牛已经弓着身子站了起来，它耷拉着脑袋，站在那儿等着。

舒里托对斗牛队的另外两个小伙子说了些什么，他们拿着披风跑出去，站在了曼纽尔的身后。现在他的身后有四个人。自从他拿着穆莱塔上场，埃尔南德斯就一直跟着他。富恩特斯站着观望，他的披风紧贴着身体，高挑、镇静，懒洋洋地看着。现在这两个人也上场了。埃尔南德斯示意他们一边站一个。曼纽尔面对着公牛，独自站在那里。

曼纽尔挥手让拿披风的人后退。他们小心翼翼地往后退，看见他脸色发白直冒汗。

---

1 西方的一种迷信，说了不吉利的话后要敲敲木头避晦气。

难道他们就不知道应该往后站吗？难道他们想要公牛在被定住、可以刺杀了的时候再被披风吸引开吗？没这些事儿都已经够让他操心的了。

公牛站着，四蹄分开，眼睛看着穆莱塔，曼纽尔用左手收拢穆莱塔。公牛看着他的一举一动，四条腿支撑着沉重的身体，低着头，但并不太低。

曼纽尔朝它举起穆莱塔。公牛没有动，只是用眼睛观察着。

它像是铅铸的，曼纽尔想。它很魁梧。它体格匀称。它会接受挑战的。

他用斗牛的术语思考着。有时候他有个想法，但如果那句特别的“行话”没出现在他脑子里，他就无法实现这个想法。他的直觉和知识在自动地起作用，而他的脑子则转得很慢，且需要借助文字的帮助。对于公牛他可以说是无所不知。他不必去想什么，只要去做该做的事情就可以了。他的眼睛注意到某个东西，但他不用想，身体就会做出必要的反应；如果想的话，他早就完蛋了。

此刻，面对公牛，他同时意识到好几件事情。首先是牛角，一只裂开了，另一只锋利光滑，需要侧身对着公牛的左角，直接快速地扑上去，把穆莱塔放低，让公牛跟随它，然后探身越过牛角，把剑从公牛脖子后面耸起的肩胛之间不过五比塞塔硬币大的地方一扎到底。他必须完成所有这些动作，然后从牛角之间脱身。他意识到自己必须做好所有这一切，但是他唯一用文字表现出来的想法是：“corto y derecho。”[1]

“Corto y derecho。”他心里想着，收拢穆莱塔。Corto y derecho。快速准确，他从穆莱塔里抽出剑，侧身对着公牛裂开的左角，让穆

1 西班牙语，“快速、准确”的意思。

莱塔划过身体落下，这样就和他与眼睛齐平的握剑的右手形成一个十字，然后踮起脚尖，沿着下垂的剑刃瞄准公牛肩膀中间隆起的那个点。

他扑向公牛，corto y derecho。

一个剧烈的震荡，他感到自己腾空了。他在跃起越过公牛时把手中的剑往下扎，剑从他手里飞了出去。他摔倒在地上，公牛在他的上方。躺在地上的曼纽尔用穿着便鞋的双脚踢着公牛的鼻头。踢呀，踢呀，公牛缠着他，兴奋得总是瞄不准他，用头去抵他，牛角抵进了沙地。曼纽尔像一个不让皮球落地的人那样踢着，让公牛无法直接抵到他。

曼纽尔的背上感到一阵披风掀起的风，公牛跑开了，从他的身上一跃而过。牛的肚子从他上方经过时，眼前一片黑暗。公牛甚至都没有踩到他。

曼纽尔站起来，捡起穆莱塔，富恩特斯把剑递给他。剑碰到了牛的肩胛骨，折弯了。曼纽尔把它在膝盖上扳直，然后朝站在一匹死马边上的公牛跑去。奔跑过程中，他短上衣腋下被牛角撕破的地方一扇一扇的。

“把它从那儿引开。”曼纽尔朝吉卜赛人大声喊道。公牛闻到了死马的血腥味，用角戳穿了盖马的帆布。它朝富恩特斯的披风冲了过去，帆布挂在那只裂开的角上，观众中爆发出大笑声。它跑回场上，晃着脑袋想把帆布甩掉。埃尔南德斯从它背后跑上来，抓住帆布的一角，干净利落地把它从牛角上扯了下来。

公牛追着帆布跑着，跑到一半停了下来。它又采取守势了。曼纽尔拿着穆莱塔和剑朝它走去。曼纽尔在公牛面前挥舞着穆莱塔，公牛就是不肯往前冲。

曼纽尔侧身对着公牛，沿着剑锋瞄准公牛。公牛一动不动，像是站在那儿死掉了，再也不能往前冲了。

曼纽尔踮起脚尖，顺着钢剑瞄准，朝公牛冲了过去。

又是一次剧烈的震荡，他觉得自己被猛地推了回来，重重地摔倒在沙地上。这次连踢的机会都没有。公牛就在他的上方。曼纽尔用胳膊抱住头，像死人一样躺在地上，公牛在抵他，抵他的后背，抵他埋在沙子里的脸。他感觉到牛角戳进了他交叉着的双臂之间的沙子里。公牛在撞他的腰。他的脸直往沙子里埋。牛角穿过他的一只袖子，把袖子扯了下来。曼纽尔被公牛挑起来甩了出去，公牛追着披风跑开了。

曼纽尔站起来，找到剑和穆莱塔，用拇指试了试剑尖，然后跑到围栏那里换一把新剑。

雷塔纳的手下从围栏上边把剑递给他。

“擦擦脸。”他说。

曼纽尔再次跑向公牛，用手帕擦了擦满是血污的脸。他一直没有看见舒里托。舒里托跑到哪里去了？

斗牛队的其他成员已经离开公牛，手拿披风等在那里。公牛站住了，一场激战之后，它又变得迟钝呆滞了。

曼纽尔拿着穆莱塔朝公牛走去。他停下来，晃了晃手里的穆莱塔。公牛没有反应。他把穆莱塔在公牛的鼻头前面从左甩到右，又从右甩到左。公牛看着穆莱塔，眼睛跟着它转动，但不愿意冲。它在等曼纽尔。

曼纽尔有点着急了。除了上前没有别的办法了。Corto y derecho。他侧身靠近公牛，把穆莱塔从身前划过，冲了上去。他在把剑往里推的时候，身体往左猛地一闪，避开了牛角。公牛从他身边冲了过去，剑飞向空中，在弧光灯下闪闪发光，红色剑柄朝下扎在了沙地上。

曼纽尔跑过去，捡起剑。剑折弯了，他用膝盖把它扳直了。

他朝又愣在那儿的公牛跑去时，从拿着披风站立的埃尔南德斯身旁经过。

“它全身都是骨头。”小伙子鼓励他说。

曼纽尔点点头，擦了一把脸，把沾了血污的手帕放进口袋。

公牛就在那儿。它现在离围栏很近。该死的东西。也许它真的全身都是骨头。也许根本就没有剑能插进去的地方。管他有没有！他会让他们开开眼的。

他试着挥舞了一下穆莱塔，公牛没有动。曼纽尔像砍柴一样，把穆莱塔在公牛面前前后挥动。没有用。

他收拢穆莱塔，抽出剑，侧身朝公牛扎下去。在把剑往里推，并把身体的重量压上去的时候，他感到剑弯了一下，随后高高地飞了出去，旋转着飞向观众席。剑飞出去的同时，曼纽尔猛地跳到了一边。

黑暗中扔下来的第一批坐垫没有打中他。接下来有一个击中了他的脸，他沾着血迹的脸对着观众席。坐垫飞快地扔下来，散落在沙地上。有人从离得很近的地方扔过来一个空香槟酒瓶。打在了曼纽尔的脚上。他站在那儿，看着东西扔出来的暗处。随后空中嗖的一声飞来一样东西，从他身边擦过。曼纽尔俯身捡起它。是他的剑。他用膝盖把剑扳直后，举着它朝观众席挥了挥。

“谢谢，”他说，“谢谢。”

呸，这群卑鄙的杂种！卑鄙的杂种，呸，可恶卑鄙的杂种！他在跑动中被一个坐垫绊了一下。

公牛还在那里。和以前一样。好吧，你这个卑鄙可恶的杂种！

曼纽尔在公牛黑色的鼻头前挥舞着穆莱塔。

没有用。

你不动！好吧。他上前一步，把穆莱塔的杆尖塞进公牛潮湿的鼻孔里。

往回跳的时候他被一个坐垫绊倒了，公牛扑到了他身上，他感到牛角从侧面捅进了他的身体。他用两只手抓住牛角，被牛拖着倒着往前跑，死死抓住那个地方不放手。公牛把他甩了出去，他脱身了。他一动不动地躺着。没事了。公牛跑开了。

他站起来，咳嗽，感觉身体像是散了架一样。这群卑鄙的狗杂种！

“把剑给我，”他大声喊道，“把那个东西给我。”

富恩特斯拿着穆莱塔和剑跑了过来。

埃尔南德斯用胳膊搂住他。

“去医务室吧，伙计，”他说，“别犯傻了。”

“走开，”曼纽尔说，“他妈的给我走开！”

他挣脱身子。埃尔南德斯耸了耸肩。曼纽尔朝公牛冲去。

公牛站在那里，显得很沉，像生了根一样。

好吧，你这个狗杂种！曼纽尔从穆莱塔里抽剑的同时瞄准公牛，朝公牛飞扑过去。他感到整把剑全部扎进了牛的身体。一直扎到了剑的护圈那里。拇指和四根手指也插进了牛的身体。手指关节上的牛血热乎乎的，他伏在了公牛的身上。

公牛带着伏在背上的他向前一倾，似乎就要倒下了，接着他脱离了公牛，站住了。他看着公牛慢慢倒向一边，然后突然就四脚朝天了。

他向观众挥手致意，他的手被公牛的血弄得热乎乎的。

这下可以了吧，你们这些狗杂种！他想说点什么，但咳了起来。胸口发热，有点喘不过气来。他低头去找穆莱塔。他得过去向总主持致敬。让总主持见鬼去吧！他坐了下来，眼睛看着什么。是公牛。它四脚朝天。厚厚的舌头拖在外面。它肚子那里和腿下面有东西在蠕动，在汗毛稀疏的地方蠕动。死牛。让这头牛见鬼去吧！让他们都见鬼去吧！他挣扎着站起来，又咳嗽起来。他又坐下来，咳嗽。有人过来把他搀起来。

他们抬着他穿过斗牛场去医务室，抬着他一路小跑穿过沙地，骡子进来的时候他们被堵在了门口，然后拐下黑黑的过道；抬他上楼梯时，有人不满地咕哝着，最后他们把他放了下来。

医生和两个穿白衣服的人在等他。他们把他放在手术台上，剪开他的衬衫。曼纽尔觉得很疲乏。他的整个胸腔都在发烫。他开始咳嗽，他们把一个东西放到他嘴巴上。每个人都在忙着。

一束灯光照进他的眼睛。他闭上了眼睛。

他听见有人迈着重重的脚步上楼。然后他听不见了。接下来他听见远处的嘈杂声。那是观众。好吧，总得有人去杀他的另一头牛吧。他们已经把他的外套全部剪开了。医生在对他微笑。雷塔纳也在。

“你好啊，雷塔纳！”曼纽尔说。他听不见自己的声音。

雷塔纳对他微笑着，说了些什么。曼纽尔听不见。

舒里托站在手术台边上，朝医生正忙活着的地方俯下身子。他还穿着长矛手的服装，没戴帽子。

舒里托对他说了句什么。曼纽尔听不见。

舒里托在和雷塔纳说话。一个穿白衣服的人笑着递给雷塔纳一把剪刀。雷塔纳把剪刀递给舒里托。舒里托对曼纽尔说了点什么。他听不见。

让手术台见鬼去吧。在此之前他上过很多手术台。他不会死。如果他快要死了，会有神父在场的。

舒里托手里拿着剪刀，对他说着什么。

完了。他们要剪掉他的辫子。他们要剪掉他的小辫子。

曼纽尔从手术台上坐了起来。医生往后退了一步，有点生气。有人上前抓住他，扶住他。

“你不能这么干，铁手。”他说。

他突然听见了舒里托的声音，很清楚。

“好吧，”舒里托说，“我不剪。我在开玩笑。”

“我干得很漂亮。”曼纽尔说，“我只是运气不好罢了。”

曼纽尔躺了下来。他们在他脸上放了个东西。很熟悉的东西。他深深地吸气。他感到很疲乏。他非常、非常的疲乏。他们把那样东西从他脸上拿开了。

“我干得很漂亮，”曼纽尔有气无力地说，“我干得非常漂亮。”

雷塔纳看了一眼舒里托，朝门口走去。

“我在这里陪他。”舒里托说。

雷塔纳耸了耸肩。

曼纽尔睁开眼睛，看着舒里托。

“难道我干得不漂亮吗，铁手？”他问道，寻求确认。

“那还用说，”舒里托说，“你干得太漂亮了。”

医生的助手把那个圆锥形的东西罩在曼纽尔的脸上，他深深地吸着。舒里托手足无措地站在一旁，看着。

世界之都

马德里到处都是名叫帕科的小伙子，那是弗朗西斯科这个名字的昵称。马德里有个笑话，说一个父亲来到马德里，在《自由报》私人广告栏里登了个广告："帕科周二中午蒙大拿旅馆见既往不咎爸爸。"结果应召前往的年轻人多达八百人，不得不调动一个中队的国民警卫队去驱散他们。不过这个在卢阿尔卡膳宿公寓做侍者的帕科，他没有能原谅他的父亲，也没有做过什么要让父亲原谅的事情。他有两个在卢阿尔卡做清洁工的姐姐，她们的工作是一个以前在这里做清洁工的同乡介绍的。那个女孩干活卖力，为人又诚实，为她的村子和村里的人赢得了好名声。两个姐姐给他买了来马德里的长途汽车票，还帮他找了一份侍者学徒的差事。他来自埃斯特雷马杜拉自治区的一个小村庄，那里落后得吓人，食物匮乏，不知道什么叫舒适，自打记事起他就在拼命地干活。

他是个壮实的小伙子，头发漆黑，稍微有点卷曲，牙齿整洁，皮肤好得让两个姐姐嫉妒，脸上总是挂着开朗的微笑。他手脚勤快，工作出色，他爱他的姐姐，她们看上去既漂亮又老于世故。他喜欢马德里，那里仍然是个令人难以置信的地方；他也喜欢自己的工作，在明亮的灯光下干活，干净的亚麻桌布，穿着晚礼服，厨房里有丰富的食物，这份工作看起来有种浪漫的瑰丽。

住在卢阿尔卡公寓并在餐厅里用餐的还有八到十二个人，但在三个侍者中最年轻的帕科眼里，真正存在的只有那几位斗牛士。

二流剑刺手之所以住在这家膳宿公寓，是因为圣赫罗尼莫街的地段好，食物可口，吃住都很便宜。斗牛士必须注重门面，即便不富裕，好歹也要体面一点，因为在西班牙，礼仪和尊严排在勇气的前面，是最珍贵的品德，不花光身上最后一个比塞塔，这些斗牛士是不会离开卢阿尔卡的。没有斗牛士在离开卢阿尔卡后住进更好更贵的旅馆的记录，二流斗牛士永远不可能变成一流。但是要从卢阿尔卡潦倒下去却非常迅速，因为无论是谁，哪怕你挣不到一分钱，都可以在这里住着，客人不问，就绝对不会收到账单，除非经营这个地方的妇人确信这人没药可救了。

这段时间，卢阿尔卡住着三个正式的剑刺手，还有两个很不错的长矛手和一个特别优秀的标枪手。对于家住塞维利亚、春季赛季需要住在马德里的长矛手和标枪手来说，住在卢阿尔卡有点奢侈，不过他们的收入都很高，已被下个赛季签满合同的剑刺手雇用，这三个副手挣的钱可能比那三个剑刺手中的任何一个都多。在这三个剑刺手里，一个在生病，并且试图隐瞒自己的病情；另一个曾经是个新秀，拥有过短暂的风光；第三个则是个胆小鬼。

那个胆小鬼也曾一度英勇过人，技术出众，直到他成为正式剑刺手的首个赛季，刚开始就被牛角凶狠地挑伤了小腹，至今他还保留着走红时的许多豪爽派头。他为人热情过度，不管有没有人逗他，总是笑个没完。在他春风得意的日子里，他非常热衷于恶作剧，从中获得虚假的自信，不过现在他已经放弃了这个习惯。这个剑刺手有张智慧、坦诚的面孔，举手投足都很有范儿。

生病的那个剑刺手小心翼翼地不露出病容，桌上的每样饭菜他都仔细地吃上一小口。他有许许多多的手帕，都是他自己动手在自己房间里洗干净的。最近他一直在卖自己的斗牛服。圣诞节前卖掉一套，四月的第一周又卖掉了一套，都很便宜。这些斗牛服非常昂贵，一直保存得很好，他还剩最后一套了。生病前他是一个很有前途甚至可以说能够引起轰动的斗牛士；尽管不识字，他却还保存着一些剪报，上面说他在马德里的首秀上表现得比贝尔蒙特还要出色。他独自坐在一张小桌子跟前吃饭，很少抬头。

曾是新秀的剑刺手个子非常矮，肤色浅黑，很有派头。他也自个儿坐在一张单独的桌子跟前吃饭，脸上难得露出笑容，更不用说开怀大笑了。他来自巴利亚多利德，那里的人特别不苟言笑。他是个颇有才华的剑刺手，但是还没等到他靠自己勇敢和镇定的优点赢得公众的喜爱，他的风格就已经过时了，印有他名字的海报吸引不到观众。他的新颖之处是他生得那么矮，几乎看不到公牛鬐甲的后面。但是矮个子的斗牛士不止他一人，他始终不太对公众的胃口。

长矛手中的一个是个瘦子，长着一张鹰脸，头发花白，身材轻巧，但胳膊和腿都像钢铁一样，裤子下面总穿着一双牧牛人靴子；他每晚都喝得太多，含情脉脉地盯着公寓里随便一个女人看。另一个长矛手身材魁梧，深棕色的面孔，相貌英俊，头发像印第安人一样乌黑，有一双巨大的手。两个人都是很了不起的长矛手，尽管传闻说由于贪恋酒色，第一个长矛手的技艺已经大不如前，第二位则因为生性固执，爱争吵，跟任何剑刺手共事都超不过一个赛季。

标枪手是个中年人，头发花白，尽管上了岁数，却还像猫一样敏捷，坐在桌旁的他看上去像位还算成功的生意人。他的腿脚还很利索，应付这个赛季没有问题，用到它们的时候，他也足够聪明老到，让自己还能稳定地工作上很长一段时间。不过一旦脚下失去了速度，那就不一样了，这也是他一直害怕的事情，而此时无论场上还是场下，他都表现得镇定自若。

这天晚上，其他客人都离开了餐厅，只留下酒喝得太多了的鹰脸长矛手和一个脸上长着胎记的商人，这人在集市和西班牙节庆日拍卖手表，这会儿也喝多了；还有两位来自加利西亚[1]的教士，坐在角落一张桌前，他们没喝醉，但也够多了。那时候的卢阿尔卡，葡萄酒是包含在膳宿费里的，侍者刚拿来几瓶没开瓶的巴尔德佩尼亚斯红葡萄酒，先送到拍卖商的桌上，然后是长矛手，最后是两位教士。

三个侍者站在房间的一头。这里的规矩是要等他们服务的桌子的客人走光了，他们才能下班，可是服务两个教士那张桌子的侍者要去参加一个无政府工团主义者的集会，帕科答应帮他照看那张桌子。

楼上，生病的剑刺手正独自趴在自己的床上。不再是新秀的剑刺手坐在房间里看着窗外，打算一会儿出门去咖啡馆。胆小的剑刺手把帕科的一个姐姐弄进了他的房间，想让她做一件她正笑嘻嘻地拒绝的事情。这个剑刺手嘴里说着："来吧，小野兽。"

"不行，"那个姐姐说，"我干吗要来？"

"就算行行好吧。"

"你吃饱了，现在想用我来当甜点。"

"就一次。又有什么害处？"

"别碰我。别碰我，我告诉你。"

"小事一件啦。"

"别碰我，我告诉你。"

楼下餐厅里，个子最高的侍者开会要迟到了，他说："瞧这帮黑猪喝酒的样子。"

---

1 西班牙西北部一沿海省份。

“不要这样说话。”第二位侍者说，“他们都是体面的客人。他们也没喝太多。”

“我觉得这么说话很好啊，”高个子侍者说，“西班牙有两种祸害，公牛和教士。”

“肯定不是某头公牛和某个教士。”第二个侍者说。

“是，”高个子侍者说，“只有通过个体才能打击阶层。必须消灭单个的公牛和单个的教士。统统消灭掉。那样就一个不剩了。”

“留到会上说吧。”另一个侍者说。

“瞧瞧马德里的恶俗吧，”高个子侍者说，“已经十一点半了，还在大吃大喝。”

“他们十点才开始吃饭，”另一个侍者说，“你也知道菜很多，酒也不贵，而且他们已经付了钱。酒也不烈。”

“有你这样的傻瓜，工人怎么能够团结起来？”高个子侍者问道。

“你瞧，”第二个侍者说，他的年纪在五十上下，“我一辈子都在干活。剩下的日子里也必须干活。我对干活没啥好抱怨的。干活很正常。”

“是呀，但是缺活干是会要人命的。”

“我一直有活干，”年长的侍者说，“去开会吧。不用留在这儿了。”

“你是一个好同志，”高个子侍者说，“但你缺少思想。”

“Mejor si me falta eso que el otro。”年长的侍者说（意思是总比缺活干要强吧），“去开会吧。”

帕科一直没说话。他还不懂政治，但是每次听到高个子侍者说起消灭教士和国民警卫队的必要性时，他都会激动。高个子侍者在他眼里代表着革命，而革命也很浪漫。他自己则希望能做一个好天主教徒，一个革命党人，有份像这样的稳定工作，与此同时，成为一名斗牛士。

“去开会吧，伊格纳西奥，”他说，“我会照应你的工作的。”

“我们俩一起照应。”年长的侍者说。

“都不够一个人忙的，”帕科说，“去开会吧。”

“Pues, me voy，[1]”高个子侍者说，“谢谢了。”

与此同时，楼上，帕科的姐姐像摔跤手解脱对手缠抱那样，熟练地摆脱了那个剑刺手的拥抱，这时她火了，她说：“饿鬼才这样。失败的斗牛士。你这胆小如鼠的家伙。你要有这么多勇气，用到斗牛场上去呀。”

“婊子才这么说话。”

“婊子也是女人，不过我不是婊子。”

“你会变成婊子的。”

“但不是从你手上。”

“离开我。”剑刺手说。此刻，由于遭到了拒绝，他感到自己的怯弱又裸露无遗了。

“离开你？还有什么东西没离开你吗？”那个姐姐说，“你不想让我铺床了？这是我分内的事。”

“离开我。”剑刺手说，他英俊的宽脸扭曲得变了形，像是在哭一样，“婊子。肮脏的小婊子。”

“剑刺手。”她说着带上了房门，“我的剑刺手。”

房间里，剑刺手坐回到床上。他的脸仍然扭曲成一团，斗牛场上，他把这种扭曲转变成一种持久不变的笑容，这样的笑容吓坏了那些前排座位上的观众，他们知道是怎么回事。“怎么会这样！”他大声说道，“怎么会这样！”

---

1 西班牙语，意思是“那好吧，我先走了”。

他还记得自己状态良好的时候，也就三年前吧。他还记得那个五月炎热的下午，记得镶嵌着金丝的斗牛服压在他肩膀上的重量，那时他在斗牛场上的声音还和他在咖啡馆里的声音一样；还记得自己上前刺杀时，怎样顺着下垂的剑锋瞄准公牛肩膀顶端那坨毛发很短、覆盖着灰尘的黑乎乎的肌肉，就在宽阔的、可以撞倒木栏、尖端裂开的牛角的上方，还记得剑像扎进一坨黏稠的黄油里一样，很容易就扎了进去，他的手掌推动着剑柄端的圆球，左臂低低划过，左肩向前，身体的重量落在了左腿上，然后重量又不在腿上了。重量落在了他的小肚子上，公牛抬起头来时，牛角不见了，戳进了他的身体；等到别人把他拉下来，他已经在牛角上转了两转。所以现在当他难得有机会动手刺杀时，他不能去看公牛的角，一个婊子怎么知道刺杀之前他内心的挣扎？她们又有什么资格来嘲笑他？她们都是婊子，知道自己做婊子能干出什么。

楼下餐厅里，坐着的长矛手打量着那两名教士。要是房间里有女人，他会去盯着她们，如果没有女人，他会带着找乐子的心情盯着某个外国人，un inglés[1]，不过此刻这里既没有女人也没有陌生人，于是他就自得其乐、傲慢张狂地盯着那两名教士。在他看他们的那会儿，脸上有胎记的拍卖商站起身来，叠起餐巾走了出去，把大半瓶葡萄酒留在了桌上。如果他在卢阿尔卡的账已经结清，他准会把剩下的酒喝完的。

两名教士没有回盯那个长矛手。其中一个说：“我在这里等着见他已经十天了，我在接待室一坐就是一天，但他就是不肯接见我。”

“有什么办法吗？”

“没什么办法。你能做什么？你又不能反抗当局。”

---

1 西班牙语，意思是“一个英国人”。

“我已经在这里待了两个星期了，什么都没干成。我在等，但他们不肯见我。”

“我们来自被废弃的乡村。等钱花光了我们就可以回去了。”

“为被废弃的乡村干杯。马德里干吗要关心加利西亚？我们是个穷省。”

“这下能理解我们的兄弟巴西里奥[1]了。”

“我还是对巴西里奥·阿尔瓦雷斯的廉正没信心。”

“马德里是学习理解的地方。马德里杀死了西班牙。”

“哪怕接见一下再拒绝也好。”

“不会。要让你等到身无分文，精疲力竭。”

“好吧，我们走着瞧吧。我可以像别人那样等下去的。”

这时长矛手站起身来，走到教士的桌子跟前站定。他头发花白，绷着鹰脸，盯着他们看着，露出了微笑。

“A torero[2]。”一个教士对另一个说。

“而且是个出色的斗牛士。”长矛手说完走出了餐厅。他身穿灰夹克，腰身紧致，罗圈儿腿；他自顾自地微笑着，迈着稳健的脚步大摇大摆地走了出去；紧身马裤下面，高跟牧牛人皮靴发出咔嗒咔嗒的响声。他生活在一个小而封闭的职业圈子里，目中无人，讲究个人效能，夜夜纵酒狂欢。此刻他点燃一根雪茄，在过道里把帽子推向一边，出门朝咖啡馆走去。

两个教士很快意识到自己成了餐厅里最后的客人，赶紧跟着长矛手离开了，现在除了帕科和那个中年侍者，房间里没有别人了。他们收拾好餐桌，把酒瓶拿进厨房。

---

1 巴西里奥（Basilio Alvarez, 1877—1943），与加利西亚农耕运动有关的教士、新闻记者和政治家。在西班牙第二共和国期间，是激进共和党的成员。

2 西班牙语，意思是“一个斗牛士”。

厨房里那个小伙子是负责洗盘子的。他比帕科大三岁，为人尖酸刻薄且玩世不恭。

“拿着。”中年侍者说着，倒了一杯巴尔德佩尼亚斯红葡萄酒，递给他。

“干吗不喝？”小伙子接过了酒杯。

“Tu[1]，帕科？”

“谢谢。”帕科说。他们仨喝起酒来。

“我该走了。”中年侍者说。

“晚安。”他们向他道别。

他走出厨房，剩下了他们俩。帕科拿起其中一名教士用过的餐巾，笔直地站着，脚后跟着地，放低餐巾，头随着餐巾移动，摆动手臂，做了一个缓缓拂过的 verónica。他转过身，右脚稍稍向前迈步，又做了一个挥舞披风的动作，从想象中的公牛那里获得了一点有利的位置，然后第三次摆动披风，缓慢，娴熟，时间拿捏得天衣无缝，随后他把餐巾收拢到腰间，用一招 media-verónica[2]，把臀部从公牛那里闪开。

名叫恩里克的洗盘工用评判和不屑的目光看着他。

“公牛怎么样？”他说。

“很勇猛，”帕科说，“你看。”

他挺直细长的身体，又做了四个完美的挥舞披风的动作，流畅、优雅而飘逸。

“公牛呢？”恩里克问。他围着围裙，靠着水池站着，手里端着

---

1 西班牙语，意思是“你呢”。

2 西班牙语，刺剑手的一个招式，是一连串 verónica 招式的收尾。这一招式由斗牛士用双手提红披风来完成。随着公牛的过人，把红披风从左转向右，然后左手贴近臀部，右手朝臀部收拢红披风，使红披风不完全展开，仅展现一半，迫使公牛掉头定位，人背对公牛走开。

酒杯。

“劲头还很足。”帕科说。

“真让我恶心。”恩里克说。

“为什么？”

“看我的。”

恩里克解开围裙，召唤着想象中的公牛，做了四个完美、散懒的吉卜赛式 verónica 造型，然后用一招 rebolera[1] 结束了自己的表演，他从公牛跟前走开时，围裙在公牛鼻子前面画出一个撑开的圆弧。

“瞧瞧这一手，”他说，“而我却在洗盘子。”

“为什么？”

“恐惧，”恩里克说，“Miedo[2]。你在场上面对公牛时会有同样的恐惧。”

“不会，”帕科说，“我不会害怕。”

“Leche[3]！”恩里克说，“所有的人都会害怕。但是斗牛士能够控制自己的恐惧，所以他能够调动公牛。我参加过一次业余斗牛，我害怕得不停地跑。所有人都觉得很滑稽。所以说你会害怕的。如果不害怕，西班牙每个擦鞋匠都能当斗牛士了。你一个乡下男孩，会比我还要害怕的。”

“不会。”帕科说。

他已在想象中斗过太多次牛了。他见过太多次牛角，还见过公牛湿漉漉的鼻头，耳朵在抽动，然后埋下头，猛冲过来，他摆动披风，牛蹄噔噔作响，狂怒的公牛擦身而过，他再次挥舞披风，公牛

---

1 西班牙语，刺剑手的一个招式，使红披风的装饰性动作，手抓住红披风的一头一甩，让披风绕刺剑手一周。

2 西班牙语，意思是“恐惧”。

3 西班牙语，感叹词，相当于中文的“哇”。

再次冲过来，一次，又一次，再一次，最终他用一招出色的 media-verónica 让公牛绕着他转圈，然后迈着轻快的脚步走开去。公牛擦身而过时，碰下来的牛毛粘在了夹克的黄金饰物上，公牛像是被催眠了似的站在那里，观众在欢呼。不，他不会害怕。别人会害怕，他不会。他知道自己不会害怕。即便害怕了，他也知道自己怎么着都应付得了。他有信心。“我不会害怕。”他说。

恩里克又“leche”了一声。

随后他说：“要不我们试试？”

“怎么试？”

“你看，”恩里克说，“你只考虑到公牛，没考虑牛角。公牛力气很大，牛角划起来像刀子，戳起来像刺刀，杀起人来像棍棒。看。”他拉开桌子的抽屉，拿出两把切肉刀。“我把刀捆在椅子腿上，再把椅子举在头前替你扮演公牛。这两把刀就是牛角。要是你还能做那些动作，那才算真本事。”

“把你的围裙借给我，”帕科说，“我们去餐厅弄。”

“算了，”恩里克说，他突然不再尖刻了，“别试了，帕科。”

“要试，”帕科说，“我不害怕。”

“看见刀子过来你就会害怕的。”

“我们走着瞧，”帕科说，“把围裙给我。”

就在恩里克用两条油迹斑斑的餐巾把两把刀背厚重、刀刃像剃须刀一样锋利的切肉刀绑在椅子腿上，缠紧刀柄并打上结的时候，帕科两个做清洁工的姐姐正在去电影院的途中，她们要去看葛丽泰·嘉宝主演的《安娜·克里斯蒂》。至于那两位教士，一个穿着内衣在读《日课经》，另一个穿着睡衣在念《玫瑰经》。除了那个生病的，所有斗牛士晚上都到福尔诺斯咖啡馆报到了。身材高大、头发乌黑的长矛手在玩台球，个子矮小、神情严肃的剑刺手坐在一张挤满人的桌旁，面前放着一杯咖啡牛奶，身边坐着中年标枪手和几个看起来一本正经的工人。

头发灰白的长矛手面前放着一杯卡扎拉斯白兰地，他坐在那里，心情愉快地看着坐在另一张桌子旁边、丧失了勇气的剑刺手和另一个已经宣布弃剑、要重新去做标枪手的剑刺手，那张桌子旁边还坐着两个面容憔悴的妓女。

拍卖商站在街角和几个朋友聊天。参加无政府工团主义者会议的高个子侍者在等待发言的机会。中年侍者坐在阿尔瓦雷斯咖啡馆的露台上，喝着一小杯啤酒。卢阿尔卡的女主人已经睡着了，她仰面躺在床上，两腿间夹着一个垫枕；她高大、肥胖、诚实、干净、随和、虔诚，丈夫死去二十年了，但她从未停止对他的思念，每天都在为他祷告。生病的剑刺手独自待在他的房间里，趴在床上，嘴压在一条手帕上。

此刻，空荡荡的餐厅里，恩里克给绑切肉刀的餐巾打好最后一个结，举起椅子。他让绑着刀的椅腿朝前，把椅子举过头顶，两把刀指向前方，头两边一边一把。

“好重啊，”他说，“你看，帕科，太危险了。别试了。”他在流汗。

帕科面对他站着，手拿展开的围裙，两只手分别捏住围裙的两边，拇指向上，食指向下，展开围裙吸引公牛。

“照直冲过来，”他说，“像公牛那样转身。你想冲几次就冲几次。”

“你怎么知道什么时候收拢披风？”恩里克问，“最好先摆动三次，然后来一招 media[1]。”

---

1 media-verónica 的缩写。

“行，”帕科说，“不过照直冲过来吧。嘿，torito[1]！来吧，小公牛！”

恩里克埋头朝他冲去，帕科的围裙在刀刃前扫过，刀子紧挨着他的肚子扫过，刀子扫过时，在他眼里，那是真正的牛角，漆黑光滑，角尖白白的。恩里克从他身边冲过去后，转过身再次朝他冲来，噔噔噔冲过来的是狂怒的公牛，身体的两侧在流血，然后它像猫一样转身，朝着缓缓摆动披风的帕科再次冲了过来。接下来公牛又转了个身，冲了过来，他看着冲过来的刀尖，左脚向前多跨了两英寸，没能躲开，刀子像插进皮酒袋一样轻而易举地插进了他的身体，滚烫的热血急冲而出，包住了突然进入体内的坚硬的钢铁。恩里克大叫起来：“啊呀！啊呀！让我把它拔出来！让我把它拔出来！”帕科扑倒在椅子上，手里还拿着围裙，恩里克往外拖椅子，刀子在他的体内转动，在他——帕科的体内。

刀子拔出来了，他坐在地板上那摊不断扩大的热乎乎的血泊里。

“用餐巾捂住伤口。堵住它！”恩里克说，“堵紧了。我去找医生。你必须堵住出血的地方。”

“应该有一个橡胶的杯子。”帕科说。他在斗牛场看见别人用过。

“我直着冲过来的，”恩里克哭着说，“我只想让你看看有多危险。”

“别担心，”帕科说，他的声音听上去很遥远，“去找医生吧。”

斗牛场上，他们把你搀起来，抬着你，和你一起奔向手术室。如果赶到之前你股动脉的血流干了，他们就去找牧师。

“通知那两个教士里的一个。”帕科边说边用餐巾紧紧压住小腹。他简直无法相信这件事落到了自己头上。

---

1 西班牙语，意思是“公牛”。

不过这时候恩里克正沿着圣赫罗尼莫大街朝通宵急救站飞跑，帕科一人待着，先是坐着，然后蜷成一团，最终瘫倒在地板上，直到生命结束。他感觉到自己的生命在出离自己，就像塞子拔掉后，脏水流出浴缸一样。他害怕了，感觉头发晕；他试图做一次忏悔，他还记得是怎样开头的："我的上帝啊，我为触犯您而感到由衷的悔恨，您值得我全身心的爱，我决心……"他虽然说得飞快，但没等说完，他已经晕得说不下去了。他趴在地板上，很快就死了。割开的股动脉的血流干的速度比你想的要快。

急救站的医生在一个抓着恩里克胳膊的警察的陪同下来到楼上，而此时，帕科的两个姐姐还坐在格兰维尔宫的电影院里，她们对嘉宝的电影深感失望，电影里的这位大明星身处凄凉低下的环境，而她们已经习惯了看她被奢侈和豪华所围绕。观众们一点儿也不喜欢这部电影，他们吹口哨、跺脚表示抗议。旅馆里几乎所有的人都继续做着事故发生时手头在做的事情，只不过那两位教士已做完祈祷，正准备睡觉，而那个头发花白的长矛手则已经端着酒杯坐到了那两个面容憔悴的妓女桌旁。过了一会儿，他和其中的一个妓女走出了咖啡馆，就是那位失魂落魄的剑刺手一直在为其买酒的那一个。

这些事情小伙子帕科永远不会知道了，他也不会知道这些人明天和接下来的日子里会做些什么。他不会知道他们怎样生活下去，又是怎么结束一生的。他甚至都没有意识到他们这辈子已经过到头了，就像西班牙人常说的，充满着幻想死去了。在他的人生里，他没来得及经历幻想的破灭，甚至，在临终前，他都没能完成一次忏悔。他甚至都没来得及对嘉宝主演的电影表示失望，那是一部让整个马德里的人失望了一个星期的电影。

桥边的老人

一位戴金丝眼镜、衣服上落满尘土的老人坐在路边。河上架着一座浮桥，马车、卡车，男人、女人以及小孩正在过桥。骡子拉的大车摇摇晃晃地从桥上爬上岸边的陡坡，几个士兵帮忙推着车轮的辐条。卡车吱吱嘎嘎地开上桥，又绝尘而去，把一切丢在了后面，农夫们则在齐脚深的尘土里艰难地行走。不过那位老人坐在那里，一动不动。他累得一步也走不动了。

我的任务是过桥去侦察桥头堡那边的情况，搞清楚敌人推进到了哪里。任务完成后我从桥上返回。现在大车没那么多了，行人也没剩下几个，但那位老人还在那里。

“你从哪儿来的？”我问他。

“圣卡洛斯。”他说，微笑着。

那是他的家乡，提到它让他愉快，所以他笑了。

“我照料动物。”他解释说。

“哦。”我说，不是很明白。

“是的，”他说，“我留了下来，你瞧，为了照料动物。我是最后一个离开圣卡洛斯镇的。”

他的样子不像牧羊人，也不像养牛的，看着他那落满尘土的黑衣服、沾满灰尘的灰面孔，还有他的金丝眼镜，我说：“什么动物？”

“各种各样的动物。”他说着摇了摇头，“我不得不丢下它们。”

我观察着浮桥以及这块颇有非洲面貌的埃布罗河三角洲地区，脑子里想着还有多久才能看见敌人，同时一直留神倾听，捕捉标志着神秘莫测的遭遇战打响的第一阵骚动，而那位老人仍然坐在那里。

“什么动物？”我问。

“一共有三种动物。”他解释说，“两只山羊和一只猫，还有四对鸽子。”

“而你不得不丢下它们？”我问。

“是的。因为那些火炮。因为那些火炮，上尉让我离开。”

“你家里没别人了？”我问，看着浮桥的另一端，最后几辆大车正匆忙地驶下对岸的斜坡。

“没有，”他说，“只有我说的动物。当然了，那只猫不会有事的。猫可以照顾好自己，但我想不出其他那些会怎样。”

“你什么政治观点？”我问。

“政治与我无关。”他说，“我七十六岁了。我已经走了十二公里，我觉得我再也走不动了。”

“这里不是停留的地方。”我说，“如果你还行的话，这条路往前通向托尔托萨的岔路口有卡车。”

“我想等一会儿。”他说，“然后我会走的。那些卡车都去哪儿？”

“巴塞罗那方向。”我告诉他。

“那个方向我没熟人。”他说，“不过还是很感谢你。再次感谢你。”

他非常茫然而疲惫地看着我，然后，因为必须找个人为自己分忧，他说：“猫不会有事的，我很肯定。不需要为猫担心。但其他的动物，你觉得其他的会怎样？”

“它们大概能活下来吧。”

“你这么觉得？”

“那当然。”我说，看着河对岸，现在已经没有大车了。

“但他们叫我离开是因为火炮，可是开炮了它们怎么办？”

“你没把鸽笼锁上吧？”我问。

“没有。”

“那它们会飞走的。”

“是的，它们当然会飞走。可是其他那些。最好还是不去想其他那些了。”他说。

“你要是歇够了，我就走了。”我催促道，“站起来，试着走两步。”

“谢谢你。”他说着站了起来，左右摇晃着，随即又跌坐在尘土里。

“我在照料动物。”他迟钝地说，但不再是对我说了，“我只是在照料动物。”

没有什么可以帮他的了。今天是复活节的礼拜天，法西斯正朝埃布罗河挺进。天气阴沉，乌云密布，所以他们的飞机不会出动。这一点，加上猫知道怎样照顾自己这件事，是老人能够拥有的全部运气了。

在山梁下

正是一天中最热的时候，尘土飞扬，我们撤了回来，口干舌燥，鼻孔堵塞，全副武装地从战场退到河流上方长长的山梁上，作为预备队的西班牙军队就结集在那里。

我背靠着浅浅的战壕坐着，肩膀和后脑勺靠在泥土上，现在连流弹也不用担心了。我的眼睛看着我们下方的洼地，那里停着备用的坦克，坦克上覆盖着从橄榄树上砍下来的树枝。坦克的左边停着指挥车，抹了泥巴，覆盖了树枝。一长队抬着担架的人从山口蜿蜒而下，从坦克和指挥车之间穿过，去往山脚下的那片平地，救护车正在那儿装载伤员。运送给养的骡子驮着成袋的面包和装着葡萄酒的木桶，还有一队运送弹药的骡子，被骡夫赶着登上山口。扛着空担架的人跟着骡子，沿着小路慢吞吞地往上走着。

右边，在山脊转弯处的下方，我能看见旅部指挥官所在的山洞的入口，通讯线从山洞顶部伸出来，绕过我们的掩体所在的山梁。

穿皮制服戴钢盔的摩托兵骑着摩托在开凿出来的小道上上上下下，遇到过于陡峭的路段，就下来推着走，再把摩托车停在路边，走到山洞的入口处，猫腰钻进山洞。我正看着，一个我认识的匈牙利摩托兵从山洞里走了出来，他把几张纸塞进皮公文包里，走到自己的摩托车跟前，推着车子穿过一串串骡子和抬担架的人，一甩腿上了车，机车轰鸣着翻过山梁，扬起一团尘土。

下方，穿过那片救护车来来往往的平地，绿色的树叶标示了河流的走向。那儿有一幢红瓦屋顶的大房子和一座灰色的石头磨坊，河对岸那幢大房子周围的树丛里发出我方大炮开炮的闪光。他们朝我们所在的方向开炮，先是两道闪光，然后是直径三英寸的炮弹发出的低沉短促的嘣嘣声，接着是炮弹飞向我们并从我们头顶飞过时发出的啸叫声。和以往一样，我们的火炮不足。当需要四十门排炮的时候，我们却只有四门，他们一次只同时发射两门大炮。在我们撤下来之前，这次进攻就已经失败了。

“你们是俄国人？”一个西班牙士兵问我。

“不是，美国人。”我说，“有水吗？”

“有，同志。”他递过来一个猪皮水袋。这些预备军只是名义上的军人，不过是穿着军装而已。这些人并没被计划用于进攻，他们散落在山顶下方的阵地上，三五成群，吃饭，喝酒，聊天，要不就是傻乎乎地坐在那里，干等着。这次进攻任务是由国际纵队的一个旅承担的。

我们俩都喝了水。水里有股沥青和猪鬃的味道。

“葡萄酒要好喝一点，”那个士兵说，“我去弄点酒来。”

“是的。但是水才解渴。”

“只有战场上的渴才叫渴。哪怕在这儿，在预备队，我都口渴得要命。”

“那是因为害怕，”另一个士兵说，“口渴是害怕的表现。”

“不对，”另一个说，“害怕是会让人口渴，那没错，但在战场上，哪怕不害怕，照样会口渴。”

“上战场总会害怕的。”第一个士兵说。

“对你而言是这样。”第二个士兵说。

“这很正常。”第一个士兵说。

“对你而言。”

“闭上你的臭嘴。”第一个士兵说，“我只不过是个说真话的人。”

这是一个晴朗的四月天，风刮得很猛，登上山口的每一头骡子都踏出一团尘土，抬担架的两个人各自踩出一团尘土，又被风吹成了一团；下方，那片平地的另一边，一串串长长的尘土从救护车后冒出来，随风飘散。

此刻我确信今天自己不会被打死了，因为早晨我们工作完成得很不错，在这次进攻的开始阶段，我们有两次大难不死，这给了我信心。第一次是我们跟着坦克冲上去后，选了一个地方拍摄这次进攻。过了一会儿，我突然对那个地方感到不放心，就把摄影机往左移动了两百码。离开前，我用最古老的方法给那个地方做了个记号，不到十分钟，一枚直径六英寸的炮弹落在了我刚刚离开的地方，所有人类待过的痕迹都荡然无存，取而代之的是一个清晰的大弹坑。

接下来，两个小时以后，一个最近从营里调来参谋部的波兰军官提议带我们去看看波兰人刚占领的阵地。我们从山坳的隐蔽处出来后，直接暴露在了机枪的火力之中，我们不得不下巴紧贴着地面从枪火的下方往回爬，鼻孔里塞满尘土，同时悲哀地发现，那天波兰人根本就没有占领什么地盘，反而是从他们原先的位置后退了一点。而此刻，我待在战壕里，全身被汗水浸透，又饥又渴，心里充满已经过去了的危险所留下的空虚。

“你确定你们不是俄国人？”一个士兵问道，“俄国人今天来过这里。”

“知道。但我们不是俄国人。”

“你长着一张俄国人的脸。”

“不对，”我说，“同志，你错了。我是长了一张古怪的脸，但不是俄国人的脸。”

“他长了张俄国人的脸。”他指着我们中另外那个人说，他正在摆弄摄影机。

“也许吧。不过他也不是俄国人。你是哪儿的人？”

“埃斯特雷马杜拉[1]。”他骄傲地说。

“埃斯特雷马杜拉有俄国人吗？”我问道。

“没有。”他告诉我，更骄傲了，“埃斯特雷马杜拉没有俄国人，而且俄国也没有埃斯特雷马杜拉人。”

“你的政治观点是什么样的？”

“我恨所有外国人。”他说。

“那可是个笼统的政治纲领。”

“我恨摩尔人、英国人、法国人、意大利人、德国人、北美人和俄国人。”

“是照这个顺序恨的吗？”

“是的。不过也许我最恨俄国人。”

“伙计，你的想法很有意思，”我说，“你是不是法西斯？”

“不是。我是埃斯特雷马杜拉人，我恨外国人。”

“他的想法很少见，”另一个士兵说，“别太拿他当回事。我吧，我喜欢外国人。我来自瓦伦西亚[2]。再来一杯酒，来。”

我伸手接过杯子，上一杯酒的余味还未消去。我看着埃斯特雷马杜拉人。他又高又瘦，面容憔悴，两颊深陷，没有刮胡子。

他愤怒地站了起来，肩上还披着披风。

---

1 西班牙中西部一个自治地区和历史区域。
2 西班牙第三大城市，第二大海港，位于西班牙东南部，号称是欧洲的“阳光之城”。

“低头。”我告诉他，“飞过来的流弹很多。”

“我不害怕子弹，我恨所有外国人。”他激动地说。

“你用不着害怕子弹，”我说，“但你是一名预备军，你应该避开子弹。在可以避免的情况下受伤不明智。”

“我什么都不怕。”埃斯特雷马杜拉人说。

“你的运气很不错，同志。”

“真的，”拿着酒杯的士兵说，“他什么都不怕，连 aviones[1] 都不怕。”

“他是个疯子，”另一个士兵说，“每个人都怕飞机。它们杀伤力不大，但很让人害怕。”

“我什么都不怕。不管是飞机还是别的东西。”埃斯特雷马杜拉人说，“而且我恨每一个活着的外国人。”

山口下方，一个穿着国际纵队军服的高个子男人走在两个抬担架的人旁边，肩上披着一条毯子，在腰间打了个结，他似乎一点也不在乎自己身处何地。他昂着头，看上去像一个在睡梦中行走的人。他是个中年人。他没有背步枪，而且，从我待着的地方看，他不像是受了伤。

我看着他独自一人从战场上下来。到达指挥车之前，他朝左边拐去，他的头仍然奇怪地昂着，接着越过山梁，不见了。

和我一起的那个人正忙着换手提摄影机胶片，没有注意到他。

一枚炮弹飞过山梁，落在离备用坦克不远的地方，掀起一阵冲天的泥土和黑烟。

有个人从旅部所在的山洞里伸出头来，随即又缩了回去。我觉得那是个好去处，但我知道因为这次进攻失败了，那里的人火气都

---

1 西班牙语，意思是“飞机”。

很大，我不想面对他们。如果一次作战行动成功了，人们便乐意把它拍成电影，但是如果是一次失败的行动，所有人都怒气冲天，弄不好会把你抓起来押送回去。

“现在他们可能会炮轰我们。”我说。

“炮轰不炮轰对我来说都一样。”埃斯特雷马杜拉人说。我开始有点烦他了。

“还有葡萄酒吗？”我问道。我的嘴巴仍然发干。

“有，伙计。酒有的是。”那位友好的士兵说。他个头不高，拳头很大，身上脏兮兮的，胡茬和剃成平头的头发差不多长。“你觉得他们现在会炮轰我们吗？”

“应该会，”我说，“不过这场战争什么都不好说。”

“这场战争有什么不对吗？”埃斯特雷马杜拉人愤愤地问道，“你不喜欢这场战争？”

“闭嘴！”友好的士兵说，“这里归我指挥，这些同志是我们的客人。”

“那你让他别说我们的战争的坏话，”埃斯特雷马杜拉人说，“外国人不应该跑来说我们的战争的坏话。”

“同志，你来自哪个城镇？”我问埃斯特雷马杜拉人。

“巴达霍斯[1]，”他说，“我来自巴达霍斯。在巴达霍斯，英国人和法国人掠夺洗劫我们，侵犯我们的妇女；现在是摩尔人，摩尔人现在的所作所为不比威灵顿[2]统治下的英国人更糟糕。你应该读读历史。我的曾祖母是被英国人杀害的，英国人烧毁了我家的房子。”

---

1 西班牙西南城市，埃斯特雷马杜拉自治区巴达霍斯省首府。

2 这里的威灵顿是指第一代威灵顿公爵阿瑟·韦尔斯利（Arthur Wellesley, 1769—1852），拿破仑战争时期的英国陆军将领，19 世纪最具影响力的军事、政治人物之一，英国第 21 位首相。

“我很遗憾，”我说，“但你为什么要恨北美人？”

“我父亲是被古巴的北美人杀害的，他在那儿被强征入伍。”

“我也为此感到遗憾。真对不起。相信我。不过你又为什么要恨俄国人呢？”

“因为他们是暴政的代表，而且我恨他们的脸。你长着一张俄国人的脸。”

“我们最好离开这儿吧。”我对和我一起来的人说，他不会说西班牙语，“看来我长着一张俄国人的脸，这让我惹上了麻烦。”

“我要睡一觉，”他说，“这个地方不错。少说点话，你就不会惹上麻烦了。”

“这里有个同志不喜欢我。我觉得他是个无政府主义者。”

“嗯，当心他给你一枪。我睡觉了。”

就在这时，山口那儿走出来两个穿皮外套的人，一个矮而敦实，另一个中等身材，两人都戴着便帽，扁脸、高颧骨，大腿上绑着装在木头枪套里的驳壳枪。他们朝着我们走了过来。

个子高一点的用法语和我说话。“你看见一位法国同志从这里经过吗？”他问道，“那个同志把毯子像子弹袋一样捆在肩膀上。大约四十五到五十岁的样子。你有没有看见这样的一位同志离开前线？”

“没有，”我说，“没看见这样的同志。”

他盯着我看了一会儿，我注意到他眼睛是灰黄色的，而且眨都不眨一下。

“谢谢你，同志。”他说。他说法语的腔调很奇怪。然后他用一种我听不懂的语言快速地和他同伴说了几句话。他们走了，爬上山梁的最高处，从那儿可以看到下方所有的沟堑。

“那是一张真正的俄国人的脸。”那个埃斯特雷马杜拉人说。

“闭嘴！”我说。我正在观察那两个穿皮外套的人。他们站在那儿，冒着相当密集的火力，仔细查看山脚下靠近河边的那片高低不平的区域。

突然，其中一人看到了他要找的目标，用手一指。两人像猎狗一样奔跑起来，一个径直冲下山，另一个像是要切断他人退路那样，从侧面包抄过去。第二个人翻过山顶之前，我看见他掏出了手枪，平举着向前奔跑着。

“心里好受吗？”埃斯特雷马杜拉人问道。

“不比你好受。”我说。

我听见从平行山梁的另一侧传来驳壳枪断断续续的枪声。一连开了十几枪，肯定是离得太远了，没打到。这阵枪声过去后，停顿了一会儿，接着又是一声枪响。

埃斯特雷马杜拉人阴沉着脸看着我，什么都没说。我觉得要是炮击开始了，事情反而会简单些。但是炮击并没有开始。

那两个穿皮外套戴便帽的人翻过山梁往回走，一起下到山口，下山时像两腿动物下陡坡那样，古怪地屈着膝盖。他们出现在山口时，一辆坦克正叮当作响、轰隆隆地开下山来，他们闪到一旁让坦克过去。

那天的坦克攻势又失败了，从前线撤下来的坦克手戴着皮头盔，坦克进入山梁的屏障后，炮塔打开了，坦克手像因怯弱而被撤下场的橄榄球运动员一样，眼睛直愣愣地看着前方。

那两个穿皮外套的扁脸男子和我们一起在山梁上站着，好让坦克车通过。

“你们找到你们要找的同志了吗？”我用法语问个子较高的那个人。

“找到了，同志，谢谢你。”他边说边仔细打量着我。

“他说什么？”埃斯特雷马杜拉人问道。

“他说他们找到了他们要找的同志。”我告诉他。埃斯特雷马杜拉人没再说什么。

那一天的整个早晨我们都待在那个中年法国人掉头离开的地方。我们身处尘土、硝烟和枪炮声中，身处受伤、死亡、对死亡的恐惧、勇敢、怯弱，以及不成功的进攻带来的挫败和荒谬感之中。我们待在那片被炮火翻耕、无法活着越过的土地上。你匍匐在那里，堆一个土墩护住脑袋，把下巴埋进泥土，等待命令冲上那个无人可以生还的山坡。

我们和匍匐在那里的人一起等待始终都没有到来坦克；在炮弹的尖啸和爆炸声中等待着；金属和泥土像泥巴喷泉喷出的土块一样飞上天空，爆炸声和嗖嗖的枪声在头顶交织成一片。我们知道他们在那儿等待是什么感受。他们前进到了他们不能再向前的地方。不能再活着向前进一步了。这时，前进的命令来到了。

整个早晨我们都待在那个中年法国人掉头离开的地方。我能理解一个人如何突然就看得一清二楚：死于一场不成功的进攻是多么愚蠢；或者就像人临终前那样，突然看清了一切，看清了这场进攻的无望，看清了这场进攻的愚蠢，看清了这场进攻到底是怎么回事，于是干脆退下来，一走了之，就像那个法国人那样。他可能不是因为惧怕，而只是因为看得太清楚了，突然明白他必须离开战场，明白除此之外，再没有别的事情可做了。

那个法国人是带着强烈的尊严撤出那场进攻的，作为个人，我理解他；但是，作为一名士兵，那两个督战的人逮到了他，正当他翻过那道山梁，躲开了枪林弹雨，朝河边走去时，他背离的死亡找到了他。

“那些人。”埃斯特雷马杜拉人对我说，朝战场宪兵点了点头。

“这是战争，”我说，“战争中必须遵守纪律。”

“为了服从那样的纪律我们就该去送死？”

“不服从纪律的话谁都活不了。”

“总有这样那样的纪律，”埃斯特雷马杜拉人说，“听我说。二月份我们就驻扎在我们现在待着的地方，法西斯发起了进攻。他们把我们从你们国际纵队今天想要攻占但没有攻下来的山头上赶了下来。我们退到了这里，退到了这道山梁上。国际纵队上来接管了我们前面的防线。”

“这我知道。”我说。

“但这事儿你不知道。”他愤怒地继续说道，“有个从我们省来的男孩被炮击吓破了胆，朝自己的手开了一枪，因为他被吓到了，以为这样就可以离开前线。”

其他的士兵都在听，有几个点了点头。

“这样的人包扎好伤口后，会被立刻送回前线。”埃斯特雷马杜拉人说，“这很公平。”

“是的，”我说，“就应该这样。”

“就应该这样，”埃斯特雷马杜拉人说，“但是这个男孩把自己伤得太重，骨头全打碎了，引发了感染，他的手被截掉了。”

几个士兵点了点头。

“接着说，把剩下的事都告诉他。”一个士兵说。

“最好还是别说了。”自称是领队的人说。这人剃了个平头，脸上胡子拉碴的。

“我有责任说出来。”埃斯特雷马杜拉人说。

那个领队的耸了耸肩。“我也不喜欢这事儿，”他说，“说吧。不过我也不喜欢听你们说起这件事。”

“这个男孩从二月起就留在了山谷里的医院，”埃斯特雷马杜拉人说，“有人在医院里见过他。他们说医院里的人都喜欢他，他尽量去做一个只有一只手的人力所能及的事情。他一直没被逮捕。一直没什么事情让他有所准备。”

领队的人一言不发地递给我一杯葡萄酒。大家都在倾听，像不识字的人听故事一样。

“昨天，黄昏的时候，当时我们还不知道将要发动一场进攻。就在昨天，太阳落山前，当时我们都以为今天还会和以往一样，他们把他从那片平地沿小路带上山口。他们带他上来的时候我们正在做晚饭。他们只有四个人。他——男孩帕科，你刚才看到的那两个穿皮外套戴便帽的人，还有旅部的一个军官。我们看见他们四人一起攀上山口，帕科的手没有被捆住，也没被用其他的方式捆绑。

“看见他后我们都围了过去，说：‘嗨，帕科。你还好吗，帕科？一切都还好吧，帕科，老弟，帕科老弟？’

“他说：‘都还好。除了这个，都还好。’他给我们看他的断肢。

“帕科说：‘那件事又胆小又愚蠢。我真不该那么做。不过虽然只剩一只手了，我也要尽力做个有用的人。我要为正义事业尽一只手的力量。’”

“是的，”一个士兵插话说，“他那么说了。我听见他那么说的。”

“我们和他说话，”埃斯特雷马杜拉人说，“他也和我们说话。战争时期有穿皮外套带手枪的人来这儿总不是个好兆头，就像那些背着地图盒和望远镜的人来这儿一样。不过我们还只当他们是带他过来看看我们，我们当中那些没去过医院的人见到他后都很开心，就像我说的，当时正是吃晚饭的时间，傍晚的天气晴朗又暖和。”

“要到夜里才会起风。”一个士兵说。

“后来，”埃斯特雷马杜拉人的脸色严峻起来，“他们中的一个用西班牙语对那个军官说：‘在哪个地方？’

“‘帕科是在哪儿受伤的？’军官问道。”

“我告诉了他，”领队的说，“我指给他们看。就在你待的地方下面一点点。”

“就在这儿。”一个士兵说。他指了指，我看得出来是那个地方。一眼就看出来了。

“他们中的一个拉着帕科的胳膊走到那儿，抓住他的胳膊站在那里，另一个人说起了西班牙语。他说的西班牙语错误百出。刚开始我们想笑，连帕科都笑了起来。我没有全听懂，不过大致意思是为了不再发生自残，必须惩罚帕科以儆效尤，所有效仿者都将会受到同样的惩罚。

“接下来，那个人还抓着帕科的胳膊；而帕科，本来已经很羞愧和内疚了，听到他们这么说他就更羞愧了；另一个人掏出手枪，没对帕科说一句话，就朝他后脑勺开了一枪。过后也没再说话。”

士兵们都在点头。

“就是这样的，”一个士兵说，“你看得到那个地方。他倒下时嘴巴就对着那儿。你能看到的。”

从我待着的地方能很清楚地看到。

“没人警告过他，他没有任何机会做心理准备。”领队的人说，“实在是太残忍了。”

“就是因为这件事，现在我恨俄国人，也恨所有其他的外国人。”埃斯特雷马杜拉人说，“我们不能对外国人抱有幻想。如果你是一个外国人，那就对不起了。对我而言，从现在起，我要一视同仁。你已经和我们吃过面包喝过酒。我觉得你现在该走了。”

“别这么说话，”领队的人对埃斯特雷马杜拉人说，“要讲礼貌。”

“我看我们还是走吧。”我说。

“你没有生气吧？”领队的人说，“你在掩蔽所想待多久就待多久。你口渴吗？你想再来点葡萄酒吗？”

“谢谢你，”我说，“我看我们还是走吧。”

“你理解我的仇恨吗？”埃斯特雷马杜拉人问道。

“我理解你的仇恨。”我说。

“那就好，”他说着伸出手来，“我不拒绝握手。至于你本人，祝你好运。”

“也祝你好运，”我说，“你本人，一个西班牙人。”

我叫醒拍电影的那一位，我们下山朝旅部走去。现在坦克都开回来了，噪声大得几乎听不见自己说话的声音。

“你们一直在聊天？”

“在听他们说。”

“听到有意思的事儿了吗？”

“很多。”

“你现在想干吗？”

“回马德里。”

“我们应该去见见将军。”

“是的，”我说，“我们必须去。”

将军憋着一肚子火。他只有一个旅，却出乎意料地接到发起攻击的命令，天亮前要全部冲上去。这么做至少需要一个师的兵力。他用了三个营，还有一个营留守。法国的坦克指挥官为进攻壮胆喝醉了，最终因为喝得太醉而无法指挥。酒醒后他会被处决。

坦克上来得不及时并最终拒绝再向前进，有两个营没能攻下他们的目标。第三个营攻下了他们的目标，却成了一个无法防守的突出部。仅有的真实战果是几个俘虏，委托坦克兵们带回来，而坦克兵把他们给杀掉了。将军只有失败可以示人，而他们杀死了他的战俘。

“这事我能写点什么吗？”我问道。

“能写的都写进官方的公告了。你那个长酒瓶里还有威士忌吗？”

“有。”

他喝了一口，仔细舔了舔嘴唇。他当过匈牙利骠骑兵队长，在他还是红军非正规骑兵队队长的时候，曾在西伯利亚劫持了一列运送黄金的火车，把火车扣了一个冬天，那时温度掉到了零下四十摄氏度以下。我们成了好朋友，他爱喝威士忌，现在他已经死了。

“现在给我滚吧，”他说，“你有交通工具吗？”

“有。”

“拍到影片了吗？”

“拍了些。坦克。”

“坦克，”他苦涩地说，“猪。胆小鬼。当心你的小命。”他说：“按说你是个作家呀。”

“我现在写不出来。”

“过后再写吧。过后你可以把它都写出来。不过别把命给弄丢了。尤其别把命给弄丢了。现在，给我滚吧。”

他却没能遵从他自己的忠告，因为两个月后他就把命给弄丢了。不过那天最诡异的是我们拍下来的坦克出征的影片，太不可思议了。银幕上，它们势不可当地冲过山丘，像大船一样登上山顶，朝着我们拍摄的胜利的幻影叮叮当当地驶去。

那天离胜利最近的或许就是那个法国人了，他昂首退出战场。不过他的胜利只持续到他走到半山腰的时候。我们沿小路下山，去搭乘去马德里的指挥车时，看到他躺在山坡上，手脚摊开，身上还裹着那条毯子。

士兵之家

克雷布斯是在堪萨斯州一所卫理公会大学上学时参军上前线的。有一张他和大学兄弟会兄弟的合影，照片上他们全都戴着高矮和风格相同的衣领。他于 1917 年加入海军陆战队，直到 1919 年夏天第二师从莱茵河撤回，他才回到了美国。

还有一张他和另一名下士同两个德国姑娘在莱茵河畔的合影。克雷布斯和那名下士身上的军服都显得太小。德国姑娘并不漂亮。莱茵河没出现在照片里面。

等到克雷布斯回到俄克拉何马州老家的时候，欢迎英雄凯旋的热乎劲儿已经过去了。他回来得太晚了。镇上应征入伍的人回来时，都受到过大张旗鼓的欢迎。那时着实狂热了一阵子。现在人们的反应都淡漠了。大家似乎觉得克雷布斯回来得这么晚有点荒唐，战争都结束好几年了。

刚开始，参加过贝洛森林、苏瓦松、香槟、圣米耶勒和阿尔贡战役的克雷布斯并不想谈论这场战争。后来，当他觉得有这个需要时，却没有人愿意听了。他所在小镇上的人听到过太多与战争暴行有关的故事，很难再被实情打动。克雷布斯发现要想让别人听他讲，必须得撒谎，这么做了两次以后，他自己也对战争产生了反感，不愿意再去谈论了。由于自己的谎言，战争中经历的每一件事都让他感到厌恶。那些曾经一想起来就让他内心清澈宁静的事情，那些遥远的时光，在他本可以做其他事情的时候，他却只做了那件事情，一件一个男人应该做的事情，轻而易举，理所当然，而现在那些时光却失去了它们从容可贵的品质，最终连它们本身也一起失去了。

他撒的并不是什么弥天大谎，只不过是把别人看到、做过或听到的事情归到自己头上，把士兵们熟知的那些杜撰出来的事情当作真事来讲。他的谎话甚至在台球房里都引起不了轰动。他的熟人都详细听说过在阿尔贡森林发现德国女人被铁链拴在机枪上的事，因而对于没被链子拴起来的德国机枪手，要不就无法理解，要不就是出于爱国心避免流露出好奇，总之他的故事根本就无法打动他们。

夸大其词和说假话的后果是让克雷布斯恶心，他偶然遇到一个真当过兵的人，他们在舞厅更衣室里闲聊了一会儿，他陷入到一个老兵和其他士兵在一起时的放松状态，这让他意识到自己一直处于病态的恐惧之中。这样一来，他便丧失了一切。

这时正值夏末，他很晚才起床，起来后步行到镇上的图书馆借本书，在家吃中饭，在前廊上读书，读得厌倦了就步行穿过镇中心，把一天中最炎热的几个小时消磨在阴凉的台球房里。他喜欢打台球。

晚上他吹吹黑管，去镇上逛逛，看一会儿书，然后上床睡觉。在他两个妹妹的心目中，他仍然是个英雄。他要愿意的话，他母亲甚至会把早饭给他端到床上。她经常在他上床后去到他的房间，让他讲讲战争中发生的事情，不过她总是爱走神。他父亲的态度则不明朗。

克雷布斯参军前，家里的汽车从来不许他开。他父亲做房地产生意，要求汽车随时由他调遣，好在需要时开车带客户到乡下看房。

那辆车总停在第一国家银行大楼的外面，他父亲在二楼有一间办公室。现在战争结束了，车子还是那一辆。

除了姑娘们都长大了，小镇没什么变化。不过她们生活在一个复杂的世界里，有已经结成的联盟，也有变来变去的敌意，克雷布斯觉得自己缺乏精力和勇气融入其中。不过，他还是喜欢看她们。漂亮的姑娘真不少。大多数留着短发，他离开的时候，只有小姑娘或很随便的姑娘才留那样的发型。她们都穿着毛衣和荷兰式圆领衬衫。这是一种流行的样式。他喜欢坐在前廊上，看着她们从街对面走过；他喜欢看她们走在树荫下；他喜欢她们露在毛衣外面的荷兰圆领；他喜欢她们的长丝袜和平底鞋；他喜欢她们蓬松的短发和走路的样子。

在镇上见到她们时，他并不觉得她们的吸引力有多大。在希腊冷饮店见到她们时，他并不怎么喜欢她们。他其实并不想得到她们。她们太复杂了。他想要的是另一种东西。他模模糊糊地觉得自己想要个女朋友，但又不想非得花力气去得到她；他愿意有个女朋友，但又不想非得花太长的时间去得到她；他不想卷入阴谋诡计和钩心斗角里面。他不想非得去献殷勤。他不想再说谎了。不值得。

他不想承担后果。他再也不想承担任何后果了。他只想没有负担地生活。此外，他并不真的需要一个女朋友。军队生活教会了他这一点。你可以摆出一副非要有女朋友不可的样子，差不多所有人都那么做，但实际上并不是这样。你并不需要女朋友。怪就怪在这里。先是有一个家伙吹嘘说姑娘对他来说如何一钱不值，他从来不去想她们，她们伤不到他，接着另一个家伙则吹嘘说没有姑娘他活不了，他一刻也离不开她们，没有她们就睡不着觉。

这些都是谎话。两种说法都是在撒谎。你根本就不需要姑娘，除非你想要她们了。这一点是他在军队里学到的。你迟早都会得到一个姑娘。等到你真正成熟了，你总会得到一个姑娘。这件事你不必去想，它迟早会发生。这也是他在军队里学到的。

现在，要是有个姑娘来找他，而且不想交谈，他会喜欢上她的。但是老家的事情都过于复杂。他知道自己再也不可能重来一遍了。不值得去费那么大的劲儿。这就是法国姑娘和德国姑娘的好处。没有那么多的交谈。你没法儿说那么多，也不需要说那么多。事情很简单，大家都是朋友。他想到了法国，又想起了德国。总体上说，他更喜欢德国。他不想离开德国。他不想回家。不过他还是回来了。此刻他坐在前廊上。

他喜欢街对面走过的姑娘。相比法国或德国姑娘，他更喜欢她们的长相。但是她们所处的世界并不是他所处的世界。他愿意得到她们中的一个。但不值得。她们这款是多么美妙。他喜欢这一款，让人兴奋，但他不想为此经受说个没完的罪。他还没到非要一个姑娘不可的地步。不过他还是喜欢看看她们。不值得动手。现在情况正逐渐好转，不是动手的时候。

他坐在前廊读一本描写这场战争的书。一本历史书，他在阅读自己参与过的所有战役。这是他读过的最有意思的一本书。他希望书里附有更多的地图。他很有信心地期待将来会出版附有详细地图的真正的好历史书，他会把这些书都读一遍。现在他才开始真正了解这场战争。他曾经是一名优秀的士兵。这就是差别所在。

在他回家后一个月左右，一天早晨，他母亲来到他的卧室，在床沿上坐下。她拉了拉她的围裙。

“昨晚我和你父亲谈过了，哈罗德，”她说，“他愿意让你晚上出去时开那辆车。”

“是吗？”克雷布斯说，他还没完全睡醒，“开那辆车出去，是吗？”

“是的。你父亲这么想有一段时间了，他觉得晚上你想什么时候开车出去都可以，不过我们昨晚才谈起这件事。”

“肯定是你让他这么做的。”克雷布斯说。

“不是。是你父亲先提出来，我们才商量的。”

“不对，肯定是你要他这么做的。”克雷布斯从床上坐了起来。

“你下楼吃早饭吗，哈罗德？”母亲说。

“我穿好衣服就下来。”克雷布斯说。

母亲走出房间，他洗脸，刮胡子，穿衣服准备下楼去餐厅吃早饭的时候，听见母亲在楼下煎东西。他吃早饭的时候，他妹妹把邮件拿进了家。

“嗨，哈尔[1]，”她说，“你这个瞌睡虫。你干吗还要起床？”

克雷布斯看着她。他喜欢她。他最喜欢这个妹妹。

“拿到报纸了？”他问。

她把《堪萨斯星报》递给他，他扯掉裹报纸的牛皮纸，翻到体育版，把报纸折了折展开，竖着靠在水壶上，再用盛麦片的盘子把它固定住，这样他就可以边吃边看了。

“哈罗德，”他母亲站在厨房门口说，“哈罗德，拜托别把报纸弄脏了，不然你父亲就没法看他的《星报》了。”

“不会弄脏的。”克雷布斯说。

他妹妹在餐桌旁坐下，看着他读报纸。

“今天下午我们要在学校打室内垒球，”她说，“我做投手。”

“好啊，”克雷布斯说，“老胳膊怎么样了？”

“我比好多男孩子都投得好。我告诉大家是你教我的。其他女孩子都不怎么样。”

1“哈尔”为“哈罗德”的昵称。

“是吗？”克雷布斯说。

“我告诉大家你是我男朋友。你不是我男朋友吗，哈尔？”

“你说呢。”

“难道就因为是哥哥，就不能做男朋友了吗？”

“我不知道。”

“你肯定知道。要是我长大了，你也愿意的话，哈尔，你可以做我的男朋友吗？”

“当然可以。你现在就是我的女朋友。”

“我真是你的女朋友？”

“当然了。”

“你爱我吗？”

“哦，嗯。”

“你会永远爱我吗？”

“当然会。”

“那你会来看我打垒球吗？”

“也许吧。”

“哈，哈尔，你不爱我。你要是爱我的话，就会来看我打球。”

克雷布斯的母亲从厨房进到餐厅。她手里端着两个盘子，一个盛着两个煎蛋和脆培根，另一个盛着荞麦饼。

“你走开一下，海伦，”她说，“我有话要和哈罗德说。”

她把培根和鸡蛋放在他面前，又拿来一罐抹荞麦饼的枫糖浆，然后在克雷布斯的对面坐下。

“我希望你把报纸放下一会儿，哈罗德。”她说。

克雷布斯把报纸放下来，折好。

“你决定了要做什么了吗，哈罗德？”母亲摘下眼镜说。

“没有。”克雷布斯说。

“你不觉得是时候了吗？”母亲说这话的时候并无恶意。她看上去很担心。

“我还没想过。”克雷布斯说。

“上帝给每一个人安排了工作，”母亲说，“他的王国里不能有闲人。”

“我不在他的王国里。”克雷布斯说。

“我们都在他的王国里。”

和往常一样，克雷布斯感到窘迫和怨愤。

“我太担心你了，哈罗德，”他母亲继续说道，“我知道你肯定受到过各种诱惑。我知道男人有多脆弱，你亲爱的外祖父、我自己的父亲给我们讲过内战的事情，我知道。我为你祷告过，我整天都在为你祷告，哈罗德。”

克雷布斯看着盘子里正在凝结的培根油。

“你父亲也在担心，”他母亲接着说道，“他觉得你丧失了雄心，觉得你没有明确的人生目标。查利·西蒙斯和你一样大，他有一份好工作，而且就要结婚了。小伙子们都安顿下来了，他们都决心干出点名堂来，你看得出来，像查利·西蒙斯那样的小伙子，他们正在成为给社区增添光彩的人。”

克雷布斯一声不吭。

“别这样呀，哈罗德，”他母亲说，“你知道我们爱你，为了你好我得告诉你实际的情况。你父亲不想限制你的自由。他觉得应该允许你开那辆车。你要是想带个好姑娘出去兜兜风，我们高兴都来不及呢。我们想要你活得开心。不过你必须安下心来工作，哈罗德。你父亲不在乎你一开始干什么工作，正像他说的，所有工作都是光荣的。但是你得从哪件事情做起。今天早晨他让我来和你谈谈，待会儿你可以顺路去他办公室见见他。”

“就这些？”克雷布斯说。

“是的。难道你不爱你母亲吗，好孩子？”

“不爱。”克雷布斯说。

他母亲隔着桌子看着他。她的眼睛里闪耀着泪花。她哭了起来。

“我谁都不爱。”克雷布斯说。

没有用。他没法跟她说清楚。他没法让她明白。说这样的话真蠢。这么说只会让她伤心。他走过去，抓住她的胳膊。她把头埋在手里哭了起来。

“我不是那个意思，”他说，“我只是在为有些事情生气。我并不是说我不爱你。”

他母亲继续哭着。克雷布斯用胳膊揽住她的肩膀。

“你不相信我吗，妈妈？”

母亲摇了摇头。

“求你了，求你了，妈妈。请你相信我。”

“好吧。”母亲哽咽着说。她抬头看着他。“我相信你，哈罗德。”

克雷布斯吻了吻她的头发。她抬起头看着他。

“我是你母亲，”她说，“你还是个婴儿的时候，我把你贴着心口抱着。”

克雷布斯觉得难受，隐隐约约有点恶心想吐。

“我知道，妈，”他说，“我争取做你的好孩子。”

“你愿意跪下和我一起祈祷吗？”母亲问道。

他们在餐桌旁跪下，克雷布斯的母亲做了祷告。

“现在你来祈祷，哈罗德。”她说。

“我不行。”克雷布斯说。

“试一下，哈罗德。”

“我做不到。”

“你愿意让我为你祈祷吗？”

“愿意。”

就这样，他母亲为他做了祷告，他们起身后，克雷布斯吻了吻母亲，走出了家门。他这样做是不想让自己的生活变得复杂，然而，这一切并没有触动他。刚才他为母亲感到难过，而她逼着他说了谎。他会去堪萨斯城找份工作，这样她就安心了。也许在他离开之前还会闹上一出。他不想去他父亲的办公室。他会失约这一次。他想要自己生活过得顺当一点。生活刚开始朝那个方向发展。唉，反正现在一切都结束了。他会去学校操场，去看海伦打室内垒球。

送给一个人的金丝雀

火车飞快地驶过一幢长长的红色石头房屋，房子有一个花园以及四棵茂密的棕榈树，树荫下放着几张桌子。另一边是大海。接下来，一条路划开红色的岩石和泥土地，大海在远处岩石的脚下，仅仅偶尔可见。

“我在巴勒莫买的。”那位美国太太说，“我们在岸上只有一个小时的时间，而且是礼拜天早晨。那个人只收美元，我给了他一块半美元。它唱得可好听了。”

火车上很热，卧铺车厢里也很热。没有一丝风吹进打开的车窗。美国太太拉下遮光的窗帘，大海不见了，连偶尔一见都不可能了。车厢另一边是玻璃，然后是过道，然后是一扇打开的窗户，窗外是灰扑扑的树木、一条光滑的小路和一片片平整的葡萄田，远处是玄武石山丘。

许多高烟囱在往外冒着烟——快到马赛了，火车减了速，沿着一条铁轨多次变道后驶入车站。火车在马赛停留了二十五分钟，美国太太买了一份《每日邮报》和半瓶依云矿泉水。她在站台上走了几步，但始终没有远离车厢的踏级，因为此前火车在戛纳停留了十二分钟，没发信号就开走了，她差点没能上车。美国太太耳朵有点聋，她担心火车发了开车信号，而她没有听见。

火车驶离了马赛站，那里不仅有调车场和冒着烟的工厂，回头看，还有马赛城区、石头小山衬托下的港口和水面上的最后一抹夕阳。天快黑下来的时候，火车驶过田野里一座着火的农舍。沿路停满了汽车，地里摊放着被褥和家居用品。很多人在观看房子燃烧。天黑以后，火车到达阿维尼翁。乘客上上下下。返回巴黎的法国人在报亭购买当天的法国报纸。站台上站立着黑人士兵。他们穿着棕色的军装，个子都很高，靠近灯光的脸庞闪闪发亮。他们的脸都很黑，个子高得无法直视。火车离开了阿维尼翁和站台上的黑人，他们中间有个矮个的白人中士。

卧铺车厢里，乘务员已把墙壁间的三张床拉出来铺好，好让他们睡觉。夜里美国太太躺在床上睡不着，因为这是一列快车，开得非常快，她特别害怕夜里的高速行驶。美国太太的床铺紧挨着窗户。从巴勒莫买来的金丝雀的笼子上盖着一块布，挂在去梳洗间过道的通风口处。车厢外面亮着一盏蓝色的灯，一整夜火车都在飞速行驶，美国太太睁着眼睛躺在那里，等着出车祸。

早晨火车驶近巴黎，尽管一夜未眠，从梳洗间出来后，美国太太的气色看上去很不错，徐娘半老，风韵犹存，美国派头十足。她已经拿掉盖鸟笼的布，把鸟笼挂在阳光下，然后去了餐车用早餐。等她再次回到卧铺车厢，床铺已被推进墙壁，弄成了座位。阳光透过打开的窗户照进车厢，金丝雀在阳光下抖动着羽毛。火车离巴黎更近了。

“它喜欢阳光，”美国太太说，“它一会儿就会唱歌了。”

金丝雀抖动着羽毛，用喙啄着羽毛。“我一直喜欢鸟，”美国太太说，“我是把它带回去送给我女儿的。听啊——它唱歌了。”

金丝雀啁啾了几声，喉咙那里的羽毛竖了起来，然后垂下喙，又啄起羽毛来。火车跨过一条河，经过一片精心养护的森林。火车经过很多巴黎郊外的小镇。小镇上有有轨电车，面朝火车的墙上有贝加妮服装公司、杜本内酒和潘诺茴香酒的大幅广告。火车经过这些地方时，给人一种还没到早餐时间的感觉。有几分钟我没在听美国太太说话，她在和我妻子聊天。

“你丈夫也是美国人？”那个太太问。

“是的，”我妻子说，“我们俩都是美国人。”

“我还以为你是英国人呢。”

“噢，不是。”

“也许是我穿背带裤的缘故。”我说。我想说吊带裤，为了与我的英国气质一致，话到嘴边变成了背带裤[1]。美国太太没听见。她耳朵真的有点聋，她靠读唇语来辨别，但我眼下没有面对她，而是看着窗外。她继续和我妻子聊天。

“我很高兴你们是美国人。美国男人是天底下最好的丈夫。”美国太太不停地说着，“不瞒你说，这正是我们离开欧洲大陆[2]的原因。我女儿在沃韦[3]爱上了一个男人。”她停顿了一下。“他们爱得死去活来。”她又停顿了一下。“我当然要把她带走。”

“她走出来了吗？”我妻子问。

“我看没有，”美国太太说，“她不吃也不睡。我想尽了办法，可她好像对什么事儿都没兴趣。她什么都不关心。我不能把她嫁给一个外国人。”她停顿了一下。“有个人，一个非常好的朋友，曾经告诉我说：‘外国人做不了美国姑娘的好丈夫。’”

“是的，”我妻子说，“我看是做不了。”

美国太太称赞我妻子的旅行装，原来美国太太二十年来都在圣

---

1 英国男人穿的裤子配有“背带”（braces），美国人称之为“吊带”（suspenders）。

2 指除英伦三岛外的欧洲。

3 瑞士西部城镇，在日内瓦湖东岸。

奥雷诺街同一家裁缝店买衣服。他们有她的尺寸，一位熟悉她、知道她品味的女店员为她挑选衣服，再把它们寄到美国。衣服寄到她纽约上城住所附近的邮局，关税并不高，因为他们在邮局打开寄来的衣服，当场估值，这些衣服看上去都很普通，没有让衣服显得昂贵的金边和装饰。现在的店员叫特雷莎，之前的那个叫阿梅莉亚。二十年来一共就这两位店员为她服务。女裁缝则没变过。价格倒是涨了，不过上涨的价格被汇率抵销了。她们现在也有她女儿的尺寸了。她已经成人，衣服的尺寸不会有多大变化了。

这时火车驶进了巴黎。防御工事已被拆除，但草还没有长出来。轨道上停着许多节车厢（棕色的木质餐车和棕色的木质卧铺车厢），如果那辆火车仍在当晚五点发车，这些车厢将去往意大利；车厢上都标着“巴黎—罗马”的字样，还有定时往返市郊的车，车顶上安置了座位，所有座位上和车顶上都是人。过去是这样，现在仍然是这样，火车经过白粉墙和许多房屋的窗户。早餐什么都没得吃。

“美国人做丈夫最好了。”美国太太对我妻子说。我在把行李拿下来。“美国男人是世界上唯一值得嫁的人。”

“你离开沃韦多久了？”我妻子问。

“到秋天就两年了，不瞒你说，金丝雀就是带给她的。”

“你女儿爱上的那个男人是个瑞士人吗？”

“是的，”美国太太说，“他出生在沃韦一个上等家庭。他就要当上工程师了。他们是在沃韦认识的。他们经常一起走很远的路散步。”

“我熟悉沃韦，”我妻子说，“我们在那儿度的蜜月。”

“真的吗？一定很开心吧。当然了，我没有想到，她会爱上他。”

“那是个很可爱的地方。”我妻子说。

“是的，”美国太太说，“可不是吗？当时你们住在哪儿？”

“我们住在三冠酒店。”我妻子说。

“那是一家很精致的老酒店。”美国太太说。

“是的，”我妻子说，“我们有一间非常舒适的房间，乡间的秋天真可爱。”

“你们今年秋天在那里？”

“是的。”我妻子说。

我们正经过三节出了车祸的车厢。车厢都裂开了，车顶也塌了。

“瞧，”我说，“出车祸了。”

美国太太瞧了瞧，看到最后一节车厢。“我一整夜都在担心这个，”她说，“有时候我的预感特别准。我再也不会乘坐夜间的快车了。肯定还有其他的火车，又舒服，又开得没那么快。”

这时火车开进里昂站里的暗处，停了下来，行李员来到车窗前。我把行李从窗户递出去，我们下车来到又暗又长的站台上，美国太太找到三个科克旅行社人员中的一个，那个人说：“等一下，太太，我找一下你的名字。”

行李员推来一辆行李车，把行李堆上去，我妻子向美国太太道了别，我也向美国太太道了别，科克旅行社的人在一沓打字纸中的一页上找到了她的名字，又把那沓纸放回口袋。

我们跟着推行李车的行李员，沿着火车旁长长的水泥站台朝前走。站台尽头有一扇门，有个人收走了车票。

我们回巴黎办理分居手续。

我老爹

现在来看，我觉得我老爹天生就是个胖子，那种常见的圆滚滚的小胖子，不过他肯定没有胖到那种程度，只不过是快到最后了，他才胖成了那样，而且这也不能全怪他。他只参加障碍赛，体重大点没问题。我还记得他在两件运动衫外面加件橡胶衫，再套上一件长袖运动衫，然后拉着我一起，在午前的大太阳底下跑步。他或许凌晨四点才从都灵赶回来，立刻搭乘一辆计程车赶去训练场，一大早就试骑了一匹拉佐的马。那时太阳刚刚升起，所有东西上都还沾着露水。我帮他脱掉靴子，他穿上球鞋和那堆运动衫，我们就出发了。

“快点，孩子。”他一边说一边在骑师更衣室前上上下下地踮着脚尖，“动起来。”

我们可能会先在马场里面慢跑一圈，他跑在前面，跑得蛮好，然后拐出大门，沿着从圣西罗通往各处的马路中选一条跑，这些马路两边都种满了树。上路后我会跑在前面，我跑得相当好，我会回头看看他，他很轻松地跟在我身后；过了一会儿我再回头看时，他开始出汗了。虽然汗流浃背，他还是紧跟着我，眼睛盯着我的后背，不过当他发现我在看他的时候，他会咧嘴一笑，说：“汗流浃背了吧？”只要我老爹开口一笑，谁都忍不住要和他一起大笑。我们一直朝山里跑去，过了一阵，我老爹会大喊一声："嗨，乔！"我再回头看时，他已经坐在一棵大树下，系在腰上的毛巾也已经围在脖子上了。

我会跑回来，坐在他身边，他从口袋里掏出一根绳子，在大太阳底下跳起绳来。他在飞扬的白色尘土里跳着绳，汗水不停地从脸上往下滴，绳子发出"啪嗒""啪嗒""啪""啪""啪"的声音。日头越来越热，他在路上一小块地方上来来回回地跳着，越跳越来劲。说真的，看我老爹跳绳也是一种乐趣。他可以把绳子甩得飞快，也可以慢悠悠地甩出花样来。说真的，你真该看看那些赶着大白公牛大车的意大利佬，看看他们瞧我们的样子，有时候他们进城时会从我们旁边经过。他们那副样子真的就像把我老爹当成了一个疯子。他把绳子甩得呼呼响，他们一动不动地站在那里看他跳绳，过后才吆喝一声公牛，用赶牛棒捅它一下，接着赶路。

坐着看他在烈日下训练的时候，我会由衷地喜欢他。他实在是个有趣的人，训练起来特别卖力，跳完绳后照例抹一把脸，像擦水一样把汗擦干，再把绳子往树上一挂，走过来坐在我旁边，往树干上一靠，脖子上围着那条毛巾和一件运动衫。

"保持体重太难了，乔。"他说，身子往后一靠，闭上眼睛，又深又长地呼吸着。"不像你小时候那样了。"接着他会站起身，不等他凉快下来，我们就一路慢跑着回马场。这就是保持体重的法宝。他总在担心体重。大多数骑师通过骑马就可以减掉想要减掉的重量。一名骑师参加一次比赛就能轻一公斤，但我老爹属于那种已经榨干了的，不跑步体重就减不下来。

我记得在圣西罗，有个为布佐尼赛马的小个子意大利佬名叫雷戈利，有一次称完体重后，他用马鞭轻轻抽打着自己的马靴，穿过赛马练习场，去酒吧喝冷饮。我老爹也刚称完体重，他胳膊下面夹着马鞍，满脸通红，面容疲倦地走出来，身上的丝质骑师服看上去有点显小，他站在那里，看着露天吧台边上站着的雷戈利，年轻的他神情潇洒，一脸的孩子气。我说："怎么了，爹地？"我以为雷戈利撞了他一下还是怎么了，而他只是看着雷戈利，说了句："哦，见他的鬼。"就朝更衣室走去了。

唉，要是我们还留在米兰，在米兰、都灵这两地赛马的话，也许就不会出事了，因为如果说有容易的跑马场，也就这两个地方了。那场意大利佬认为难得不得了的障碍赛结束后，我老爹在优胜者马厩下马时说了一句："乔，小菜一碟。"我问过他一次。"这个跑马场本身就适合跑马。你要注意的是步法，步法乱了跨越障碍就会有危险，乔。而这里根本就不讲究步法，而且也没有什么难跨越的障碍。不过惹麻烦的永远是步法，不是跨越障碍。"

圣西罗是我见过的最棒的跑马场，但老爹说这样的生活还不如狗。在米拉菲奥和圣西罗两地来回奔走，一周里几乎天天有比赛，每隔一晚就要坐一趟火车。

我对马也很着迷。赛马出厩沿着跑道来到起点时，总是那么的特别。它们看上去既兴奋又有点紧张，骑师紧紧拉住它们，也许会把缰绳松开一点，让它们上来的时候稍稍跑上几步。一旦它们一到起跑栅栏跟前，我就紧张得受不了。特别是圣西罗的跑马场，那儿有一大片绿油油的内场，远处是群山，肥胖的意大利发令员举着大鞭子，骑师调整着马匹，然后，起跑栅栏一下子升了起来，铃声响起，赛马一窝蜂地冲出来，接着形成一条长队。你知道一群马冲出来是什么样子的。你要是拿着望远镜站在观众席上看，只能看到它们奔腾而出，铃声响个不停，像是要响上一千年，然后就见马儿飞快地转过弯道。对我来说，没有什么比这更带劲儿的了。

不过有一天，我老爹在更衣室换上他平时穿的衣服时却说："这些都算不上赛马，乔。巴黎人会杀掉那些不中用的老马，剥掉马皮，剁下马蹄子。”那天他刚赢下那场商业大奖赛，最后一百米，兰托拉像拔酒瓶塞一样快速地冲到了最前面。

商业大奖赛刚结束我们就不干了，离开了意大利。那天我老爹和霍尔布鲁克在拱廊街的一张桌子旁边争吵，还有个戴着草帽、不停用手帕擦脸的意大利肥佬。他们都在说法语，那两个人为了什么事情盯上了我老爹。最后，老爹不再说话了，就坐在那里看着霍尔布鲁克，他俩还是缠着他不放。一个先说，另一个再接着说，而且那个意大利肥佬老是打断霍尔布鲁克。

“乔，你去给我买份《运动家》报好吗？”我老爹说着给了我两个索尔多[1]，眼睛并没有离开霍尔布鲁克。

我走出风雨街廊，去斯卡拉歌剧院前面的报亭买了一份报纸，回来后站在离他们一段距离的地方，因为我不想插嘴，我老爹靠在椅背上，看着自己的咖啡，用调羹搅来搅去，霍尔布鲁克和那个意大利肥佬站在那里，意大利肥佬一边擦脸一边摇头。我走了过去，我老爹就像跟前没这两个人似的，说：“要吃冷饮吗，乔？”霍尔布鲁克低头看着我老爹，一字一顿地说：“你这个狗日的。”说完就和那个意大利肥佬穿过桌椅，走了出去。

我老爹坐在那里，像是在对我微笑，但他的脸煞白，看上去像是得了场大病。我吓着了，有点恶心想吐，因为我知道出事了，我不知道有谁骂了我老爹狗日的后，还能一走了之。我老爹打开《运动家》报，研究了一会儿赔率，然后说：“这个世界上，很多事情你都得忍着点，乔。”三天后，我们搭乘都灵去巴黎的火车，永远离开了米兰，临走前，我们在特纳的赛马训练场做了一次拍卖，把一只行李箱加一只手提箱装不下的东西全部卖掉了。

---

1 意大利钱币，二十索尔多等于一里拉。

我们一大早到了巴黎，火车开进一个又长又脏的车站，老爹告诉我是里昂站。在米兰住过后，就感觉巴黎这座城市大得可怕。在米兰，似乎每个人都在去某个地方，而所有的有轨电车都开往某个地方，不会出乱子，但巴黎却乱作一团，而且他们从来不去理顺它。不过我还是喜欢上了巴黎，至少是它的一部分，比方说，巴黎有世界上最好的跑马场。好像一切都围绕着跑马场运转，而你唯一搞得清楚的是每天公共汽车都会开往某个举办赛马的跑马场，穿过一团乱麻，到达那个跑马场。我一直没机会熟悉巴黎，因为我一星期只跟老爹从迈松来巴黎一两次，而他总是和迈松的那帮人坐在和平咖啡馆靠歌剧院的一侧，我估计那是城里最热闹的地方。不过，要我说，一个像巴黎这样的大城市，居然没有风雨街廊，是不是有点奇怪？

我们就这样在迈松拉菲特住下了，除了尚蒂伊的那帮人，大家都住在迈尔斯太太经营的一家膳食公寓里。迈松是我这辈子住过的最棒的地方。虽然这个小城市很一般，但有一个湖和一片很棒的树林，我们经常去那里逛上一整天，几个小孩子一起，我老爹给我做了一副弹弓，我们用它打了很多东西，不过最大的收获是一只喜鹊。有一天小迪克·阿特金森用那副弹弓打到一只兔子，我们把兔子放在一棵树下，然后坐在那里，迪克抽了几根香烟，兔子突然跳起来，钻进了灌木丛，我们去追，但没能找到它。天哪，我们在迈松玩得可过瘾啦。迈尔斯太太经常在早晨就把午饭给我，我会一整天不归家。我很快就学会了说法语。法语很容易学。

我们一搬到迈松，我老爹就给米兰写信去要他的执照，收到执照前他一直很担心。他经常和那帮人坐在迈松的巴黎咖啡馆里，那里有不少他大战前在巴黎做骑师时认识的家伙，他们住在迈松，有的是时间坐着闲聊，因为对骑师来说，赛马训练场的工作早晨九点前就结束了。他们早晨五点半出去遛第一批马，八点钟遛第二批。

这意味着早睡早起。如果一个骑师也为别人赛马，他就没法贪杯，因为如果他还是个小伙子，教练会管住他，如果他已经不是小伙子了，他自己会管住自己。所以多数情况下，如果一个骑师没在干活，他就会和那帮人坐在巴黎咖啡馆里，他们能在那儿坐上两三个小时，面前放着兑了水的苦艾酒一类的饮料，他们闲聊、讲故事、打台球，这倒有点像俱乐部或米兰的风雨街廊。只不过这里并不全像风雨街廊，因为风雨街廊上总是人来人往，而这里所有的人都围坐在桌旁。

我老爹总算拿到了他的执照。他们什么都没问就把执照寄给他了。他参加了几次赛马，在亚眠和北方一带，但没有人和他签约。大家都喜欢他，我只要上午去到咖啡馆，就能看见有人在和他喝酒，因为我老爹不像大多数骑师那样吝啬，那些人的第一块钱还是在1904年圣路易斯世博会上赛马挣来的呢。我老爹常用这句话取笑乔治·伯恩斯。不过好像大家都对我老爹敬而远之，不给他马骑。

我们每天从迈松乘车去有赛马的地方，那是最快乐的事情。夏天来了我很开心，参赛的马都从多维尔[1]回来了。尽管这意味着我不能去林子里闲逛了，因为我们要乘车去昂吉安、特朗布莱或圣克劳德，可以在驯马师和骑师的看台上看比赛。我确实从那帮人那儿学到了不少赛马经，乐趣还在于每天都有赛马看。

记得有一次去圣克劳德，那是一场二十万法郎的大奖赛，有七匹马参赛，“沙皇”是夺冠热门。我和老爹绕到后面的练习场看马，这样的马你们从来没见过。“沙皇”是一匹又高又大的黄马，它看上去是专为奔跑而生的。我从来没见过这样的马。它被人牵着，低着头在练习场里溜达，从我身旁经过时，我有种被掏空的感觉，它太漂亮了。从没见过如此优美、精瘦和体形适合奔跑的马。它绕着练

1 巴黎西北部一个旅游胜地。

习场转圈，脚步落地落得恰到好处，从容、谨慎，轻松得就像知道自己该怎么做一样，不像那些注射了兴奋剂、等待出售的劣质马，那些马乱蹦乱跳，不时抬起前腿，眼神十分狂躁。人群太密，我已经看不到“沙皇”了，只能看到它的腿从眼前经过，还有一些黄颜色。我老爹挤出人群往外走，我跟着他来到树林后面的骑师更衣室，那里也有一大堆人，不过门口有个戴礼帽的人朝我老爹点了点头。我们走进更衣室，大家都坐在那儿，有的在穿衣服，有的在往头上套衬衫，有的在穿靴子，房间里有股热烘烘的汗味和擦剂的味道，门外是朝里面张望的人群。

老爹走过去，在正在穿裤子的乔治·加德纳的身边坐下，说：“有啥消息，乔治？”用的是一种很普通的声调，因为兜圈子对乔治不起作用，他要么能告诉他，要么不能。

“它赢不了。”乔治非常小声地说，弯下腰，去扣马裤裤脚的扣子。

“谁会赢？”我老爹靠近乔治，不想让别人听见。

“柯克平。”乔治说，“如果它赢了，给我留几张彩票。”

我老爹用平常的声音对乔治说了点什么，乔治说：“我告诉你啥，你都千万别押。”像是在开玩笑。我们从张望的人群中挤出去，朝一百法郎的同注分彩计算器[1]走去。但我知道肯定会有大事情，因为乔治是“沙皇”的骑师。路上老爹拿了一张黄色的赔率表，“沙皇”的起价才十赔五，排第二的策菲西多特是一赔三，排在第五的柯克平一赔八。我老爹下注五千押柯克平赢，一千押它排名第二，我们绕到大看台的后面，上楼找了个地方看比赛。

1 同注分彩赌博（pari-mutuel betting）中记录下赌者对某匹马或狗所下赌注和确定投注赔率的机器。

我们被挤得动弹不得，先看见一个穿长大衣、戴灰色大礼帽的人，手里拿着一根折起来的鞭子走出来，然后是一匹接一匹的赛马，上面坐着骑师，两边各有一个抓住马笼头的马童，跟在那个老家伙后面。那匹高大的黄马第一个出场。乍一看并不觉得它有多么高大，直到你看见它四条腿的长度、它的整个体形和它走路的姿态。天哪，我从来没见过这样的马。乔治·加德纳骑着它，他们慢悠悠地前进着，跟在那个戴灰色大礼帽、走起路来像马戏团领班的人身后。"沙皇"的后面，一匹漂亮的黑马在阳光下稳健地走着，马头很好看，汤米·阿奇博尔德骑着它；黑马的后面一连串跟着五匹马，都走得不紧不慢，列着队不慌不忙地走过观众席和人马过磅的地方。我老爹说那匹黑马就是柯克平，我仔细看了看，果然是匹好看的马，不过没法和"沙皇"比。

"沙皇"经过时，所有的人都向它欢呼，它确实是一匹英俊的马。队伍绕到场子的另一边，经过场子中央的草坪，然后回到赛道靠近看台的一端，马戏团领班吩咐马童们把马一一松开，这样它们就可以在跑向起跑杆时从观众席前飞驰而过，让大家看个清楚。赛马刚跑到起点杆那里，起跑锣声就响了起来，隔着内场能远远地看见它们，像许多小小的玩具马似的挤作一团，开始跑第一圈。我用望远镜观看战况。"沙皇"远远落在其他赛马的后面，领跑的是一匹枣红马。它们疾驰而过，转了个弯，伴随着蹄声远去，"沙皇"远远落在后面，它们从我们前面经过时，那匹叫"柯克平"的马跑在最前面，跑得相当稳健。天哪，当马从你身边跑过，你不得不看着它们越跑越远，越变越小，然后在转弯处挤成一团，再转到直道上，你更想骂人了，诅天咒地。赛马终于转过最后一个弯道，跑上了直道，柯克平遥遥领先其他的马。所有人的脸色都不对了，失望地念叨着："'沙皇'，'沙皇'。"随着最后冲刺马蹄声的接近，有个东西从马群里冲了出来，像一道长着马头的黄色闪电，一下子进到了我的望远镜里，所有人像疯子一样叫喊起来："'沙皇'！""沙皇"冲得比我这辈子见到过的所有东西都要快，追上了柯克平，而柯克平正以一匹在骑师尖头棒抽打下的黑马所能达到的最高速度向前飞奔，两匹马并肩跑了一会儿，但"沙皇"巨大的步幅让它看上去要快一倍，似乎领先了一头——但它们还是肩并肩地冲过了终点线，当写着名次的牌子从槽子里升起来时，第一名是 2 号马，也就是说柯克平赢得了头马。

我感到一阵战栗，觉得有点不对劲，随后我们和下楼的人群挤在一起，站在贴出柯克平派彩的牌子前面。老实说，刚才看赛马，我已经忘记了我老爹在柯克平身上下了多少注。我太想"沙皇"赢了。不过现在一切都结束了，知道我们押中了头马，还是蛮兴奋的。

"爹地，比赛很精彩吧？"我对他说。

老爹的圆顶礼帽扣在后脑勺上，他有点滑稽地看着我。"乔治·加德纳是个超级棒的骑师，那没的说，"他说，"确实需要一个了不起的骑师，才能阻止'沙皇'获胜。"

当然了，我自始至终都知道这里面有猫腻，但是我老爹就这么毫不掩饰地说出来，还是扫了我的兴，我再也提不起兴致，即便他们在牌子上贴出了数字，付钱的铃声也摇响了，我们看见柯克平押 10 赔 67.5。身边的人都在说："可怜的'沙皇'！可怜的'沙皇'！"我希望自己是一名骑师，这样就可以骑"沙皇"比赛，而不是让那个狗娘养的骑。把乔治·加德纳看成狗娘养的有点说不过去，因为我一直喜欢他，而且他给了我们头马，不过我估计他应该就是那样的人。

那场赛马之后，我老爹有了一大笔钱，他去巴黎的次数也多起来了。如果有人去特伦布莱赛马，他会要他们在回迈松的路上让他在城里下车，和我坐在和平咖啡馆前面的位子上看行人。坐在那儿很有趣。行人川流不息，各种各样的人过来向你兜售，我喜欢和我老爹坐在那儿。那是我们最开心的时刻。经过的人里有贩卖搞笑兔子的，你捏一下一个球，那个兔子就会跳起来，他们会走到我们跟前，我老爹会和他们开开玩笑。他可以像说英语那样说法语，那些人都认识他，因为骑师总是很容易被人认出来——再说我们总是坐在同一张桌子旁边，他们也习惯看到我们坐在那儿。有些家伙兜售征婚启事，女孩子在贩卖橡胶鸡蛋，你一捏，鸡蛋里就出来一只公鸡；有一个长相猥琐的家伙在贩卖巴黎明信片，他把明信片给大家看，当然没有人买，随后他会转回来，把那沓明信片底下的东西给别人看，都是些淫秽的明信片，很多人都会掏腰包。

哎呀，我还记得那些经常路过这里的稀奇古怪的人。晚饭时分，姑娘们会找人带她们去吃饭，她们会和我老爹聊上几句，他会用法语跟她们开玩笑，她们会拍拍我的头，接着去找别人。一次，有位美国女士和她的小女儿坐在我们邻桌，她俩都在吃冷饮，小姑娘漂亮得不行，我一直朝她看着，我朝她笑，她也朝我笑，不过这事儿也就到此为止了，因为虽然我每天都盼着她们母女，构思着和她搭讪的方法，琢磨着如果我认识她了，她母亲让不让我带她去欧特伊[1]或特朗布莱[2]，我却再也没有见过她们。不过话说回来，我估计见到了也没用，因为回想起来，我记得我想出的最好的搭讪方法是对她说："冒昧打扰一下，我或许可以告诉你今天昂吉安马赛的头马。"而且，说到底，她没准儿以为我是个票贩子，而不是真心想帮她买中头马。

我们坐在和平咖啡馆里，我和我老爹，我们和侍者的交情很不

1 位于塞纳河与布伦园林区之间的城镇，现在是巴黎的一部分。
2 法国法兰西岛大区塞纳-圣但尼省的一个市镇。

错，因为我老爹喝威士忌，一杯就要五个法郎，那意味着清点托碟结账时，会有一笔很不错的小费。我从来没见过我老爹喝这么多酒，不过现在他不赛马了，此外，他说威士忌有助于降低体重。不过我注意到他的体重在增加，好吧，就算没增也没减吧。他不再和迈松的那帮老伙伴来往了，似乎只愿意和我在林荫大道边上闲坐。不过他每天都在跑马场下注。如果那天输钱了，最后一场马赛结束后，他会有点难过，直到我们坐到我们的桌子跟前喝下他的第一杯威士忌，他的心情才会好转。

他总坐在那里读《巴黎体育报》，他会从报纸后面抬起头来看着说："乔，你女朋友呢？"以此拿我那天告诉他的邻桌小姑娘取笑我。我会脸红，不过我喜欢因为她而被取笑。这让我心里很舒服。"盯紧她，乔，"他说，"她会回来的。"

他会问我一些事情，我有些话会把他逗乐。于是他就讲起过去的事情。在埃及，在圣莫里茨[1]的冰上赛马，那是在我母亲去世前，还有大战期间在法国南部参加没有奖金、没有赌注和观众，什么都没有的赛马，仅仅为了保持纯种赛马的繁衍。在这种定期举行的赛马会上，骑师都把马往死里骑。天哪，我可以听我老爹讲上几个小时，特别是在他喝下几杯之后。他会给我讲他小时候在肯塔基打浣熊的故事，还有美国变糟之前的好时光。他会说："乔，等我们攒够钱了，你就回美国去上学。"

"那边都一团糟了，我干吗还要回去上学？"我会问他。

"那是两码事。"他边说边招呼侍者过来付酒钱。我们会叫辆计程车去圣拉扎尔火车站，乘火车回迈松。

---

1 位于瑞士东南部的格劳宾登州，库尔东南、因河河谷上游，被山清水秀的恩嘎丁山谷环抱。四周是壮丽的阿尔卑斯山峰，有冰川水补给莱茵河、波河和多瑙河。

一天，在欧特伊的一场越野障碍赛的赛后拍卖会上，我老爹花三万法郎买下了获胜的赛马。为了得到它，他不得不把价钱出高一点，不过驯马场最终还是把马卖给了他，我老爹一周内就拿到了他的执照和骑师色彩标帜[1]。天哪，我真为我老爹拥有了赛马而感到骄傲。他和查尔斯·德雷克谈妥了马厩的位子，也不再往巴黎跑了，他又开始跑步和出汗减肥，整个赛马班子只有我和他两个人。我们这匹马的名字叫吉尔福德，爱尔兰种，一匹善于跨越障碍的好马。我老爹打算自己训练它，自己骑它出赛，这是一笔好投资。我为这一切感到骄傲，而且我觉得吉尔福德是一匹和“沙皇”一样优秀的马。它是一匹发挥稳定、善于跨越障碍的好马，一匹枣红马，如果你要求它，它在平地上也能跑出好成绩来，而且它还是一匹好看的马。

天哪，我太喜欢这匹马了。我老爹第一次骑它参赛，就在一场两千五百米的障碍赛中拿到了第三名，我老爹在优胜者马厩下马时满身大汗，他心花怒放地进去称体重，我为他感到骄傲，就像这是他第一次拿奖一样。是这样的，如果一个家伙很久没骑马，你就很难相信他曾经骑过马。现在整个情况都不一样了，因为在米兰的时候，即便是大比赛，对我老爹来说也没啥两样，即使赢了，也从来都不显得兴奋或怎么样，而现在我在比赛的前夜几乎无法入睡，我知道我老爹也很兴奋，尽管他没有流露出来。为自己赛马的感觉就是不一样。

吉尔福德和我老爹第二次参赛，是一个下雨的礼拜天，在欧特伊举行的马拉特大奖赛，一场四千五百米的越野障碍赛。老爹刚出场，我就拿着他买给我看比赛的新望远镜，在观众席上闹腾起来。他们从跑马场远处的另一头起跑，起跑栏杆那里出了点麻烦。有匹

1 标注赛马的彩色骑师服装。

带着蒙眼的马发起狂来，倒退着转圈的时候把起跑杆撞坏了一次，不过我能看见我老爹，他穿着我们的黑夹克，上面有个白色十字，头戴黑色鸭舌帽，端坐在吉尔福德身上，用手轻轻拍着它。接下来他们出发了，越过一个障碍，消失在一片树林的后面，催命的锣声一阵紧似一阵，投注站的栅栏哗啦啦地落了下来。天哪，我激动得都不敢看了，不过我还是把望远镜定在他们会从树林里出来的地方，他们出来了，那件旧黑夹克跑在第三位，他们像鸟儿一样掠过障碍。接着他们又都消失不见了，然后马蹄声嗒嗒，他们从坡上冲了下来，跑得都那么优雅轻松，一起稳当地越过栅栏，又稳稳地跑过我们身边。马儿们挨得那么紧密，跑得那么平稳，看上去就像可以踩着它们的背走过去一样。接着所有的马肚子都擦着高大的双排树篱一跃而过，这时有什么摔倒了。我看不清是哪匹马，但那匹马一会儿就站了起来，并自由地跑起来，而马群，仍然挤在一起，从长长的左转弯道一扫而过，跑上了直道。它们越过石墙，挤挤挨挨地奔向观众席正前方的大水沟障碍。我看见他们跑过来，我老爹经过时我朝他大喊大叫，他领先约一个马身，身体离开马背，轻盈得像只猴子，他们争相奔向那条水沟。马儿们一起跨过了水沟障碍前的高树篱，这时发生了碰撞，有两匹马脱离了马群，继续往前跑，另外三匹马则摞在了一起。哪儿都见不着我老爹。有匹马跪着站了起来，骑师抓住马的笼头，翻身上马，继续朝奖金冲击。另一匹马也站了起来，自个儿走开了，它甩着头，拖着马笼头上的缰绳，骑师踉踉跄跄地走到跑道靠近栅栏的一侧。这时吉尔福德滚向一边，甩下我老爹，然后站了起来，右前蹄耷拉着，用三条腿跑了起来，只见我老爹平躺在草地上，脸朝上，头的一边全是血。我奔下看台，冲进人群，跑到栏杆边上，一个警察抓住我不放，两名身材魁梧的担架手朝我老爹跑去。跑马场的另一边，我看见那三匹马彼此拉得很开，它们跑出树林，在跨越障碍。

他们把我老爹抬进来时，他已经死了，有个医生用一个插在耳朵里的东西听他的心脏时，我听到了跑道那头的一声枪响，这表明他们打死了吉尔福德。他们把担架抬进医院病房，我在我老爹旁边躺下，抓着担架哭啊哭啊，他看上去那么苍白，彻底没救了，死透了，我忍不住想，既然我老爹都已经死了，也许他们没必要杀死吉尔福德；它的前蹄或许会好起来。我也说不好。我太爱我老爹了。

这时候进来两个家伙，其中一个拍了拍我的后背，走过去看了看我老爹，然后从小床上拉下一条床单，盖住了他；另一个一直在用法语打电话，让人派一辆救护车来，把他送到迈松去。我哭得停不下来，那种喘不过气来的哭，乔治·加德纳走进来，在我身边的地板上坐下，他搂着我说："好了，乔，大男孩。站起来，我们到外面等救护车。"

我和乔治来到赛马场大门口，我竭力忍住不哭，乔治用手帕擦干我的脸，人群朝大门外走的时候我们往后退了一点，在那儿等着人走出去，有两个家伙在我们附近停下来，其中一人数着手里的一沓同注分彩彩票说："得，巴特勒总算遭到报应了。"

另一个家伙说："我才不在乎他遭没遭到报应，这个混蛋。就他干的那些事，活该遭到报应。"

"要我说是活该。"另一个家伙说着把一沓彩票一撕两半。

乔治·加德纳看着我，想知道我听见没有，是否受得了，他说："别听这些废物胡说八道，乔。你老爹是个大好人。"

可是我也说不好。看样子只要他们开了个头，就不会这么轻易放过一个人的。

赌徒、修女和收音机

午夜前后，有人把他们送了进来，整整一夜，走廊里每一个人都听到了那个俄国人的叫喊。

“他哪儿中枪了？”弗雷泽先生问值夜班的护士。

“我觉得是大腿。”

“另一个呢？”

“哦，他恐怕不行了。”

“打中哪儿了？”

“肚子上中了两枪。只找到一颗子弹。”

两个人都是种甜菜的工人，一个墨西哥人，一个俄国人，他俩正坐在一家通宵营业的餐馆喝咖啡，有个人走进来，朝那个墨西哥人开了枪。爬到桌子底下的俄国人是被射向墨西哥人的流弹击中的，当时墨西哥人躺在地上，肚子上已经中了两枪。报纸上是这么说的。

墨西哥人告诉警察他不知道是谁朝他开的枪。他相信这是个意外。

“一个朝你连开八枪，而且两次击中你的意外，你当真？”

“是的，先生。[1]”墨西哥人说，他叫卡耶塔诺·鲁伊斯。

---

1 原文为西班牙语。本文中楷体字原文均为西班牙语。

“他能打中我本身就是个意外，那个混蛋。”他对译员说。

“他说什么？”探长问，看着病床对面的译员。

“他说那是个意外。”

“告诉他要说实话，还有他快要死了。”探长说。

“才不会，”卡耶塔诺说，“不过你跟他说我很难受，不想多说话。”

“他说他是在说实话。”译员说。然后，他很有把握地对探长说：“他不知道是谁向他开的枪。他们是从背后击中他的。”

“是啊，”探长说，“我知道，但为什么子弹是从前面进去的呢？”

“也许他当时正在转身。”译员说。

“听着。”探长说，手指几乎伸到了卡耶塔诺的鼻子前头，晃动着，那个蜡黄的鼻子突起在他死人一般的脸上，他的眼睛却像鹰眼一样有神。“我他妈的才不在乎谁朝你开的枪，但我必须把这件事情调查清楚。难道你不想让开枪打伤你的人受到惩罚？把这句话告诉他。”他对译员说。

“他说把向你开枪的人说出来。”

“Mandarlo al carajo。[1]”卡耶塔诺说，他非常疲倦。

“他说他根本就没看见那个家伙。”译员说，“我都跟你说了，他们是从背后打中他的。”

“问问他是谁打伤那个俄国人的。”

“可怜的俄国人，”卡耶塔诺说，“他胳膊抱着头趴在地上。中枪以后就开始叫喊，一直叫到现在。可怜的俄国人。”

“他说是个他不认识的人。也许就是开枪打伤他的那个人。”

“听着，”探长说，“这里不是芝加哥。你不是黑帮兄弟。你没必

---

1 西班牙语，意思是“见他的鬼”。

要搞得跟演电影似的。说出谁打伤你的没关系。换了谁都会说出打伤自己的人。这么做没关系。要是你不说他是谁，没准儿他会开枪打伤别人。没准儿他会向妇女或儿童开枪。你总不能让他做了那样的事后不受惩罚吧。你告诉他。”他对弗雷泽先生说，“我不相信那个该死的翻译。”

“我很可靠。”译员说。卡耶塔诺看着弗雷泽先生。

“听着，朋友，”弗雷泽先生说，“警察说我们不在芝加哥，而是在蒙大拿的海利。你不是强盗，而且跟拍电影没一点儿关系。”

“我相信他，”卡耶塔诺轻声说道，“我相信他。”

“揭发对自己行凶的人不丢脸。他说这儿的人都这么做。他说假如这个人打伤你后又向女人孩子开枪，那会怎样？”

“我没有结婚。”卡耶塔诺说。

“他是说随便哪个女人，哪个孩子。”

“那个人又没疯。”卡耶塔诺说。

“他说你应该揭发他。”弗雷泽先生说完了。

“谢谢你，”卡耶塔诺说，“你是个很不错的翻译。我会说英语，但很差。听我讲话没有问题。你的腿是怎么弄断的？”

“骑马摔的。”

“运气太差了。真不幸。疼得厉害吗？”

“现在不厉害了。刚开始疼得很厉害。”

“听着，朋友，”卡耶塔诺又说了起来，“我很虚弱。你会原谅我的。而且我很疼，太疼了。我很可能会死。请把这个警察弄走，因为我太累了。”他像是要转过身去侧躺着，随后又停了下来。

“我把你说的一字不漏地告诉了他，他让我告诉你，真的，他不认识开枪的，而且他很虚弱，希望你晚些时候再来问他。”弗雷泽先生说。

“再晚他没准儿就死掉了。”

“这倒很有可能。”

“所以我想现在问他。”

“有人从背后向他开枪，相信我。”译员说。

“哦，天晓得。”探长说，把笔记本放进了口袋。

走廊上，探长和译员一起站在弗雷泽先生的轮椅旁。

“我估计你也认为是有人从背后向他开的枪？”

“是的，”弗雷泽先生说，“有人从背后向他开枪。你有意见？”

“别生气，”探长说，“我希望我会说 spick[1]。”

“那你为什么不学？”

“你没必要生气。向那个 spick 问话我一点没觉得好玩。要是我会说 spick，情形就不一样了。”

“你不需要说西班牙语，”译员说，“我是个非常可靠的译员。”

“哦，天晓得，”探长说，“好吧，再会了。我会来找你的。”

“谢谢。我一直都在。”

“我估计你没什么大事。当时就是运气不好。运气太不好了。”

“自从他把骨头接上后，运气就好起来了。”

“是的，不过时间很长。很长很长的时间。”

“别让人在背后开枪打你。”

“说得对，”他说，“说得对。好吧，我很高兴你的气消了。”

“回见。”弗雷泽先生说。

弗雷泽先生有很长时间没再见到卡耶塔诺，不过每天早晨塞西尔修女都会带来他的消息。他是那么的毫无怨言，她说，现在他的

---

1 spick 是早年美国人对在美国说西班牙语的人以及他们所说的西班牙语的蔑称，有歧视的意味。

情况糟透了。他得了腹膜炎，他们认为他活不了多久了。可怜的卡耶塔诺，她说。他的手那么漂亮，脸长得那么精致，而且他从不抱怨。现在，那股气味真的很难闻。他会用一根手指头指着自己的鼻子，微笑着，摇摇头，她说。他为这股气味感到抱歉。这气味让他很难为情，塞西尔修女说。哦，他是个多好的病人啊，他总是在微笑。他不会到神父那儿忏悔，但承诺会自己做祷告，而且自从他被送进来以后，还没有一个墨西哥人来看过他。那个俄国人这个周末出院。我对那个俄国人从来就没有感觉，塞西尔修女说。可怜的小伙子，他也受苦了。那是一颗抹了油的子弹，很脏，伤口发了炎，不过他的动静也太大了。况且我总是喜欢坏蛋。那个卡耶塔诺，他就是个坏蛋。哦，他肯定是个地地道道的坏蛋，彻头彻尾的坏蛋，他生得那么优雅精致，他从来没有做过任何用手做的工作。他不是甜菜工。我知道他不是个甜菜工。他的手那么光滑，一个老茧都没有。我知道他一定算得上个坏蛋。我现在就下楼去替他祷告。可怜的卡耶塔诺，他在受罪，却一声不吭。他们为什么非得要开枪打他？哦，可怜的卡耶塔诺！我这就下楼去替他祷告。

她立刻下楼替他祷告去了。

在这家医院里，收音机的信号在黄昏以前一直都不好。他们说这是因为地底下的矿石太多了，要不就是和那些大山有关，总之直到天黑以前信号都好不了。不过夜里收音机的表现堪称完美，一个电台播音结束后，你可以再向西调，收另一个电台。你能收到的最后一个台是华盛顿州西雅图的电台，由于时差的关系，他们凌晨四点结束播音时，医院这里是凌晨五点，到了六点，你就能收听到明尼阿波利斯早晨的狂欢演奏。那也是由于时差。弗雷泽先生以前喜欢想象那些在清晨演奏狂欢音乐的人如何到达演奏室，想象他们天亮前带着乐器走下电车的样子。也许他想象得不对，他们是把乐器留在了演奏的地方，不过他总是想象他们随身带着乐器。他没有去过明尼阿波利斯，而且相信自己有可能永远也不会到那里去，不过他知道那里的早晨是什么样子。

从医院的窗户往外看，你能看见一片原野，风滚草从雪中冒了出来，还有一座光秃秃的土山。一天早晨，有位医生想让弗雷泽先生看雪地里的两只野鸡，就把他的病床往窗户前面拖，铁床架上的阅读灯倒下来，砸在了弗雷泽先生的头上。这件事现在听起来已经没那么好笑了，但在当时很好笑。大家都在看窗外，那位医生是位非常优秀的医生，他一边指着野鸡，一边把床拖向窗口，就在那时，就像漫画里画的那样，阅读灯的铅底座击中了弗雷泽先生的头顶，把他砸昏过去。这件事似乎与治病或上医院的目的正好相反，大家都觉得这件事很滑稽，是跟弗雷泽先生和那位医生开的一个玩笑。在医院里，所有的事情都要简单得多，包括开玩笑。

如果把病床掉个头，透过另一扇窗户你可以看见城市，城市上空飘着淡淡的烟雾，覆盖着积雪的道森山脉看上去就像真正的山脉。既然已经证明使用轮椅还为时过早，那就只有这两处风景可看了。如果你在住院，说真的，最好还是待在病床上，因为从一个你可以自己调控温度的房间里不慌不忙地观看这两处风景，要比在闷热的空病房里看上几分钟风景好得多，坐在轮椅上被人从那些等待新病人入住或病人刚刚搬走的空房间里推进推出，就算有再多的风景，也没什么乐趣。如果你在一个房间里待久了，那处风景（不管是什么风景）会获得重大的价值，变得非常重要，你不会想去改变它，就连换个角度也不行。就像听收音机，某些东西你喜欢上了，就愿意听，而痛恨新的东西。那年冬天最好听的歌曲是《唱些简单的事情》、《歌女》和《善意的小谎言》。弗雷泽先生觉得，其他歌都不那么令他满意。《女同学贝蒂》也是一首好歌，不过弗雷泽先生没法不在脑子里对那些歌词进行恶搞，这恶搞变得越来越猥琐，简直让人无法欣赏，于是最终他放弃了恶搞，让那首歌回到了橄榄球赛上。

早晨九点钟左右他们开始使用X光机，这时候，只能收海利台的收音机变得毫无用处。海利很多有收音机的人向医院抗议，X光机破坏了他们早晨的收听，但从没人采取过任何措施，尽管很多人觉得医院在别人听收音机的时候开启X光机很不应该。

到了不得不关掉收音机的时间，塞西尔修女走了进来。

“卡耶塔诺怎样了，塞西尔修女？”弗雷泽先生问道。

“哦，他很糟糕。”

“失去知觉了？”

“没有，不过恐怕活不了多久了。”

“你怎么样？”

“我很替他担心，你知不知道还没有一个人来看过他？在那些墨西哥人眼里，他可以像条狗那样死去。他们真够呛。”

“你下午想上来听比赛吗？”

“哦，不行。”她说，“我会兴奋过度。我会在小教堂里祈祷。”

“应该可以听得清楚。”弗雷泽先生说，“比赛在西海岸，由于时差，比赛的时候这里已经足够晚，能听清楚。”

“哦，不行。我做不到。上次棒球总决赛差点要了我的命。运动家队[1]击球的时候，我马上大声祈祷：‘主啊，引导他们击球的眼睛吧！主啊，保佑他击中一球吧！主啊，保佑他安全上垒吧！’后来第三场，当他们满垒的时候，你还记得吧，我简直受不了了。‘主啊，愿他把球打出场外吧！主啊，愿他打出的球越过围墙！’后来，

1 运动家队（Athletics），美国职业棒球大联盟的美联盟下属的球队，又叫奥克兰运动家队。

你知道吗，轮到红雀队[1]击球时，简直太揪心了。‘主啊，愿他们看不见球！主啊，让他们连球的影子都见不着！主啊，愿他们打得一团糟！’这场比赛更折磨人。是圣母队[2]，圣母玛利亚。不行，我会在小教堂里，为了圣母玛利亚。他们在为圣母玛利亚比赛。我希望你有时间为圣母玛利亚写点东西。你写得出来。你知道自己写得出来，弗雷泽先生。”

“我不知道我还能为她写什么。能写的几乎都被别人写完了。”弗雷泽先生说，“你不会喜欢我写东西的风格的。她也不会在意的。”

“你早晚会写她的，”修女说，“我知道你会。你一定要写圣母。”

“你最好上来听比赛。”

“我会受不了的。不行，我会在小教堂里，做我力所能及的事。”

那天下午，比赛进行了大约五分钟的时候，一个实习护士走进病房，说：“塞西尔修女想知道比赛进行得怎样了。”

“告诉她，他们已经达阵[3]一次了。”

没一会儿，那个见习护士又来了。

“告诉她，他们把对方打得手忙脚乱了。”弗雷泽先生说。

过了一会儿他按铃叫值班护士。“请你下楼去小教堂一趟，或给塞西尔修女带个话，告诉她第一节结束时圣母队以十四比零领先对手，没问题了。她可以停止祷告了。”

几分钟后塞西尔修女走进病房。她非常激动。“十四比零代表什么？我不懂这种比赛。对棒球来说已经是绝对领先了，但是我对橄榄球一窍不通，这也许还算不上什么。我马上就回小教堂，一直祷告到比赛结束。”

---

1 红雀队（Cardinals），美国职业棒球大联盟的国家联盟下属的球队，又叫圣路易斯红雀队。
2 这是指美国圣母大学（University of Notre Dame，又译为诺特丹大学）的橄榄球队。
3 美式橄榄球术语，当进攻方攻进对方底线即完成一次达阵。

“他们已经把对方打趴下了，”弗雷泽说，“我向你保证。待在这儿和我一起听吧。”

“不。不。不。不。不。”她说，“我这就下楼去小教堂祷告。”

只要圣母队得分，弗雷泽先生就给楼下传话，终于，天黑了很久以后，他传递了最终的结果。

“塞西尔修女怎么样了？”

“她们都在小教堂。”她说。

第二天早晨，塞西尔修女走进房间。她非常高兴，信心十足。

“我就知道他们赢不了圣母，”她说，“不可能。卡耶塔诺也好点了。他好多了。会有人来看望他的。他还不能见他们，但他们会来的，这会让他好受一点，让他知道他没被他的同胞忘记。我刚才下楼遇到警察局那个叫奥布莱恩的小伙子了，我告诉他该派几个墨西哥人过来，看望一下可怜的卡耶塔诺。今天下午他会派几个过来。到时候那个可怜的人就会好受一点。还没有人来看望过他，真是太没良心了。”

那天下午三点左右，三个墨西哥人走进病房。

“能来一杯吗？”个头最大的墨西哥人问道，他的嘴唇很厚，人也相当胖。

“有什么不可以？”弗雷泽先生回答说，“坐下吧，先生们，你们都来点吗？”

“非常感谢。”大个子说。

“谢谢。”最黑最矮的那个说。

“谢谢，不了。”那个瘦子说，“喝了上头。”他轻轻叩了叩头。

护士拿来几个杯子。“请把酒瓶递给他们。”弗雷泽说。“从‘小红房’买来的。”他解释说。

“‘小红房’的最好了，”大个子说，“比‘大栋木’的好得多。”

“那还用说，”个子最矮的说，“也贵得多。”

“‘红房子’的酒最贵了。”大个子说。

“这是几管的收音机？”不喝酒的那个问道。

“七管。”

“真漂亮，”他说，“多少钱？”

“不知道，”弗雷泽先生说，“我租的。”

“先生们，你们是卡耶塔诺的朋友吗？”

“不是，”大个子说，“我们是打伤他的那个人的朋友。”

“是警察叫我们来的。”个子最矮的说。

“我们有点小地位，”大个子说，“我和他，”示意那个不喝酒的，“他也有点小地位。”他示意那个矮小黝黑的墨西哥人，“警察说我们必须来——我们就来了。”

“你们能来我很高兴。”

“一样。”大个子说。

“你们再来一小杯？”

“干吗不喝呢？”大个子说。

“你让喝就喝。”个子最矮的说。

“我不喝，”瘦子说，“酒会上我的头。”

“非常好喝。”个子最矮的说。

“为啥不试一下，”弗雷泽先生问那个瘦子，“就上一点点头。”

“过后头会痛的。”瘦子说。

“你们不能让卡耶塔诺的朋友来看他吗？”弗雷泽问道。

“他没有朋友。”

“每个人都有朋友。”

“这个人，没有。”

“他是干什么的？”

“他是个玩纸牌的。”

“玩得好吗？”

“我看很好。”

“从我这儿，”个子最矮的说，“他赢走了一百八十块。现在这世界上已经没有这一百八十块钱了。”

“从我这儿，”瘦子说，“他赢走了两百十一块。你好好掂量一下这个数目。”

“我从来没和他玩过牌。”胖子说。

“那他肯定很有钱了。”弗雷泽先生猜测说。

“他比我们要穷。”小个子墨西哥人说，“除了身上那件衬衫，他什么都没有。”

“而且那件衬衫现在也不值钱了，”弗雷泽先生说，“上面已经有窟窿了。”

“显然是这样。”

“打伤他的人是个玩纸牌的？”

“不是，是个甜菜工。他已经被迫离开这个城市了。”

“你掂量一下这事儿，”个子最矮的说，“他原先是本城最好的吉他手。最出色的。”

“真可惜。”

“我看就是，”个子最高的说，“他吉他弹得那么棒。”

“就没有其他好吉他手了？”

“连个吉他手的影子都没有。”

“有个拉手风琴的还凑合。”瘦子说。

“还有一两个会玩各种乐器的。”大个子说，“你喜欢音乐？”

“怎么会不喜欢呢？”

“哪天晚上我们过来玩玩音乐？你觉得那个修女会同意吗？她看

上去挺和气的。”

“我相信等到卡耶塔诺能够听音乐了，她会允许的。”

“她是不是有点疯疯癫癫的？”瘦子问。

“谁？”

“那个修女。”

“没有，”弗雷泽先生说，“她是个好女人，有同情心，也很聪明。”

“我不信任任何牧师、僧侣和修女。”瘦子说。

“他小时候有过不好的经历。”个子最矮的说。

“我当时是神父的助手，”瘦子说，“现在我什么都不信。也不去望弥撒。”

“为什么？去了会上头？”

“不是，”瘦子说，“酒精才上头。宗教是穷人的鸦片。”

“我还以为大麻才是穷人的鸦片呢。”弗雷泽说。

“你抽过大麻？”大个子问道。

“没有。”

“我也没抽过，”他说，“那个东西好像很不好。抽上了就停不下来。那是一种堕落。”

“像宗教。”瘦子说。

“这一位，”个子最矮的说，“非常反感宗教。”

“非常反感某些东西很有必要。”弗雷泽先生礼貌地说。

“我尊敬有信仰的人，尽管他们很无知。”瘦子说。

“很好。”弗雷泽先生说。

“我们能给你带点什么来？”大个子墨西哥人问，“你缺什么？”

“如果有好啤酒的话我想买一点。”

“我们会带啤酒来的。”

“你们走之前再来一杯雪利酒？”

“非常好喝。”

“让你破费了。”

“我不能喝。会上头。接下来头会疼，肚子也不舒服。”

“再见，先生们。”

“再见，谢谢。”

他们走了，接下来是晚饭，然后是收音机，尽量调低音量，但还能听见，各个电台最终按照以下顺序停止了播音：丹佛、盐湖城、洛杉矶和西雅图。弗雷泽先生从收音机里接收不到丹佛的图像。他可以从《丹佛邮报》上看到丹佛，并根据《落基山新闻》修正那个图像。他也无法根据收听到的东西对盐湖城或者洛杉矶产生任何印象。他对盐湖城唯一的感觉是干净却沉闷。由于提到太多的大酒店和酒店里的舞厅，他无法想象洛杉矶的样子。他无法凭借舞厅去想象。但是他对西雅图很了解，计程车公司的白色大计程车（每辆计程车都配有收音机），他每天晚上都坐着它去位于加拿大一侧的那家路边餐馆，根据电话点播的音乐追踪一个个晚会的进程。他每天从凌晨两点起生活在西雅图，听着不同的人点播的歌曲，那个城市就像明尼阿波利斯一样真实，那里的乐手每天早晨起床赶到播音室。弗雷泽先生喜欢上了华盛顿州的西雅图。

墨西哥人来了，带来了啤酒，但不是好啤酒。弗雷泽先生见到了他们，但他不想聊天，他们走后，他知道他们不会再来了。他的神经变得有点难以应付，这种情况下他不愿意见人。到了第五周的周末，他的神经彻底崩溃，尽管他为它们能撑这么久感到高兴，但痛恨自己不得不进行这个他已经知道结果的实验。这一切弗雷泽先生此前都经历过。唯一新鲜的是收音机。他整夜都在收听，把声音调低到勉强能够听见，他在学习不动脑筋地收听。

那天早晨十点左右，塞西尔修女走进病房，还带来了信件。她长得很漂亮，弗雷泽先生愿意见她、听她说话，但信件，可能来自另一个世界，更重要。然而，信件里没有任何有意思的东西。

“你看起来好多了，”她说，“你很快就会离开我们。”

“是的，”弗雷泽先生说，“今天早晨你看上去很开心。”

“哦，我是很开心。今天早晨我感觉自己好像有可能成为圣徒。”

听到这话弗雷泽先生愣了一下。

“真的，”塞西尔修女接着说道，“我想成为圣徒。我从小就想成为圣徒。还是个小姑娘的时候，我就在想，如果出家进修道院，我就会成为一名圣徒。那是我想要的，而且是我必须做到的。我期望自己成为圣徒。我确信自己能做到。有一阵子我觉得自己已经是圣徒了。我太幸福了，而且这件事似乎很简单也很容易。今天早晨醒来的时候，我期待自己会成为圣徒，可我没有。我从未成为圣徒。我太想成为圣徒了。我只想成为一名圣徒。这是我唯一的愿望。今天早晨，我觉得自己好像有可能成为圣徒。唉，我希望我最终会是一名圣徒。”

“你会的。每个人都会得到自己想要得到的东西。别人总是这么跟我说。”

“我现在吃不准了。当我还是个小姑娘的时候，这件事好像很简单。那时我知道自己将会成为圣徒。只有在发现这事不能突然实现的时候，我才相信需要时间。现在看几乎是不可能的了。”

“要我说，你的机会很大。”

“你真的这么觉得？不行，我可不要别人给我打气。别给我打气了。我想要成为圣徒。我太想成为圣徒了。”

“你当然会成为圣徒。”弗雷泽先生说。

“不行，或许我成不了。不过，唉，要是能成为圣徒那该多好啊！我会幸福死的。”

“我赌你会成为圣徒，一赔三。”

“算了，别给我打气了。不过，唉，要是能成为圣徒那该多好啊！我要是能成为圣徒，那该多好啊！”

“你的朋友卡耶塔诺怎么样了？”

“他在好转，但他瘫痪了。一颗子弹击中了通到大腿的大神经，那条腿瘫痪了。他们等到他情况好转可以动了才发现的。”

“那根神经也许还会再生。”

“我在为此祷告。”塞西尔修女说，“你应该见见他。”

“我不想见人。”

“你知道自己愿意见他的。他们会用轮椅把他推过来。”

“那好吧。”

他们把他推了进来，消瘦、皮肤透明，黑色的头发也该理了，他的眼睛满是笑意，笑的时候露出了满嘴的坏牙。

“Hola, amigo! ¿Qué tal？[1]”

“你都看到了，”弗雷泽先生说，“你呢？”

“命是保住了，腿残废了。”

“太糟了，”弗雷泽先生说，“不过神经可以再生，会和新的一样好。”

“他们也这么跟我说。”

“还疼吗？”

“现在不疼了。有一阵子我肚子疼得要命。当时我觉得我会疼死的。”

塞西尔修女开心地看着他们。

---

1 西班牙语，意思是：“你好，朋友！你怎么样？”

“她告诉我你从来没叫过。”弗雷泽先生说。

“病房里那么多人。”墨西哥人不以为然地说，“你疼得有多厉害？”

“相当厉害。当然没有你疼得厉害。护士出去后我会喊上一两个小时。这样我会舒服一些。现在我的神经不行了。”

“你有收音机。要是我有一间自己的房间和一台收音机，我会整夜大喊大叫。”

“我不信。”

“伙计，会的。这么做很健康。但和那么多人待在一起你不能那么做。”

“至少，”弗雷泽先生说，“你的手没事。他们告诉我你靠手吃饭。”

“还有头。”他说着敲了敲他的前额，“不过头没有手那么值钱。”

“你的三个同胞来过这里。”

“是警察派来看我的。”

“他们带了些啤酒来。”

“可能很差。”

“是很差。”

“今天晚上，警察派他们过来给我演奏小夜曲。”他大笑起来，然后拍了拍肚子，“我还不能大笑。让他们当乐师简直是灾难。”

“那个开枪打你的人呢？”

“另外一个傻瓜。我玩牌赢了他三十八块钱。不值得为了这个杀人。”

“那三个人告诉我你赢了很多钱。”

“而且比鸟儿还要穷。”

“怎么搞的？”

“我是个贫困的理想主义者。我是幻想的牺牲品。”他大笑起来，然后又咧着嘴笑，同时轻轻拍着肚子，“我是个职业赌徒，不过我喜欢赌博。真正的赌博。小赌博都是弄虚作假。真正的赌博需要运气。我没有运气。”

“从来没有过？”

“从来没有过。我一点运气也没有，就说开枪打我的那个笨蛋吧，他会打枪吗？不会。第一枪他什么都没打着。第二枪被那个可怜的俄国人挡住了。这事儿看起来是运气。可然后呢？他打中我的肚子两次。他是个走运的人。我没有运气。就是让他拉住马镫子他也打不中马。全靠运气。”

“我以为他先打中你，然后是俄国人。”

“不对，先俄国人，然后我。报纸搞错了。”

“你干吗不开枪打他？”

“我从来不带枪。就我这运气，要是带着枪，一年要被绞死十次。我是个不值钱的牌手，仅此而已。”他停了一下，然后又接着说道，“我赚了钱就去赌，我逢赌必输。我掷骰子掷出了六点，还是输了三千块。掷出了好点数还赔了钱。还不止一次。”

“那干吗还继续赌？”

“如果我活得足够长，就会时来运转。我已经交了十五年的厄运。要是哪天我交上好运，我会有很多钱。”他咧嘴一笑，“我是个出色的赌徒，我会很享受有钱人的生活。”

“不管赌什么你运气都那么差？”

“干什么都是，女人方面也一样。”他又笑了，露出他的坏牙。

“真的？”

“真的。”

“有什么办法吗？”

“继续，慢慢来，等着时来运转。”

“但女人呢？”

“没有赌徒在女人方面走运。他注意力太集中了。他夜里工作，在他应该和女人待在一起的时候。没有一个夜里工作的男人能够留住女人，如果那个女人还有点价值的话。”

“你是个哲学家。”

“不是的，伙计。一个小镇赌徒。一个小镇，然后另一个，又一个，然后一个大城市，然后重新开始。”

“然后肚子上挨枪子。”

“第一次，”他说，“只发生过一次。”

“和我说话累着你了吧？”弗雷泽先生提醒说。

“没有，”他说，“我肯定累着你了。”

“腿怎么样？”

“腿对我来说没什么大用处。有没有那条腿都没关系。随便走动走动问题不大。”

“祝你好运，真的，诚心的。”弗雷泽先生说。

“你也是，”他说，“祝你不疼了。”

“不会一直疼下去的，肯定的。正在消退。没什么大不了的。”

“那就让它快点消吧。”

“你也一样。”

那天晚上，墨西哥人在病房里演奏手风琴和其他乐器，气氛欢快，手风琴拉开合起的声音，铃铛和架子鼓的声音沿着走廊传过来。那间病房里有个牛仔竞技手[1]，他曾于一个炎热、尘土飞扬的下

---

1 牛仔竞技（rodeo）是一种由放牧演变而来的竞技运动，源自西班牙、墨西哥并传至中美洲、美国、加拿大、南美洲、澳大利亚和新西兰。其中最具表演性的是骑牛表演，牛仔骑在一头乱蹦乱跳的牛身上，在牛背上坚持时间最长的牛仔即为优胜者。

午，在万人瞩目之下冲出溜槽[1]，出现在“午夜竞技场”上，现在呢，他的脊梁骨摔断了，伤好出院后，他要去学做皮革制品和编藤椅。一个木工，他连同脚手架一起摔倒，手腕和脚踝都摔断了。他像猫一样落地，却没有猫的弹力。他们可以把他治好，这样他就可以重新去工作，不过需要很长的时间。一个来自农村的男孩，十六岁上下，一条断腿以前没接好，要断开重新接。还有就是卡耶塔诺·鲁伊斯，一个瘫了一条腿的小镇赌徒。过道另一头的弗雷泽先生能听见他们的欢笑声，警察派来的墨西哥人演奏的音乐让他们开心。墨西哥人玩得很开心。他们非常兴奋地过来看望弗雷泽先生，想知道他是否想让他们演奏什么歌曲，他们还自愿在晚间又来这里演奏了两次。

他们最后一次来演奏的时候，弗雷泽先生躺在床上，病房的门开着，听着吵闹而糟糕的音乐，他忍不住思考起来。当他们问他希望听什么时，他点了《库克拉恰》[2]，这首舞曲包含了很多人们喜欢得要命的曲子里那种邪恶的轻快和灵巧。他们带着感情卖力地演奏着。在弗雷泽先生的心目中，这首曲子比大多数同类的曲子都要好，效果却都一样。

尽管情绪受到影响，弗雷泽先生仍在继续思考。通常他尽可能避免思考，除非是在写作的时候，不过现在他在思考那些演奏音乐的人以及那个小个子说过的话。

宗教是人民的鸦片。他相信这个，那个消化不良的小烟鬼。是的，音乐也是人民的鸦片。那个喝酒上头的伙计没有想到这一点吧。而且现在经济也成了人民的鸦片，还有爱国主义，那是意大利和德

1 溜槽是一个窄槽，牛仔在那里骑上牛背，槽门打开后，牛仔骑着牛冲进场。
2 墨西哥的一首流行舞曲。

国人民的鸦片。那性交呢？那是人民的一种鸦片吗？对有些人来说是的，是一些最优秀的人的鸦片。不过喝酒是人民至高无上的鸦片，哦，一种无与伦比的鸦片。尽管有些人情愿听收音机，另一种人民的鸦片，一种他一直在使用的廉价鸦片。除此之外还要算上赌博，一种人民的鸦片——如果人民的鸦片真的存在的话，一种最古老的鸦片。抱负又是另一种人民的鸦片，与之一起的是对任何新式统治的信仰。你想要的是最低限度的统治，始终是较少的统治。我们所信仰的自由,现在是麦克法登出版社一种出版物的名字[1]。我们信仰自由，尽管他们还没有给它找到一个新名字。但是真正的鸦片是什么？什么是货真价实的、真正的人民的鸦片？这一点他知道得很清楚。它已经溜到他大脑里明亮的角落附近，傍晚他喝了两三杯酒之后它就在那儿了，他知道它在那儿（当然它不是真的在那儿）。它是什么？他知道得很清楚。它是什么？当然喽，面包是人民的鸦片。他会记住那个吗？天亮以后还说得通吗？面包是人民的鸦片。

“帮个忙，”护士进来时弗雷泽先生对她说，“请你把那个瘦小的墨西哥人叫过来，可以吗？”

“喜欢这支曲子吗？”站在门口的墨西哥人说。

“很喜欢。”

“这是一首历史歌曲，”墨西哥人说，“一首真正的革命歌曲。”

“请问，”弗雷泽先生说，“为什么不打麻醉就给人民动手术？”

“我没听懂。”

“为什么并不是所有的人民的鸦片都是好东西？你想把人民怎么样？”

“应该把他们从无知中拯救出来。”

1《自由》是麦克法登出版的销量极大的杂志。

“别胡说。教育是一种人民的鸦片。这一点你应该知道。你受过一点教育吧。”

“你不相信教育？”

“不相信，”弗雷泽先生说，“知识，我相信。”

“我不明白你的话。”

“很多时候我明白自己的话，但并不开心。”

“下次你还想听《库克拉恰》吗？”墨西哥人担心地问。

“想听，”弗雷泽先生说，“下次再来演奏《库克拉恰》吧。比听收音机好。”

革命，弗雷泽先生想道，不是鸦片。革命是一种净化，一种只有通过暴政才能延续的狂喜。鸦片适用于革命之前和革命之后。他想得很清楚，有点太清楚了。

过一会儿他们就要走了，他心想，他们会带走《库克拉恰》。接下来他会喝点烈酒，然后打开收音机，可以把音量调小到自己刚刚能够听见。

经典译林

Yilin Classics

书名	单价	ISBN 号
艾青诗集	35.00 元	9787544773584
爱的教育	32.00 元	9787544768580
安娜·卡列尼娜	49.00 元	9787544740883
安徒生童话选集	42.00 元	9787544775731
傲慢与偏见	36.00 元	9787544774697
八十天环游地球	32.00 元	9787544775861
巴黎圣母院	42.00 元	9787544775748
白洋淀纪事	32.00 元	9787544772617
百万英镑	35.00 元	9787544777360
包法利夫人	38.00 元	9787544777353
悲惨世界(上、下)	98.00 元	9787544777346
背影	28.00 元	9787544777483
被侮辱与被损害的人	39.00 元	9787544777261
边城	25.00 元	9787544757416
变色龙：契诃夫中短篇小说集	39.00 元	9787544777421
变形记 城堡	38.00 元	9787544777292
草叶集:惠特曼诗选	39.00 元	9787544789509
茶馆	32.00 元	9787544773539
茶花女	35.00 元	9787544777384
查拉图斯特拉如是说	38.00 元	9787544759793
沉思录	22.00 元	9787544759649
城南旧事	23.00 元	9787544768801
大卫·科波菲尔(上、下)	65.00 元	9787544769068
地心游记	32.00 元	9787544775847
飞鸟集·新月集:泰戈尔诗选	39.00 元	9787544786096
飞向太空港	39.00 元	9787544781763
福尔摩斯探案集	58.00 元	9787544775373

复活	42.00元	9787544777308
傅雷家书	49.00元	9787544771627
富兰克林自传	36.00元	9787544750691
钢铁是怎样炼成的	39.00元	9787544774635
高老头	29.80元	9787544768856
格列佛游记	35.00元	9787544774642
格林童话全集	49.00元	9787544777285
给青年的十二封信	29.00元	9787544774321
古希腊悲剧喜剧集(上、下)	69.80元	9787544711708
海底两万里	38.00元	9787544775717
红楼梦	55.00元	9787544774604
红与黑	49.00元	9787544777315
呼兰河传	35.00元	9787544783620
呼啸山庄	39.00元	9787544775779
基督山伯爵(上、下)	108.00元	9787544777490
纪伯伦散文诗经典	42.00元	9787544777438
寂静的春天	35.00元	9787544773430
假如给我三天光明	25.00元	9787544768511
简·爱	39.00元	9787544774666
金银岛	35.00元	9787544780100
荆棘鸟	45.00元	9787544768818
静静的顿河	128.00元	9787544777513
镜花缘	39.00元	9787544771603
局外人·鼠疫	38.00元	9787544781756
菊与刀	35.00元	9787544750707
宽容	32.00元	9787544760492
昆虫记	39.00元	9787544775830
老人与海	32.00元	9787544774789
理想国	45.00元	9787544785204
聊斋志异	55.00元	9787544779791
猎人笔记	38.00元	9787544775809
林肯传	28.00元	9787544759960

鲁滨逊漂流记	39.00 元	9787544783392
绿山墙的安妮	36.00 元	9787544775755
罗马神话	16.80 元	9787544711722
罗生门	39.00 元	9787544777193
骆驼祥子	32.00 元	9787544775724
麦田里的守望者	38.00 元	9787544775106
美丽新世界	35.00 元	9787544777254
名人传	39.00 元	9787544774673
拿破仑传	38.00 元	9787544759809
呐喊	23.00 元	9787544768528
牛虻	38.00 元	9787544777339
欧·亨利短篇小说选	36.00 元	9787544775823
欧也妮·葛朗台	32.00 元	9787544775854
彷徨	32.00 元	9787544786041
培根随笔全集	28.00 元	9787544768788
飘 (上、下)	88.00 元	9787544777407
乞力马扎罗的雪	39.80 元	9787544790925
热爱生命·海狼	38.00 元	9787544777469
人类群星闪耀时	29.80 元	9787544766906
人性的弱点	28.00 元	9787544759977
儒林外史	42.00 元	9787544781084
三个火枪手	59.00 元	9787544777278
三国演义	45.00 元	9787544774598
沙乡年鉴	42.00 元	9787544775441
莎士比亚喜剧悲剧集	49.00 元	9787544777322
少年维特的烦恼	28.00 元	9787544777506
神秘岛	48.00 元	9787544772884
神曲 (共三册)	128.00 元	9787544777414
圣经故事	35.00 元	9787544768825
十日谈	38.00 元	9787544714280
双城记	45.00 元	9787544781879
水浒传	55.00 元	9787544774581

四世同堂(上、下)	78.00元	9787544788380
苔丝	39.00元	9787544777179
谈美	26.00元	9787544772013
谈美书简	28.00元	9787544772006
汤姆叔叔的小屋	45.00元	9787544775793
汤姆·索亚历险记	32.00元	9787544774659
唐诗三百首	39.00元	9787544781916
堂吉诃德	62.00元	9787544714877
天方夜谭	42.00元	9787544775816
童年	38.00元	9787544762168
童年·在人间·我的大学	49.00元	9787544775786
瓦尔登湖	28.00元	9787544768764
我是猫	39.00元	9787544777186
物种起源	42.00元	9787544765022
雾都孤儿	35.00元	9787544768696
西顿野生动物故事集	38.00元	9787544789424
西游记	48.00元	9787544774611
希腊古典神话	49.00元	9787544777391
乡土中国	29.00元	9787544781886
小妇人	45.00元	9787544766784
小王子	29.00元	9787544774628
星星离我们有多远	35.00元	9787544782043
羊脂球	38.00元	9787544775878
一九八四	36.00元	9787544777216
伊索寓言全集	35.00元	9787544775762
尤利西斯	58.00元	9787544712736
约翰·克利斯朵夫(上、下)	98.00元	9787544777476
月亮和六便士	45.00元	9787544773805
战争与和平(上、下)	108.00元	9787544777445
朝花夕拾	22.00元	9787544768535
中国哲学简史	48.00元	9787544771580
子夜	49.00元	9787544784221
最后一课	36.00元	9787544777377